빙어

빙어

서철원 소설집

문예연구

차례

빙어___007

시와 칼___033

호텔 칼리포냐___067

로그___115

천적___149

절대미각___185

낯선 곳에서 마지막 춤을___243

그해, 1975___317

작가의 말___350

빙어

이곳은 온통 흰색뿐이군요.
더 이상 갈 곳이 없어요.

1

 새파란 강물이 내려다보이는 민박집이다. 강을 가로질러 낮은 하늘과 산 사이 겨울이 지난다. 창가에 서서 샛강을 바라본다. 오랜 세월 흘러온 강물은 마을 가까이 와서 소곤거리는 소리를 낸다. 낚시꾼 몇 명이 강가에 웅크리고 앉아 세월을 낚아 올린다. 거센 바람에도 낚시에 빠져있는 사람들이 부러워 보인다. 뒤편으로 회문산이 굵직한 어깨를 치켜들고 서 있다.
 오토바이 한 대가 산모퉁이를 돌아온다. 안개 낀 숲에서 불어오는 바람이 차갑다. 주변은 고요하고, 누군가 부르고 싶은 충동이 인다. 유리알처럼 흩어지는 빛. 눈가루는 한순간 빛을 발하고는 사라진다.
 빨간 헬멧을 눌러 쓴 집배원의 모습이 병사처럼 보인다. 오토바이는 민박집 앞에서 멈춰 선다. 헬멧을 벗은 집배원 남자가 민박집 안으로 들어간다. 손에는 두툼한 우편물이 들려 있다. 잠시 후 민박집을 나온 그가 덥수룩한 머리칼을 쓸어 올리며 헬멧을 눌러쓴다. 쿵쿵거리며 아래로 내려가자 사람들이 일제히 나를 쳐다본다. 문 앞까지 나갔을 땐 오토바이는 사라지고 없다. 문을 열고 멍한 얼굴로 집배원 남자가 사라진 길을 바라본다.

"이런 날씨엔 죽은 혼백들이 일어섭니다."

그때까지 나를 바라보던 사내가 한 말이다. 짐짓 내 귀에도 들리도록 한 말이었을 것이다. 사내는 점심때부터 민박집 주인하고 술을 시작한 모양이다. 나는 아무 대답도 하지 않는다. 사내가 덧붙인다.

"왜냐하면 너무 평온하기 때문입니다. 이 평온함은 죽음과는 거리가 너무 멀게 느껴져, 그래서 산사람은 자칫 방심하게 된다는 거죠."

매운탕을 얹은 연탄 화덕에서 얼큰한 냄새가 풍겨온다. 장발의 사내, 약간 흐트러진 매무새엔 여유가 배어 있다. 마주해도 좋을 만큼 이지적인 면도 느껴진다.

"아가씨는 무슨 일로 예까지 왔소?"

주인 남자가 심상하게 물어온다. 막걸리로 단련되지 않고서는 나올 수 없는 탁한 목소리다. 주인 남자의 물음에 내가 할 수 있는 것은 무응답뿐이다. 나는 문을 닫고 밖으로 나온다. 생각보다 훨씬 바람이 차갑다. 길은 얼어붙어 미끄럽다.

"멀리 가지 말아요. 곧 눈이 내릴 거요."

뒤에서 사내의 목소리가 들려온다. 넘어질 듯 뒤뚱거리는 내 모습을 본 모양이다. 나는 코트 깃을 세우고 오토바이가 사라진 방향으로 길을 잡는다. 낚시꾼 몇이 희뜩 쳐다보고는 저희들끼리 무어라 속닥거린다. 사내 말대로 이런 날씨에 어울리지 않는 평온함이 느껴진다. 자칫 방심하기 쉬운….

겨울 하천이 맑다. 아이들 머리만한 돌들이 선명하게 자태를 드러내는 것만 봐도 알 수 있다. 그 속에 활기차게 헤엄치는 빙어들, 죽은 듯이 엎드려 있는 모래무지, 용수락지, 땡아리만 봐도 강은 바닥까지 투명하다. 금세 손에 닿을 듯이 가깝게 느껴지는 맑음이다.

사금처럼 비늘을 반짝이며 유유히 헤엄쳐 다니는 빙어떼를 바라본다. 빙어는 무리생활을 하고 있다. 혼자 쏘다니면 다른 물고기의 먹이가 되기 때문이다. 어쩌다 저 작고 하찮은 것들에도 생존에 대한 본능이 덧씌워졌을까.

어제, 나는 순창행 군내버스에 올랐다. 1시간 남짓 달렸을까. 파란 강줄기가 눈앞에 펼쳐지면서 여기 어디쯤 내가 내릴 곳이란 생각이 들었다. 어디서 저런 색깔이 나오는 것인지. 섬진강은 바라보는 사람의 가슴을 오래도록 두근거리게 한다.

2

　회문산 자락. 눈발은 그칠 줄 모르고 계속 내린다.
　이틀 전만 해도 나는 죽음이란 것에 자의적인 희망을 품었다. 놀라울 만큼 빠른 속도로 일상에서 튕겨져 나온 나는 삶에 대한 체념도 빨랐다. 극단적이라는 누군가의 말은 내게 힘이 되었다. 주머니에 든 약병을 만지작거리기도 했다. 마시면 단숨에 끝날 것이라는 짐작은 착각이었다. 그 일은 정확한 계산이 필요한 것은 아니었지만, 가장 치명적인 방법이 가장 큰 고통을 동반한다는 것도 염두에 두었어야 옳았다. 어쨌거나 나는 스스로 완벽하지 못하다는 자책감에 잠시 시달려야 했다. 저만큼 멀어져간 세상 위로 두고 온 것이 너무 많은 이유가 나의 실수를 뒷받침해준다.
　27년을 살아온 덕분에 나는 사랑에 대해, 그 감정의 이완과 격랑에 대해서도 빠짐없이 안다. 때로 사람의 감정을 광기로 몰아가는 근원에 대해, 사랑의 감정도 결국 운명의 여신이 쥐고 흔드는 장난임을 알게 될 즈음에서야 나는 그것이 참으로 형편없는 인생의 모험이었다는 것에 화가 난다.

직면하지 않고서야 말할 수 없는 운명이란 이런 것인지 모른다. 동공이 확장되리만큼 공포가 엄습하고, 아직 다가오지 않은 미래를 예견한 후에라야 죽음이라는 구체적 사건에 직면한 사실을 인지하는 것. 캄캄한 눈으로 비어있는 들녘을 바라본다.

민박집에서 멀지 않은 곳에 우체국이 있다. 작은 사설 우체국이긴 하지만 여느 우체국과 다를 게 없어 보인다. 나는 눈발을 피하기 위해서라도 우체국 안으로 들어간다. 따뜻한 열기가 느껴진다. 이곳에서 내가 할 수 있는 일이란 눈을 피하는 것밖엔 없다. 그 이상 이유를 찾지 못한 나는 우체국을 나가려다 그만둔다. 우체국 문을 들어오면서 사람들의 시선이 일제히 나를 향하고 있던 것이다.

연하장이 꽂혀있는 진열대 앞으로 걸어간다. 우표를 붙일 수 있도록 만들어놓은 테이블 위의 달력은 1월14일을 알린다. 언제 이렇게 날짜가 훌쩍 지났는지. 조무라고 꼬마들이 옹기종기 모여 팽이를 치는 삽화가 그려진 연하장을 집어 든다. 연을 날리는 삽화도 한 장 집어 든다.

"한 장에 천원입니다."

물끄러미 내 쪽을 지켜보던 여직원이 말한다. 업무마감 시간이 임박해선지 직원은 약간 성가신 말투다. 나는 몇 시에 문을 닫게 되는지 물어보려다 그만두고 연하장 값을 치른다. 테이블 쪽으로 천천히 걸어와 볼펜을 집어 든다. 바로 옆엔 금귤나무가 소담스레 자라고 있다. 창밖엔 눈발이 제법 거세어진다. 볼펜을 쥔 손에 힘을 준다. 고개를 묻고는 나는 짤막한 글을 남긴다.

    이곳은 온통 흰색뿐이군요.
    더 이상 갈 곳이 없어요.

연하장을 넣고는 봉투를 봉한다. 주소를 적고나자 새삼 연하장엔 우표를 붙일 필요가 없다는 것을 알게 된다. 한 남자가 큼직한 자루를 들고 들어오는 게 보인다. 우편물 집배를 위한 자루 같다. 끝에는 묶을 수 있도록 단단한 줄이 달렸다. 남자는 곧바로 우편물을 자루에다 넣는다.

  그 순간 신성한 무엇엔가 놀란 사람처럼 나는 눈을 똑바로 뜬다. 오토바이의 남자였던 것이다. 이곳에서 그를 만나리라곤 예상치 못했다. 나는 눈을 치켜세운다. 그는 우편물이 든 자루를 체결하고 서류에다 서명을 한다.

  "저기요, 저…."

자신 없는 목소리로 그를 부른다. 옆에 있던 여직원이 나를 흘긋 바라본다. 그가 내 목소리를 못 들었는지 우편물이 담긴 자루를 들고 뒷문으로 나간다.

"도와드릴까요?"

창구 앞에 우두커니 서 있는 내가 이상했던지 여직원이 물어온다. 나는 남자가 나간 뒷문 어딘가에 매달려 있는 시선을 거두고 우체국을 나온다. 바깥은 한결 어둑해져 있다. 깊은 정적이 밀려온다. 뿌연 안개가 머릿속에 들어찬다. 문득 세상과 단절된 느낌이 떠오르고, 무엇을 해야 할지 알 수가 없다.

이상한 것은 남자의 주변을 에워싸고 있던 분위기다. 남자로부터 멀지 않게 깊은 적막감이 느껴졌고, 그것은 차갑게 경직돼 있었다고 해도 좋을 이미지였다. 어두운 블랙홀을 막 헤쳐 나온 사람처럼 그는 복잡해 보였다. 명치끝이 아파오는 것은 무엇 때문인지.

강어귀에서 마른 나무 부러지는 소리가 들려온다. 결빙되는 소리가 낯설다. 건너편 산허리에서 흘러나온 황금물로 회문산 자락은 붉게 물들어 간다. 마지막 순간처럼 타 들어가는 산자락이 경이롭다. 시간이 정지된 듯 아무 것도 할 수 없다는 것을 아는 순간 손을 내려본다. 그때까지 손에 연하장이 구겨진 채 쥐어져 있다. 나는 어둑한 눈을 하고 강물을 바라본다.

민박집으로 돌아오자 날이 저문다. 주인 여자에게 컵라면을 주문하고 방으로 올라온다. 휴대폰에 저장된 음원을 누르자 레디오 헤드의 〈클립〉이 흘러나온다. 주인 여자가 가져온 컵라면으로 이곳에 온 이후 처음의 식사를 한다.

 시간이란 기억의 시작과 끝을 알리는 중요한 요소일 것이다. 현재를 기점으로 뒤로 한 발짝 물러나 있는 것을 과거라 명명하기 위해 사람들은 시간에 대해 신성한 의미를 부여했다. 과거와 현재와 미래를 관통하는 흐름이란 역설적으로 희망을 상징하는지 모른다. 나는 고라니처럼 내 속을 들여다보며 넋을 놓고 있다. 가슴속에 웅크리고 있는 캄캄한 우물 속, 그 막막함. 누군가에 들키지 않을까, 간혹 조바심이 일던…….

3

　아침에 일어나자 날씨는 한결 개어 있다. 눈도 멎어 있다. 오랜만에 대지를 비추는 햇살이 밝고 따스하다. 처음 이곳을 찾았을 때의 마음은 한층 누그러져 있다. 당면한 죽음조차 초조하지 않게 바라볼 수 있다는 게 그 증거인지 모른다. 그 일은 잠시 유예됐을 뿐이다. 지체할수록 진부해질 테지만, 하룻밤 사이에 품은 생각들이 낡아 못쓰게 될 수는 없다.
　서둘러 그 남자를 만나야겠다는 생각이 고개를 든다. 어쨌거나 남자는 이런 인연도 있다는 걸 확인시켜준 셈이다. 그가 줄곧 잊고 있던 허기를 일깨워 주었다. 인생에 한 번 있을까 말까한 독살스런 허기 말이다. 나만의 생각이었을 테지만 그 남자라면 허기를 채워 줄 수 있을 것 같다. 간밤에 컵라면을 허겁지겁 먹어치울 수 있었던 것도 그 때문이다.
　어제 내가 그에게서 보았던 건 무엇일까? 그는 사기그릇처럼 차갑고 경직된 인상을 내게 심어주었다. 내게 직면한 것보다 더 완강한 속도로 밀려오는 죽음의 그림자, 그 놀라운 암시 앞에 나는 그를 바라봤다. 세상을 등진 자의 눈빛이란 드러내지 않아도 누군가에겐 보이는 법이다.

만에 하나 내가 잘못 본 것일 수도 있다. 어쩌면 내 앞의 현실이 너무 어둡고 두려운 나머지 착각이 왔을 수도 있다. 그의 눈빛이 무엇을 말하든 인생의 모험이 남아 있다는 것에 조금은 행복한 상상에 젖어든다. 그토록 찾아다녔으나 단 한 번 내 앞에 모습을 드러내지 않던 대상.

일변 두렵기도 한 세상의 어느 정점에서 나는 사랑의 감정 이상 간절한 게 없다는 생각을 한다. 때로 감정은 인생에 중요한 전환점이나 고귀한 색채를 가져다주는 것 아닌가. 더군다나 사랑이란 인생만큼 철학적이지 않아서 불변하지 않다는 것을 알고 있는 나에겐 말이다. 상투적인 생각 속에 남자를 가둬두고 입술이 빨개지도록 나를 응시한다.

서둘러 밖으로 나온다. 산허리미다 눈이 수북이 쌓여 있다. 아침 햇살에 난반사된 회문산의 설경은 놀랍도록 푸른빛에 가깝다. 백야처럼 평온한 아침나절 매순간 숨이 차고 귀가 시리게 누군가를 부른다. 무엇은 할 수 있고, 무엇은 할 수 없는 불모의 시간 앞에 꿈꾸는 자의 강으로부터 흘러나온 망각의 근원을 바라본다.

연역적 설명에 게으른 나는 안다. 대개의 인생은 타인의 정서로부터 유리遊離된다는 사실. 오늘은 어제의 내일이었으되 앞선 날들을 살아온 사람들의 신성한 미래였다는 사실. 그러한 사실이 인지되는 시간에 절망이나 허무, 광기, 죽음과 같은 암울한 것들을 떠올리며 나는 스스로를 동정한다.

아득히 기적소리가 들려온다. 드문드문 머리를 늘어뜨린 수양버들 너머로 낚시하는 사람들이 보인다. 그들은 아침 일찍, 혹은 푸르스름한 새벽부터 그 일에 나섰을 것이다. 작은 피라미나 빙어가 전부였을 테지만 사람들의 어깨는 한없이 구부정한 채 물고기를 낚기보단 허공을 건져 올리는 것처럼 보인다.

빙어.

얼음이 녹으면 잘 보이지 않는다 하여 빙어라 불린다. 일급수의 맑은 하천에만 서식하는 빙어는 점점 사라져가고 있다. 대개 결빙 직전에는 낚싯대에 바늘을 달아 사용하거나 릴로도 잡지만 빙어 낚시의 고전은 어디까지나 얼음판 위에 드리우는 견짓대가 제격이다.

언젠가 빙어 낚시를 따라 간 적이 있었다. 저수지 한가운데 둥근 얼음 구멍을 내고 주렁주렁 건져 올리는 게 묘미이다. 나는 제대로 된 빙어 낚시를 해보지 못했다. 강바닥이 들여다보이는 저수지의 얼음은 내겐 공포의 대상이었다. 걸을 때마다 쩍쩍 금가는 소리도 그랬지만, 파란 얼음 밑으로 수초가 흔들리고 물고기가 살아 헤엄치고 있다는 사실이 내겐 한심할 정도로 고문이었던 것이다. 나는 완강히 얼음장 안으로 내딛기를 거부했다. 고작 저수지 가장자리에서 겁먹은 얼굴을 하고는 한 마리씩 건져 올릴 때마다 여느 아이 마냥 탄성을 지르는 게 전부였다.

그때 내가 본 것은 얼음 위에서 발을 동동 구르며 뛰어놀던 한 소년이 순식간에 얼음 밑으로 가라앉는 모습이었다. 얼음 표면에 숨구멍이 있다는 사실을 나는 그때 처음 알았다. 얼음장 밑에서 둥근 눈으로 하늘을 바라보던 소년은 누구도 구해내지 못했다. 새파란 목숨이 빙어로 사라져간 것이다.

그 뒤 빙어 낚시를 구경하기는 처음이다. 그들은 빙어를 건져 올리면서 과거의 기억들을 하나씩 지우고 있는지 모른다. 나는 이어폰을 귀에 꽂고 강줄기를 바라본다. 차가우리만치 깨끗해 보이는 강기슭엔 이따금 겨울 철새가 날아들어 얼음 위에 비친 제 모습을 쪼아낸다. 이어폰에서 비지스의 노래가 흘러나온다.

이곳 사람들이 윗다리라 부르는 좁은 다리를 건너간다. 좌측으로 회문산 자락이 펼쳐진다. 산 어귀엔 오두막 한 채가 고요 속에 묻혀 있다. 옆에는 무얼 태우는지 연기가 피어오른다. 산 아래 초등학교 앞에 줄지어 늘어선 벚나무가 마른 가지를 흔들어댄다. 이곳의 겨울을 인상 깊게 만들고 있다면 바로 저 벚나무 때문일 것이다.

두무동 마을을 지나 다시 회문리까지 걸어간다. 파출소 옆으로 난 쪽길을 따라 장군봉을 향한다. 무려 세 시간. 혼자 걷기엔 벅찬 거리이다. 눈이 녹아 질척거리는 길. 언제 미끄러질지 모르는 산행. 아무리 애를 써도 힘이 달아나던 걸음걸이. 무엇 때문 이곳까지 걸어왔는지 알 수 없다.

내게 직면한 현실이 죽음을 암시할 때 그 남자가 이해할 수 있는 일이란 무엇일까. 그 남자로부터 뿜어오는 죽음이 나보다 더 완강할 때 내가 할 수 있는 일은 무엇이 있을까. 아무런 대답도 들을 수 없다는 것을 알고 있는, 나는 지금 울고 있는가.

눈이 마른 바위 위에 주저앉는다. 산 사이에서 메아리가 들려온다. 바람이 내는 소리가 신비롭다. 눈이 따갑도록 하늘을 올려다본다. 말발굽 같은 찬바람이 산등성을 빠르게 지난다. 봉우리마다 허옇게 눈을 뒤집어 쓴 회문산 위로 면사포를 쓴 마리아의 모습이 떠오른다. 발아래 깊은 동면에 잠겨 있는 강줄기는 석얼음을 띄운 채 느리게 흘러간다. 바람이 질러대는 메아리를 훔쳐들으며 나는 가슴이 서늘하도록 운다. 산허리를 돌다 뿌연 안개처럼 내 어깨에 와서 젖어드는 것들.

오후 5시, 산을 내려와 민박집으로 향한다.

4

 그 남자는 내게 유일한 희망이 된다. 그가 누군지, 이름조차 모른다. 다만 내가 할 수 있는 일은 그를 사랑하는 일이다. 최후의 순간엔 늘 그렇겠지만 산목숨을 걸면 못할 게 없다. 그로부터 삶의 체념이라든가, 혹은 죽음에 관한 은유적인 제스처를 보았으므로.
 민박집으로 돌아오자 주인 남자와 사내는 불콰하게 취해 있다. 식은 매운탕 냄새가 거북스럽다.
 "싱싱한 횟김이 있는데 같이 드시겠소?"
 주인남자가 부은 목소리로 말한다. 나는 2층으로 올라가려다 말고 주인 남자를 바라본다. 얼굴이 불그죽죽한 게 사내와 죽이 맞아 혼을 빼놓고 마신 모양이다. 주인남자의 손에서 쏘가리가 파닥거린다. 겨울철에 좀체 보기 힘든 민물고긴데, 어쩌다 제 운명의 끈을 놓아버렸을까.

"날 것은 먹어본 적이 없어요……."

사내가 나를 빤히 바라보곤 측은한 표정을 짓는다. 날 것을 먹어보지 못했다는 게 꽤나 한심한 모양이다.

"괜찮다면 여기로 앉으시죠. 얼굴을 보니 동장군이 업어 가도 모르겠습니다."

그때까지 나는 추위에 꽁꽁 언 얼굴을 한 듯싶다. 사내가 난로 쪽에 놓여있는 빈 의자를 가리키며 내게 말을 건넨다. 내 얼굴은 붉다 못해 새파랗다. 볼은 어디서 한 대 맞은 사람처럼 부어 있다. 거기다 발가락은 몹시 저리고 아파온다. 나는 간신히 의자에 걸터앉는다.

"여기 상 좀 다시 봐주게. 귀한 손님이 자리를 했으니."

주인 남자가 지저분한 옷소매로 입가를 훔치며 주방 쪽을 향해 소리를 지른다. 여자가 잠깐 얼굴을 내밀더니 나를 향해 조용히 웃는다. 별로 말이 없었지만 마음씨가 좋아 보인다. 그녀가 주인 남자가 들고 있던 쏘가리를 붙들고는 주방으로 들어간다.

"나는 소설을 쓰는 사람입니다. 여기 온 것도 그 놈의 예민한 근성 때문이죠."

사내가 한결 편한 시선으로 나를 바라보며 말한다.

"……."

"내가 잘못 본 게 아니라면 차에서 내리던 아가씨는 금방 무슨 일을 저지를 것 같았습니다."

"……."

나는 긍정도 부정도 아닌 애매한 표정을 지으며 사내를 한심하게 바라본다. 사내가 덧붙여 말한다.

"그렇게까지 볼 건 없어요. 아니면 다행이구요."

소설가란 사내가 제법 눈썰미는 있다. 의외이긴 하지만 내게 심어준 인상도 그 이상은 아니다. 나는 건너편 거울에 비친 내 얼굴을 찬찬히 살펴본다. 매일 보는 얼굴이다. 어쩌다 그런 모습을 내비쳤을까. 작가다운 예민함, 이 사내의 속성을 말해주는지 모른다.

등 뒤에서 문 여는 소리가 들린다. 누군가 들어오는 모양이나. 찬바람이 등짝에 닿는 게 싫게 느껴진다. 나는 난로 앞으로 몸을 당긴다.

"도장 좀 주시겠습니까? 서울서 보낸 등기우편입니다."

적막한 목소리. 유독 내게만 그렇게 들렸을까. 순간 온 몸이 굳어온다. 목소리의 주인을 바라본다. 그 남자. 나는 자리에서 벌떡 일어난다. 이 남자, 무어라 말해야 할지 나는 망설인다. 그가 도장을 받아 찍고는 곧바로 돌아선다. 그를 따라 밖으로 나간다. 남자가 헬멧을 눌러쓰고 오토바이에 시동을 건다.

"저기요."

그를 붙잡듯 다급하게 부른다. 내 입술은 금세 빨갛게 상기된다. 남자가 눈에 띄게 경계하는 눈치다. 무뚝뚝한 표정으로 그가 물어온다.

"무슨 일이죠?"

"나를 한 번 만나주시겠어요?"

"……."

남자가 정면으로 나를 바라본다. 짧은 시간 침묵이 이어진다. 아주 잠시, 불편하지 않은 침묵이 흐른다. 삶이 모든 순서를 밟아갈 수 있다는 것도 어느 한쪽이 침묵하기 때문이 아닐까. 슬픔이나 격정의 순간을 더욱 명징하게 바라보도록 하는 것이 있다면 그것 역시 침묵의 힘일지 모른다.

"……."

남자가 아무 말이 없다. 나는 겨우 입술을 뗀다.

"당신을 사랑하고 있어요."

목소리가 약간 떨리는 것을 알아차린다. 그가 나를 올려다본다. 나는 직관적으로 죽음에 직면한 자의 동공을 본다. 검푸른 구멍에 켜를 이루며 흘러가는 체념의 강. 무엇이 이토록 이 남자를 놀라게 했을까. 이렇게까지 텅 비어 있을 줄이야. 여기 새파란 생면부지의 목숨이 죽어가고 있다. 서서히, 무슨 연유로 모진 인연의 끈을 놓으려 하는지.

이미 멀어버린 듯한 눈으로 그가 나를 쳐다본다. 그의 시선이, 내 몸을 뚫고 지나가는 암울한 전율이 전해온다. 어쩌면 내가 보고자 했던 게 이것이었는지 모른다. 이곳에 도착해서 처음 눈에 띈 빛의 더미가, 그 더미 속의 주인은 바로 이 남자가 아닌가. 남자가 희미하게 웃는가 싶더니 이내 헬멧을 눌러쓴다.

"돌아가요, 왔던 곳으로……."

오토바이가 눈길을 미끄러지듯 달려간다. 나는 한동안 남자가 사라진 길을 바라본다. 휘청거리며 민박집 안으로 들어선다. 눈앞이 캄캄해진다. 자리를 찾지 못해 주위를 두리번거린다. 주인 여자가 회접시를 갖다놓으며 좀 먹어보지 않겠냐고 물어본다. 주인 여자를 바라보며 간신히 난롯가에 가서 앉는다.

"괜찮소?"

줄곧 바깥을 주시했던지 사내가 은근히 물어온다. 나는 말없이 고개를 끄덕인다.

"저기 젊은 집배원……. 얼마 전에 사랑했던 여자가 죽었소. 올 봄에 결혼하기로 돼 있었는데……."

한동안 말이 없던 주인 남자가 무겁게 말을 꺼낸다. 나는 난로를 쬐던 손을 입 쪽으로 가져가며 주인 남자를 바라본다. 주인 남자가 덧붙인다.

"그림을 그리던 사람인데……, 이곳에도 몇 번 왔었소. 학생들과 함께. 인상도 좋았는데…….”

주인 남자가 말꼬리를 흐린다. 나는 주인 남자의 말에서 캄캄한 강물 위에 드러누운 운명을 바라본다. 낮은 소리를 내며 숨을 들이쉬자 주인 남자가 마저 말을 이어간다.

“여자가 색깔에 미쳐 있었다니……, 세상에 없는 색깔을 만들려니 오죽 했겠소.”

“세상에 없는 색깔은 눈에도 보이지 않는 법이에요.”

나는 단순하게 대답한다. 그 남자의 어두운 환경이 머릿속에 그려진다. 그래서였을까. 줄곧 그의 곁을 떠돌던 분위기. 어쩌자고 내 눈에 그런 일면이 비쳐들었을까.

“그런데 화가들은 그 흔한 색깔에 자기의 인생을 건다는 군요. 의식적으로든 무의식적으로든.”

사내가 자조하듯 다감한 어조로 섞여든다. 그의 말대로 정말 중요한 건 의식과 무의식을 가르는 그 정점일지 모른다. 간혹 삶을 주눅 들게 하는 것이 있다면 그것은 무의식 세계가 가져다주는 서늘함 때문이지 않던가.

“대체 그게 뭔데 사람을 사지로 몰아가는 거죠?”

나는 안타까운 심정으로 물어본다. 물끄러미 나를 바라보던 사내가 말을 되받는다.

“무엇이든 구체적으로 묘사된 것은 사람들에게 혐오감을 주게 됩니다. 먹고, 입고, 말하고, 잠자는 것, 사람들 사이의 친밀한 것들까지……. 순수하게도 우리는 소멸과 불멸의 대립쌍이 만들어내는 세기말적 자장이나 은둔, 유예, 자살과 같은 의도적으로 압축된 것들의 결과물만 보게 되는 거지요."

차갑게 들리는 말이다. 내 귀에는 오묘하게 들려온다. 사내가 움푹 꺼진 눈길로 먼 산을 응시하는 동안 나는 집배원 남자를 생각한다. 눈가가 파랗게 떨려오고, 무심결에 주인 남자에게 묻는다.

"그래서 세상에 없는 색깔은 만들었어요?"

"만들기는 했죠. 결국 무無였소. 아무 색깔도 없는……, 흰색 말이오. 티 없이 하얗기만 한 순백 말이오. 그래서 그랬는지 그날 장지에는 온통 흰 깃발만 나부꼈었소. 회문산 자락이 하얗게 흘려 있었을 정도였으니까……."

주인 남자가 심상한 표정을 지으며 옷소매를 털어낸다. 사내가 그윽한 눈길로 주인 남자의 말에 대꾸한다.

"무아無我로 군요. 무아……. 경지란 순수하게 자기를 버리는 데서 얻을 수 있는 것이겠지요."

말을 마친 사내가 술잔을 비운다. 주인 남자가 덩달아 술잔을 비운다. 더 이상 그들의 이야기가 들려오지 않는다. 나는 울적한 기분이 들어 자리에서 일어선다. 분위기가 이상한 듯 음식이 든 쟁반을 내오던 주인 여자가 어디다 내려놓아야 할지 망설인다.

누구든 죽음을 거부할 수는 없을 것이다. 다만 유예하고 있을 뿐. 방으로 올라온 나는 속절없이 쏟아지는 잠 속으로 빠져든다. 저수지 물 위로 물안개가 피어오른다. 흰 구렁이의 뱃속 마냥 말간 안개를 헤치며 어린 소년이 걸어온다. 나는 오스스 떨며 잠에서 깨어난다. 누구였을까. 새벽 무렵 안개는 다시 강으로 돌아간다.

5

 낮은 바람에 창문 삐걱거리는 소리가 들린다. 소리에 귀 기울이며 이곳 낯선 원주민의 땅에도 아침이 밝아오고 있음을 알아차린다. 어느새 틈입해 들어온 미세한 햇살의 주름이 무수한 파장과 신호음을 날리며 내 눈가에 귓가에 내려앉는다. 엷은 베이지색 커튼 사이로 펼쳐진 하늘은 파랗게 물들어 있다. 간밤에 불어대던 거센 바람은 없던 듯 햇살이 맑다.
 다시 이곳 사람들에게 하루가 시작된다. 그들에게는 이곳이 숙명처럼 살아온 삶의 일부일 것이다. 아침이면 군침이 도는 음식과 살림살이, 평생을 보아온 강과 산과 들녘…….
 소설을 쓴다는 사내와 함께 임실까지 군내버스를 타고 나온다. 줄곧 말이 없던 그가 버스에 내려서는 서운했는지 대뜸 물어온다.
 "뭘 좀 얻었습니까?"

"좋은 곳이었어요. 선생님은 어디로 가세요?"
"전주를 다녀올까 합니다. 거기 좋은 시인이 있거든요."
"궁금했는데, 선생님은 왜 그곳까지 들어가게 됐죠?"
"아마 그 여자처럼 나도 무엇엔가 홀렸던가 봅니다."

그 여자의 죽음은 내 운명을 돌려놓기에 충분했다. 내게 직면한 죽음의 지문들이 어느 샌가 지워지고 없다. 자신의 운명을 예술적 성취나 완성과 맞바꾼 사람들은 오래도록 타인의 기억에 남아있기 마련이다. 사랑하는 여인을 보낸 뒤에도 집배원 남자는 아직 할 일이 남아있을 것이다. 여자를 잊기 위해 오래 슬픔에 잠겨 있는 것만 봐도 알 수 있다.

"그 여자는 정말 세상에 없는 색깔을 만들었을까요?"
"순수하게는 그랬을 겁니다. 그렇게 믿어야죠."

사내에게 짧게 목례를 하고 버스에 오른다. 남원을 거쳐 곡성, 구례, 순천, 여수 쪽을 돌아볼 예정이다. 그가 한동안 내 쪽을 응시하더니 이내 버스에 오른다. 저쪽 버스에서 사내가 손을 흔든다. 터미널을 빠져나온 버스가 넓은 도로로 진입한다.

차창 밖으로 겨울 철새가 무리를 지어 날아간다. 나는 눈을 감고 기억을 더듬어간다. 얼음 위에서 발을 동동 구르며 뛰어놀던 한 소년이 떠오른다. 오래 전의 일이다. 얼음장 밑을 떠다니는 빛이 그토록 아름다운 지 알지 못했다. 저수지는 너무 고요했고, 나는 빛을 향해 한 발 한 발 내딛었다. 넋을 놓고 빛에 빠져들고서야 얼음 위에 서 있다는 것을 알아차렸다. 그 순간 소년은 온몸으로 나를 얼음 밖으로 밀쳐냈다. 생시였다. 저만큼 힘없이 나동그라진 나는 보았다. 얼음이 가라앉고 물속으로 빨려 들어가는 소년의 얼굴……. 그는 내 오빠였다. 새파란 목숨이 빙어로 사라져가는 순간 나는 정체모를 빛에 홀려 있었다. 빛은 그런 법이다. 너무 강렬하다보면 인생의 근원까지 상처 입히는. 빙어 무리가 빛으로 보일 줄 누가 알았겠는가. 어디서 그 많은 빙어들이 나타났는지.

시와 칼

임금은 보이지 않는 세상의 칼로부터 자신을 지켜내고,
볼 수 없는 칼로 자신을 일으킬 방도가 무엇인지 생각했다.
떠오르는 어떠한 칼도 임금에겐 없었다.

고변告變

 비선의 숲에서, 이덕무는 숲과 나무의 경계를 가려낼 수 없었다. 권력의 나무들과, 나무들 사이에 조밀하게 뻗어있는 비선의 숲은 달랐다.
 임금이 즉위할 때까지 이덕무는 그렇게 믿었다. 이덕무가 바라보는 비선의 본성은 광기와 집착과 공상으로 짜여 있었다. 비선의 틈바구니에서 각자의 광기를 말하든, 각자의 중심에서 권력의 광기를 말하든, 그 모든 것들은 비선이 규정짓고, 비선이 정의하며, 비선에 의해 약화되거나 강화될 뿐이었다. 이덕무는 높고 우월한 거대 부정 앞에 유약했다. 유약한 마음으론 광기를 잠재울 수 없었다.
 이덕무는 비선을 둘러싼 생의 소임에 환멸을 느끼곤 했다. 서류 출신의 검서관이라는 신분은 낮고 보잘 것 없었다. 세상은 크고 높았으나, 이를 수 있는 곳의 높이를 이덕무는 가늠할 수 없었다. 딛고 오를 수 없는 현실의 장벽 앞에 이덕무는 자주 절망했다. 장벽의 높이에서 전해오는 슬픔만으로 우는 날이 많았다. 비선의 숲에서 검서관의 신분은 한계가 분명했다.

　벼루의 연안을 따라 출렁이는 광기의 난바다는 깊고 거셌다. 어둠이 어른거리는 연안에서 광기의 정체는 모호하면서도 경계가 없었다. 텅 빈 임금의 연안에는 권력의 물살이 자주 들락거렸고, 권력의 깃발을 단 붓의 선박들은 멀리에서도 관측되었다.

　신분의 제한을 벗어나는 일이란, 세상 밖으로 권력을 밀어내는 것뿐이었다. 이덕무는 비선이 사라진 세계를 꿈꾸었고, 광기가 사라진 조선은 언제 올지 알 수 없었다. 이덕무는 시시때때 마른 잎사귀와 함께 생이 저무는 늦은 가을이 그리웠다.

　임오년 5월 영의정 홍봉한과 파의금 한익모가 영조 임금 앞에 앉았다. 임금의 눈에 창덕궁 인정전에서 바라본 봄빛은 싱싱하고 고왔다. 무르익은 시록에서 핏빛을 바라보는 임금의 마음은 무겁고 황망했다. 사도세자에 대한 나경언의 고변은 예감할 수 없는 일을 끌어다 놓고 모진 매질을 앞두는 듯했다. 어이가 없는 고변 하나만으로 임금은 나경언을 죽이고 싶어 했다.

　임금의 음성은 모호했다.

"때려죽이지 않고 예까지 끌고 온 고변이 언짢다. 세자에 대한 괴담이 무성하다고 들었다."

액정별감 나상언의 형인 나경언은 춘궁에 세자를 겨냥해 형조에 글을 올렸다. 글의 내용은, 환시宦侍가 장차 불궤不軌한 모의를 할 것이라고 전했다.

액정별감은 아전에 불과했다. 아전의 형이, 춘궁을 해결하려 대리청정하는 세자를 고변한 사건은, 가계가 몰락하지 않고서는 저지를 수 없었다. 붉은 대낮에 무도한 자의 사사로운 고변은 정상적으로 보이지 않았다. 참의 이해중이 영의정 홍봉한에게 일렀고, 이를 임금에게 고하라는 홍봉한의 속셈은 빠르고 민첩했다. 홍봉한은 기회를 놓치지 않았다. 이해중을 시켜 득달같이 달려가 영조 임금을 청대했다. 임금은 이해중을 만나주지 않았다. 이해중이 세 차례나 청대하자 그제야 임금은 겨우 입을 떼었다.

··· 신하들이 세자를 죽이려 하는구나.

임금은 알았다. 임금은 세자보다 나경언을 죽여야 한다고, 나경언보다 세자의 장인 홍봉한과 이해중을 먼저 죽여야 한다고. 머릿속은 들끓었으나 죽일 수 없다는 것도 알았다. 홍봉한과 이해중, 그를 따르는 김한구, 문성국, 김상로, 홍계희,

윤근의 비선 배후들이 가세한 것도 알았다. 게다가 김한구와 홍봉한이 권력을 놓고 치열하게 다투고 있으니, 결국 둘이 모함해 세자를 죽이려는 속셈을 모를 리 없었다.

　나경언의 고변이 임금의 사지를 옥죄어 왔다. 소론에 대한 비선의 적대감정보다 비선에 대한 소론의 우유부단함이 낳은 결과라고, 영조 임금은 생각했다. 임금은 편애하고 싶지 않았다. 편애할 수밖에 없는 비선 대 비선의 경계에서 세자가 소론의 등에 업혀 다닌다는 풍문은 황망하고 쑥스럽기 그지없었다. 의혹의 말들이 홍봉한의 입에서 나올 때마다 임금은 쥐구멍에라도 숨고 싶은 심정이었다.

　무자년 나주벽서사건을 영조 임금이 잊지 않았다. 이 사건으로 소론은 폭풍 같은 고통을 겪었다. 예순여섯의 임금은 김한구의 여식과 막 혼례를 올린 터라 김한구가 속한 비선의 무리와 대적하기 까다로울 수밖에 없었다. 김한구의 여식은 빼어나고 총명했다. 번번히 과거시험에 낙방한 김한구의 머리와는 딴판이었다. 김한구의 머릿속이 권력이 야망으로 출렁거렸나면, 여식의 머리에는 세상을 풀어가는 지혜가 빛났고, 광기를 다루는 총기가 찰랑거렸다. 그런 김씨가 훗날 수많은 서학교도의 끔찍한 살육을 자행할지, 누구도 내다볼 수 없었다. 나경언의 고변은 김씨의 잔인성을 내다본 것이었는지 몰랐다.

나경언은 세자의 허물을 열 가지 이상 낱낱이 고했다. 아전의 형이 세자의 허물을 어떻게 알게 되었는지, 임금은 묻지 않았다. 그렇다고 대신들이 세자가 죽어 없어지기를 바라는 생각까지 끊어낼 순 없었다. 생각 끝에 임금은 홍봉한의 의중이 무엇인지 알 것 같았다.

임금이 한숨 끝에 뱉었다.

"패란悖亂한 것들이다. 귀에 거슬린다."

홍봉한이 대꾸했다.

"소란한 글을 어디에 쓰시겠사옵니다. 청컨대 불태우소서."

홍봉한의 청은 청 같지 않았다. 오히려 임금 앞에 내민 고변을 감싸는 듯이 보였다. 임금의 심중에 노기를 끌어내는 기민함마저 보였다. 잠재적 죄인에 대해 끝을 보고야마는 임금의 성정을 모르는 바 아니었다.

곁에 있던 판의금 한익모가 말을 보탰다. 한익모는 봄빛이 성근 눈동자로 앞날의 불화와 파란을 바라봤다. 한익모의 목에서 칡뿌리 같은 쓴 내가 밀려왔다.

"친국親鞫할 때 금오랑이 낱낱이 조사하지 않아서 이런 흉서가 장전帳前으로 들어오게 되었나이다. 신의 어리석음을 불찰로 다스리시고, 고변을 낸 자를 잡아다 태형하고 도태하기를 청하옵니다."

한익모의 청은 홍봉한의 청과 달라 보였다. 고변의 출처에 대해 철저를 기하려는 판의금의 태도는 곧아 보였다. 임금은 한익모의 청을 아끼고 싶었다. 임금 앞에서는 어떠한 고변일지라도 고변의 본질보다는 출처가 명확해야 했으므로, 빠짐없는 조사만이 종사가 만족할 일이었다.

고변 하나로 불충을 저지른 것은 임금이 판별할 일이 아니라, 이미 아래에서 듣고 보고 읽어 가려내어야 하는 것이라고, 임금은 배웠다. 홍봉한의 청은 외람되고 무색했으며, 본질을 넘어선 정색政色으로 다가오는 것도 모르지 않았다. 이 일은 어디로 보나 계통 없는 상소에 힘을 싣는 것이며, 몰락한 아전 형의 고변에 연민을 보태는 것뿐 무엇도 있지 않았다.

"윤허할 수 없다. 판의금은 돌아가라. 영의정은 나와 세자가 있는 동궁으로 가야할 것이다."

임금이 한익모의 청을 거절했다. 여기까지 들이밀고 온 고변을 되돌려 조사하라고 명할 수 없는 노릇이었다. 홍봉한 또한 바라지 않을 것이므로, 홍봉한을 비롯한 대신들이 원하는 세자의 질책을 어디까지 가져가야 갈지, 임금은 끝을 기늠할 수 없었다. 이것은 오활한 시험이 아니라 조선의 대의와 사직의 명분을 이어가는 임금의 도리를 시험하는 것이라고, 임금은 생각했다.

"죄인을 동궁 뜰에 머물게 해서는 아니 되옵니다. 마땅히 동궁에서 내보내야 하옵니다."

홍봉한이 빠른 수의 돌을 놓는 것을 임금은 놓치지 않았다. 임금의 등짝에서 식은땀이 흘렀다. 고변에 연루된 칼에 포위된 것이 아니라, 비선의 큰 그물에 포박된 것을 임금은 알았다.

끝내 풀 수 없는 매듭인가.

임금은 보이지 않는 세상의 칼로부터 자신을 지켜내고, 볼 수 없는 칼로 자신을 일으킬 방도가 무엇인지 생각했다. 떠오르는 어떠한 칼도 임금에겐 없었다. 탕평의 칼로 비선을 무마하려 했으나, 결과적으로 세자의 목숨을 걸어야 하는 지경에까지 이르렀음을 알았다. 이것은 세자의 목숨보다 자신의 목숨일 것인데, 노론과 소론은 언제까지 전쟁을 이어갈지 알 수 없었다.

임금은 눈앞에 이끌려온 운명 앞에 사죄하고 싶었다. 세자의 운명을 쥔 영조 임금의 운명은 버겁고 무거웠다. 가혹한 것이 올 때는 거침없이 버려야 하는 것, 임금은 생각의 끈을 늦추지 않았다.

죽음의 그늘

그날.

뜰에 내린 햇살은 잔잔하고 고왔다. 구름 한 점 내린 인정전 앞뜰을 불어가는 바람은 먼 기슭으로 건너가지 않고 모두를 지켜봤다. 새들은 날지 않았다. 전각에 매달린 풍경마다 바람의 입자들이 떨어져 내렸다. 풍경에 부딪힌 바람이 잠시 무춤거렸어도 기어이 금천교 다리 지나 돈화문 담장 밖까지 번져갔다. 담장 너머에는 무수한 아지랑이가 피어올랐다.

밖이 어수선했다. 승지가 문밖에서 세자가 뜰에 엎드려 있다고 아뢰었다. 임금이 창문을 열고 내다봤다. 세자가 입笠과 포袍 차림으로 뜰에 엎드려 있었다. 세자의 얼굴은 수척하고 메말라 보였다. 세자는 고변을 잠재우고 진실을 뚫어가려 했다. 확인된 고변과 확인되지 않은 괴담 사이에서 불찰과 의구를 세자는 바로 세우고자 했다.

모두 사실일 수도, 모두 거짓일 수도 있는 일을, 세자는 무엇이 성급하여 사죄의 태도는 보이는지 임금은 알 수 없었다. 조용히 덮을 수 있는 일을 세자는 진실을 찾으려 하니 더 복잡해질 뿐이었다.

세자의 불찰만이 아닌 것을 임금은 알았다. 세자의 미혹도 아니며, 의혹에 의혹을 더할 일도 아니었다. 홍봉한과 대신들이 지켜보는 가운데 세자의 태도는 사죄에 있지 않고 오히려 의분하였다면 더 깨끗했을지 몰랐다.

임금의 음성이 강직하게 들렸다. 대신들은 임금의 목에서 날이 서는 것을 알았다. 홍봉한은 입을 다물었다.

"세자 들어라. 네가 왕손王孫의 어미를 때려죽이고, 여승을 궁으로 들였으며, 명분 없이 서쪽 대로에 행역行役하였느냐? 북성으로 나가 유람까지 하였다는데, 이 어찌 세자로서 행할 일이더냐? 사모를 쓴 자들은 모두 나를 속였다. 나경언이 없었다면 내가 너의 행각을 어찌 알았겠느냐? 왕손의 어미를 사모한 마음이 우물에 빠진 듯한데, 이 어찌된 일이냐? 필시 곡절이 있을 것이다. 왕손의 어미는 너의 행실을 간諫하다 그로 인해 죽임을 당했다. 장차 여승의 자식을 왕손의 자식이라고 데리고 들어와 문안할 것을 염려했다. 이러고도 나라가 망하지 않기를 바라는가?"

이것이 세자의 고변에 깔린 죄상이었고, 죽여야 할 죄목의 낱낱함이었다. 임금이 다그쳐야 할 세자의 죄상은 손 안에 쥘 수 없었고, 임금이 밝혀야 할 세자의 죄목은 들어 올릴 수 없을 만큼 긴박한 무게로 왔다. 세자를 죽여야 할 죄목이 언젠가는 자신을 죽이게 되리라는 예감은 임금만의 것이 아니었다. 세자의 죽음은 예측할 수 없는 앞날의 대비였고, 보이지 않는 날들의 대안이기를 임금은 바랐다.

 세자의 낙망은 크고 깊었다. 분함을 이길 수 없었다. 나경언과 면질하기를 청했으나 임금은 단 번에 거절했다. 임금의 책망은 경회루 돌기둥처럼 단단하고 차가웠다. 세자가 금천교에 엎드려 대죄할 때, 판의금 한익모가 아뢰었다.

 "죄인을 이미 결안結案하였으나, 청컨대 이를 사주한 사람을 물어야 할 것이옵니다."

 한익모의 말에 임금이 익선관을 치켜 올리고 눈을 바로 떴다. 목소리에서 돌가루가 부서져 내렸다.

 "종묘와 사직이 경각에 달린 일이다. 세자의 행실을 누구에게 묻고 누구에게 따진단 말인가."

 임금의 화는 얼음장 같고 잉걸 같았다. 그럼에도 끝내 고변의 진상은 조사하지 않았다. 하고 싶지도 않았다. 나경언의 고변은, 관련자 대부분이 사건의 중심을 세자에게 짜 맞추고 예단하고 있으므로, 파헤칠수록 이목을 집중시키고 화근을 들춰낼 뿐이었다.

이해중과 홍봉한은 사건의 결말을 예감했다. 홍계희는 사건의 조사 없이 비상시국을 알렸고, 고변의 배후 조사는 지극히 피상적인 관례에 그쳤다. 배후 조사를 주장하는 관료들은 파면되었다. 세자는 고변당한 다음날 시민당(時敏堂) 뜰에서 다시 대죄했다. 이 일이 자신을 죽이려는 음모라는 것을 세자는 누구보다 잘 알았다.

세자의 대죄는 이레째 이어졌다. 시민당 뜰에서 세자의 대죄는 죄를 씻어내기보다 죄를 탐하여 죽기를 자처한 듯이 보였다. 세자는 몸 속 아득한 곳에서 불어오는 비선과의 전쟁을 무고한 죄의 씻음으로 끝내고 싶어 했다. 그럴 수 없다는 것에 더 많은 무게를 두었음에도 세자는 끝내 모든 것을 걸고 비선과의 전쟁을 마무리 짓고 싶어 했다.

홍봉한도 이해주도, 누구도 세자의 대죄를 임금에게 알리지 않았다. 이레째 되는 날, 이를 안 임금이 물었다.

"어디에서 대죄하고 있는가?"

홍봉한이 대답했다.

"시민당 월랑에서 엎드려 대죄하고 있사옵니다."

"춘방의 관원들이 알고 있느냐?"

우의정 윤동도가 대꾸했다. 윤동도의 음색은 지쳐 있었다.

"새벽에 일제히 모여 문한(門限)에 이르러 나가고 있사옵니다."

동트는 새벽에 윤동도는 세자의 곡기를 대령했고, 세자의 의복을 새로 내놓고 기다렸다. 세자는 잘 먹지 않았다. 잘 갈아 입지도 않았다. 곡기는 그때마다 달랐으나 세자 스스로 곡기를 줄여 대죄의 명분을 바로 세우고자 했다. 의복은 흰색 포로 준비했으나 세자는 그마저 거들떠보지 않았다. 세자 스스로 대죄에 대해 가혹하고 혹독했다. 세자의 몸에서 이가 돋았고, 날이 밝을 때 세자의 몸에서 뛰쳐나온 이가 시민당 뜰에서 말라 죽었다. 죽은 이들은 샛노랗게 익어 있었고, 터질 듯이 배가 불러 보였다.

임금이 말했다. 대신들은 쏟아지는 임금의 노기를 맨몸으로 받아내야 했다.

"관원의 이목이 부끄럽다. 어찌 누구도 말하지 않았는가? 세자가 대죄하고 있다는 것조차 과인은 모르고 있었다. 대죄 하나로 끝날 일이 아님은 모두 알고 있지 않은가?"

임금의 한마디는 세자의 대죄가 보이지 않는 장소에서 보이지 않는 속죄로 이어지를 바랐다. 번연한 시민당 앞뜰에서 엎드린 대죄의 태노는 진실이 아니라 오활한 계산일뿐이라고, 임금은 세자의 대죄를 대죄로 보아주지 않았다. 죄인의 입장을 방면하지도 않았다. 임금은 끝내 홍봉한의 뜻대로 세자를 뒤주에 가두어야 했다.

뒤주에 갇히는 날까지 세자는 침작했다고, 소론 조재호는 임금 앞에 엎드려 고했다. 말 한마디, 행동 하나까지 소략하고 단정했다고, 조재호가 내민 구원의 손길을 임금은 거들떠보지 않았다.

관례에 따른 조사에서 나경언의 배후로 소론 윤동도가 관련되었다고 답이 왔다. 나경언과 비선이 입을 맞춘 조작된 답이라는 것을 세자가 모를 없었다. 우의정 윤동도가 감읍하여 그 뜻을 아뢸 때, 세자의 음색은 어느 때보다 가라앉아 있었다. 울분과 노기와 억울함이 지워진 목소리에는 새순 같은 부드러움이 들렸다.

"우의정의 마음을 알고 있으니, 스스로 물러나는 일이 없기를 바라겠소."

허물을 탓하거나 자책하지 말라는 윤동도에 대한 배려를 세자는 죽는 순간 놓지 않았다. 세자의 죽음은 고요한 바다 같았다. 조재호는 유배지에서 가시울타리를 친 다음날 세자의 죽음을 전해 들었다. 조재호는 세자를 보호하려 하였다는 죄목으로 얼마가지 않아 사형되었다. 조재호의 죽음은 가시나무 같았다. 죽은 뒤 가시마다 비선을 향한 적개심이 곧고 날카롭게 돋아났다.

뒤주 속에서 죽음을 받을 때, 세자는 한강 북편을 바라보았을지 알 수 없었다. 뒤주 속에서 한강은 저승만큼 멀어서 보이지 않았을 것 같았다. 한강 너머에서 소란한 바람이 불어갔다.

　죽은 뒤 세자에게 내려진 시호는 사도思悼였다. 이름에 박혀 든 무수한 별과 바람과 울분의 까닭을 이덕무는 입에서 입으로 전해 들었다. 신사 오월 정묘의 일기에서, 이덕무는 그 해 궁성에 불어 닥친 죽음의 찬바람을 벼루의 연안으로 끌고 왔다. 그 전날의 일기에서도 시호에 관한 임금의 의중은 단호하고 매서웠다. 임금은 밖으로 내는 것으로 두려워하고 있으며, 안으로 삼키기를 원하는 듯이 읽혔다.

　　임금이 문관 · 무관 · 음관으로 일찍이 근밀近密 인 아경亞卿 · 아윤亞尹 · 장임將任을 지낸 사람 외에는 비록 지중추부사가 되었다고 하더라도 시호諡號를 감히 청하지 말도록 명하였다. 곤임困任의 막비幕裨로 구전口傳 한 외에 만일 남솔濫率 하는 자가 있으면 해당 수신帥臣은 제서유위율制書有違律을 시행하며, 지나치게 데리고 간 자는 도신道臣으로 하여금 그때그때 아뢰게 하여 그 즉시 정배定配하도록 하였다.

　사도.
　그 이름에 박혀든 무수한 별의 운행과 바람의 길과 울분의 전율을 이덕무는 이해할 수 없었다. 그럼에도 실록은 전했다. 누구의 죽음이든 그 삶을 생각하고, 애도하는 시호라야 한다고.

규장각 장고莊庫에 꽂힌 실록의 일기에서 홍봉한의 죄는 살아 있었다. 그 죄는 지금도 명백하고 유효했다. 임금이 단죄할 수 있는 홍봉한의 죄상과 죄량은 홍봉한에게 있을 것이었다. 홍봉한이 이끌어간 비선에 대한 치사량의 응분도 홍봉한에게 있을 것이었다. 검서관의 위치에서 홍봉한의 죄상은 끄집어낼 수 없었다. 규장각 검서관의 신분으로 지난 왕조의 역사를 오류로 정할 수도 없었다. 검서관의 오감으론 말 할 수 없거니와, 말하여서도 안 될 일이었다.

실록의 해석은 시대마다 달랐다. 실록은 왕조의 실상을 기록하는 집행의 결과물이었다. 거듭되는 왕들의 업을 후세에 남김으로써 왕조의 흐름을 담아내는 그릇이었다. 실록은 활용과 그 쓰임이 분명히 정해져 있었다. 실록은 사관의 기록을 근거로 하였는데, 편찬자의 의도에 따라 내용과 집착의 흐름은 달라졌다. 사관의 의도와 세상을 바라보는 세계관에 따라 실록은 정직하거나 솔직해졌다. 정직과 솔직은 다를 것이나, 예감과 광기가 맞물린 실록의 복잡성을 단순하게 받아들여야 하는 일은 사관들마다 난해했다.

돌아보기 위해서가 아니라 앞을 보기 위해서라는 실록의 취지는 높고 가팔랐는데, 그것은 용기로 붙들어 맨 필력이 무엇보다 중했다. 실록의 문장은 겹겹의 쇠를 두드려 늘리고 맞물리게 하여 하염없이 얇아지고 얇아져 마침내 보이는 것에서 사라져야 하는 칼과 달라서, 임금과 관료와 사관의 시야에 투명한 물의 문장이 가장 어려웠다.

시는 칼이고, 산문은 물이라는 실록의 기본 조건은 실록을 집필하는 편찬자의 시각과 임금의 언어를 보필하는 사관의 관점을 무엇보다 중시했다. 붓을 들고 휘두를 때 실록의 문장은 끝이 닳고 닳아 사라지는 시의 산맥을 거슬러 아득한 산문의 기슭으로 진입할 때 나왔고, 산문의 기슭에서 새롭게 부풀고 터지는 문장의 물결에 이르러 정직해졌다. 산이든 물결이든 모두 바다로 흘러가기 마련인데, 문장의 바다에서 우람하게 일어서는 산악 같은 것이 실록이었다.

실록은 신비롭고 아득한 것을 잠재우며 다가오는 실체와 사실의 필력을 가장 선호했다. 높고 가파른 데서 밀려가는 넓고 보편의 문장이 우선되어야 했다. 실록은 임금의 집중된 위엄을 가르거나 배척하지 않고 있는 사실을 반영하는 것인데, 붓을 쥔 사관의 사상적 운명과 함께하는 경우가 허다했다. 실록의 길은 멀고 험한 시간을 지나 해안가에 당도해 출렁이는 산맥과 달랐다. 실록은 붓을 쥔 사관의 사상적 집착과 공상의 모호함과는 달라야 하는데, 그것은 미리 예감할 수 없고 볼 수 없었다. 실록은 상식의 선에서 불가역적인 추론을 남기지 않아야 했다. 실록은 늘 실상의 대열을 이끌고 와서는 정직한 역사의 대열로 전열해야 했다. 땅과 하늘 사이 임금으로부터 깃든 생명력을 신료들의 사유와 더불어 한 그릇에 담아내는 일은, 어느 날엔가 올 문득한 전율처럼 멀고 아득해 보였다.

그날.

임오년 오월 선인문 앞뜰에 검고 단단한 뒤주 안에서 세자는 자신의 목숨을 놓고 정직하였을지 알 수 없었다. 먼 사계를 지나 과거에 울었을 부엉이 울음과 시류에 들려온 부엉이 울음 속에 잠긴 죽음은 한 가지인지 이덕무는 알 수 없었다. 이것은 의혹과 의심이 아니라, 나경언의 고변에 대한 임금의 성정이 말해주었다.

겉과 밖의 한없는 공백과 허기를 이덕무는 채울 수 없다는 사실 하나로, 세자의 죽음에는 또 다른 진실이 있을 것 같은 느낌은 어찌할 수 없었다. 느낌은 오감으로 오는 것이며, 사무치는 것이라고, 박제가 말하곤 하였는데, 그 말의 진위를 이덕무는 손톱아래 새기길 원했다.

그날 누구의 죽음이든, 죽음의 실체는 선인문 앞에 놓인 검고 단단한 뒤주와 분리될 수 없었다. 이것만은 부정할 수 없었다. 뒤주 안에서의 죽음이 누구의 죽음이든 달라질 수 없는 죽음 하나만큼은 진실이었다. 명백한 사건을 다른 눈으로 바라보는 것은 분명한 해석이 아니라 사적인 감정이라고, 시간 지나면 알게 될 일을 추론에 의지하는 한갓 망상일 뿐이라고, 박제가는 덧붙였었다.

아침나절 각자의 몸을 빠져나간 혼백들이 각자의 광기를 뒤집어쓰고 돌아왔다. 세자를 둘러싼 광기의 문장은 젖어 있었으나, 우국과 충정이 고른 비늘이 박혀 있는 것도 알았다. 비늘마다 과거에 묻힌 사건이 물방울 같은 빛을 튕겨냈고, 물방울 너머에서 새순이 돋아나길 이덕무는 희망했다. 벼루의 연안에서 붉은 빛의 시들이 돛을 달아 하현달 주위를 떠돌 때, 이덕무는 사도세자의 죽음에 든 역사의 광기를 털어냈다. 더 붙잡고 있는들 의미가 없었다.

궁을 나오자 한강 동편에 초승달이 떠올라 있었고, 서쪽으로 붉은 노을이 떠갔다. 광기의 추억과 실록의 기록 사이 하루가 모질게 길었다.

목마름

 삼월의 경복궁은 고요했다. 근정전의 아침은 외방장전 아궁이에서 시작됐다. 장작을 밀어 넣고 불을 땐 구들엔 훈기가 다급하고 열기가 팽팽했다. 시린 바람이 월대를 가로지를 때, 처마에 매달린 풍경에서 물방울 소리가 떨어져 내렸다.
 봄의 정령은 겨울 산 속에 숨어들어 보이지 않았다. 숲에 남아 울던 새들이 둥지를 나와 전각 사이를 날아다녔다. 풀숲에서 유충들이 꼼지락거렸고, 새들이 유충을 물어 날랐다. 구름 걷힌 햇살이 월대를 비추자 월대에 박힌 박석에서 새순 같은 빛이 새어나왔다. 빛이 임금 가까이 있었다.
 근정전 어좌에서 임금이 기침했다. 이덕무는 임금의 눈높이를 가늠했다. 까다로운 시선을 뭉개고 임금의 말을 기다렸다. 임금의 눈높이는 저정했다. 그 안에서 자유로울 조건은 자신에게 있다고, 이덕무는 생각했다.

임금은 신하들의 자유로운 사유와 변화하는 인식을 중히 여겼다. 인문의 식견과 충의 명분도 중히 여겼는데, 명분이 지나칠 때 불충에 버금가고 사직에 해가되리란 것도 내다봤다.

문신에 대한 임금의 생각은 늘 한 곳을 향했다. 신하가 지닌 관찰의 학구와 자신만의 글이 조선의 명분이라고, 임금은 못을 박았다. 문신들은 이를 어렵고 황망하고 필요를 넘어선 생각이라고 지적했으나, 임금은 눈을 부릅뜨고 기어이 뜻을 전하고자 했다.

무신을 바라보는 임금의 관점은 까다로웠다. 무신의 사유는 칼과 창과 활의 기지에서 오는 것이라고, 생각 끝에 임금은 말하곤 했다. 임금은 숙성된 쇠의 탄력을 좋아했고, 무신들의 지닌 무의 원천을 무겁게 여겼다. 무신들마다 타고난 기질을 흡족해했고, 이를 하나의 결집체로 이어가고자 했다. 임금은 무신의 개별적 기지를 좋아했으며, 저마다 지닌 무의 역량을 높이 바라봤다.

무구武具의 겉을 짐작하고 속을 다독거리기란 쉽지 않으나. 이를 실현히는 무인의 기지를 중히 여긴 것도 임금이었다. 무신들의 훈련은 침착하고 차분했다. 칼 속에 빛이 실려 있었고, 빛 속에 적의를 보태었다. 훈련과 훈련 속에 승전이 오리란 것을 믿었고, 무인의 땀방울에서 무의 호전과 진정성을 찾고자 했다. 무인들은 취하면 임금의 생각에 말을 보태곤 했는데, 말 속에는 언제나 칼과 창과 활이 지닌 쇠의 탄력이 난무했다.

임금은 칭찬보다 보편의 시각으로 무인들 속에 섞이길 원했다. 무와 혼연일체가 된 무인들의 정예만큼은 아가雅歌로 부르기를 원했다. 임금은 칼과 창과 활이 지닌 총기를 신뢰했다. 칼을 돌이킬 때, 임금은 쇠와 글이 합쳐지는 조선을 생각했고, 조선의 땅에서 피어나는 백성을 생각했다.

그렇다 쳐도, 칼과 광기가 하나가 될 수 없는 이유는 백 가지가 넘었다. 칼과 글은 서로가 서로를 거역하고 거스르는 끝없는 소모였고, 임금은 모르지 않았다. 칼과 글은 끝없이 나누어지는 사실 하나로 임금은 가르치려 하지 않았다. 칼로 글을 누르거나 글로 칼을 무마하는 일도 마다했다.

임금은 세상의 칼로 세상에 흩어진 광기를 모을 수 없다는 것을 알았다. 세상의 붓으로 세상의 칼을 제압할 수 없다는 것도 알았다. 붓과 칼은 합쳐지지 않는 이유 만으로 서로 다툴 것인데, 임금은 붓과 칼의 대립을 조선의 과거로 유배보내길 원했다.

임금은 다툼이 사라진 붓과 칼로 조선을 일으키고 싶어 했다. 광기로 쌓아올린 탑은 무수했는데, 별처럼 총총한 것도 있었고, 칼처럼 날카로운 것도 있었다. 늙은 고목처럼 중후한 것도 있었고, 젊은 서까래처럼 우람한 것도 있었다. 맹수처럼 사나운 것도 있었고, 땅강아지처럼 바닥을 기는 것도 있었다. 순도가 높은 것도 있었고, 질이 떨어지는 것도 있었다. 순한 짐승 같은 것도 있었고, 아이 같은 눈망울로 새벽나절 젖을 보채는 것도 있었다. 아침을 기다리는 과묵한 것도 있었다. 노을이 비껴든 바다 같은 것도 있었다. 눈 내리는 겨울 복판에 솟은 늙은 소나무 같은 것도 있었다. 종일 처마에 듣는 빗줄기 같은 것도 있었다. 감성을 자극하는 것도 있었다. 마음에서 사라지는 것도 있었다. 각양의 광기들이 뿜어내는 각양의 무늬들을 바라보면, 무늬의 단면에서 저마다 소박한 빛이 새어나왔다.

 아침나절 편전에서 임금이 물었다. 이덕무는 말라가는 입술에 침을 묻히고 숨을 죽였다.

 "검서관의 용기로 사대부의 광기를 토벌할 수 있겠는가?"

 임금의 음성은 젖어 있었다. 이덕무는 사지를 오므리고 등을 활처럼 구부렸다. 등짝에서 식은땀이 흘렀다. 옷깃 능선을 따라 팽팽한 긴장감이 돌았다. 대꾸할 때 임금의 시선은 보이지 않았다.

 "신은 조선의 글을 따르고자 함이지 글로 권력의 광기를 베어내려 함이 아니옵니다. 신의 글은 여전히 문외하고 무능하옵니다."

 "시로 권력을 베어낼 수 있는 자 누구인가?"

"시는 예술로 존재하는 것이지 저항으로 기능하는 것이 아니옵니다."

"조선엔 조선의 칼과 창과 활의 서슬로 권력을 찌르는 시 하나 없단 말인가? 조선의 시가 예술이라는 그 말은, 단지 칼이 저항을 위한 기예일 뿐이란 말인가?"

임금의 눈은 권력의 광기로 쌓아올린 사직을 근심하는 듯이 보였다. 권력의 광기와 조선의 저항으로 일어서는 나라와 나라의 대립을 이덕무는 이해할 수 없었다. 광기란 사소하며 사적일 수 있는 것인지라, 그 복잡하면서도 단순한 것의 대립을 무마하고자 하는 것은 임금의 의중이지 자신의 뜻은 아닐 것이라고, 이덕무는 생각했다.

이덕무는 조심스레 대꾸했다.

"권력의 파행으로 조선의 역사를 가릴 수는 있어도, 조선의 시로 권력의 광기를 베어내기란……"

임금의 젖은 음성은 사적 감성으로 달래지지 않았다. 비선과 권력의 전쟁 앞에 이덕무는 무력했다. 벼루의 연안에서 이덕무의 시는 날마다 울먹였으나, 시의 파편은 별의 잔상처럼 분명하지 않았다. 적어도 임금은 별을 품은 시보다 칼을 머금은 시를 원하는 것 같았다.

이덕무의 글에선 칼이 보이지 않았다. 그 이유만으로 이덕무는 유죄가 될지 몰랐다. 시와 칼의 치명적인 전쟁에서 이덕무는 무엇을 얻고 무엇을 잃게 될지 짐작할 수 없었다. 저마다 글 속에 숨기고 있는 칼은 날카롭거나 무딜 것인데, 찌를 데 어떤 속도로 뻗어갈지 판별할 수 없었다. 모든 칼이 모든 시의 기슭 안으로 사라질 때, 칼의 모순을 권력의 대척점에서 만나리라는 희망을 이덕무는 단 한번 저버리지 않았다. 그날이 오면, 진실로 권력의 광기를 버릴 수 있을 것 같았다.

시와 칼의 전쟁을 무마하는 임금의 생각은 깊고 치밀해 보였다.

"조선의 시엔 조선의 칼이 배어 있어야 하고, 조선의 칼엔 조선의 시가 깃들어 있어야 한다. 헌데 조선의 시와 칼엔 조선의 정신이 사라졌단 말인가?"

"시와 칼은 저마다 각각의 속성으로 차 있사옵니다. 재촉한들 그것이 하나로 합쳐질 수 없사옵니다. 조선은 더 많은 시간이 필요하옵니다."

"내가 원하는 건 권력의 광기가 사라진 모두의 자식 같은 화평이다. 과인이 무신들의 냉정한 칼을 원했는가? 규장각 각신들의 부드러운 시를 원했는가?"

"하오나……"

자식 같은 조선의 화평.

그 한마디 속에 조선의 운명은 점지된 듯이 보였다. 그 말속에 조선의 과거가 보였다. 임금의 목에서 팽팽한 가시가 돋

앉고, 임금의 말은 이덕무의 가슴을 찌르며 밀려왔다. 이덕무는 임금의 말을 받으며 밤사이 벼루의 연안에 내려앉던 총총한 별들과 수면을 스치던 고결한 바람을 생각했다. 벼루의 연안에 고인 시들의 창의를 이덕무는 운명이라고 생각하지 않았다.

　조선의 화평을 생각하는 임금의 고뇌는 오래전 국경을 넘나들던 백제 병사들의 혼백과 닮아 있었다. 임금의 사색은 국경 너머에서 고요한 죽음을 끌어안고 잠들어 있는 백제 마지막 왕의 운명을 실은 듯했다. 임금의 고뇌가 끝나는 지점이 조선이 맞닥뜨릴 운명이지 싶었다.

　근정전 전각으로 새들이 날아들었다. 다시 임금의 목소리가 청명하게 들려왔다.

　"조선의 정신을 다독이는 문신들의 어려움을 안다. 사직에 촉각을 세우는 무신들의 충정을 모르는 바 아니다. 종묘와 사직을 보필하는 종친들의 유능도 안다. 그 모두를 끌어안을 수 없다는 것도 안다. 이 모두 화친하지 않으면 위태로울 수밖에 없다. 이것이 비선과 권력의 전쟁을 무마하고자 하는 나의 마음이다. 이 모두는 후대를 위한 것이다."

　"……."

　이덕무는 대꾸할 수 없었다. 시의 용기로 대적할 수 없는 칼의 대척점 앞에 이덕무는 놓여졌다. 시와 칼이 임박한 대척점에서 이덕무는 날마다 외로웠다. 세상으로부터 격리된 시를 일깨우고, 시의 바람으로 하여 헐거움과 낡음과 쓰라림을 견디는 일은 날마다 부박했다.

시의 벌판

　모든 시는 모든 칼 앞에 구원이기를 이덕무는 바랐다. 시는 시시때때 임금의 교서 아래 신음했으나 시의 주둔지에서 베어낼 적의 숫자는 파악되지 않았다. 숫자는 무의미했고, 숫자는 종이에 적혀 있을 때 분명했으나, 그마저 숫자에 불과했다.
　권력을 쥔 적들이 칼로 기습하면 생의 결함은 시로 드러날 지 칼로 드러날 지 알 수 없었다. 이덕무는 권력의 칼 앞에 죽어가는 시를 희망하였는지, 문신의 벌판에서 무신의 칼을 염원하였는지 알 수 없었다. 세상 너머로 사라진 뒤 시로 살아가는 생의 가벼움이 칼의 무거움을 가져다주면 다행이었다. 그 때문에 무거운 곳으로 불어가는 가벼운 시와, 가벼운 날들 속으로 흩어지는 무거운 시를 이덕무는 원했다. 시류에 당도한 서류庶類의 삶을 인내할 조건은 오직 시의 용기에 있었다.

이덕무의 삶은 견뎌야 할 것이 많았다. 서류의 삶을 넘어설 수 없는 사실 하나로 이덕무는 권력의 광기로 시를 생산하는 조선의 적과 다르지 않았다. 이덕무는 그렇게 알아왔고, 그렇게 살아갈 것이었다. 임금의 말은 명백히 생의 폐부를 찌르는 말이었음에도 이덕무는 날카로움을 견디는 것에 익숙하지 않았다.

임금이 덧붙였다.

"조선은 불멸할 것이다. 검서관은 조선을 업신여기는 권력가에게 시와 칼이 될 것이다."

봄빛이 성근 임금의 음성은 불꽃같았다. 조선의 운명에 대한 임금의 감정은 대쪽 같았다. 속이 찬 임금의 의분은 조선의 글과 말과 풍속과 정신이 하나로 묶여 대숲 가까이 뻗어갔다.

목을 치켜들고 조선을 압박하는 권력의 비선을 떠올리면서, 이덕무는 마당을 뛰쳐나온 장닭들을 생각을 하지 않고 속이 갯벌처럼 검은 백로들을 생각했다. 생각은 임금의 음성을 딛고 오를 테지만, 생각의 숲 언저리엔 늘 시와 칼이 더운 바람으로 불어 다녔다. 임금의 음성은 살을 찌르며 다가왔고, 임금의 고뇌는 명료해 보였다. 임금의 고뇌 속에 광기의 난세는 예감되었다.

이덕무는 황량한 머리로 읊조렸다. 목에서 속이 빈 나무들이 서성였다.

"권력은 무거운 나라일수록 서둘러 오는 법이옵니다. 과거만 바라보시면 먼 곳의 광기는 보이지 않는 법이옵니다. 먼 곳의 광기를 예감할 때 조선의 화평도 당겨져 올 것이옵니다. 신은 그렇게 알아왔고, 그렇게 가져갈 것이옵니다."

"가르치려 하지 마라. 권력의 광기가 어려운 건 나도 안다. 허나 조선의 화평은 언젠가 필연이 될 것이다. 시와 칼로 다듬어진 운명이 조선을 일으키는 날이 올 것이다."

"신은 오로지 조선의 화평을 기대할 것이옵니다. 규장각이 있는 한 권력의 광기가 백성을 업신여기지 못할 것이옵니다. 각신들이 한 줄로 따를 것이옵니다. 조선의 화평을 지켜가겠나이다."

눈물은 모두에게 이기적이라는 생각을 했다. 눈에 흐르는 이것은 권력의 적들을 향한 적개심에서 비롯된 것이지만, 결국은 이덕무 자신을 향한 것이기도 했다. 눈물은 모두에게 평등하거나 공평해야 하며, 권력의 적들에겐 거침없는 것이라야 쓸모가 있지 싶었다. 더 이상 울먹이지 않아야 한다고, 이덕무는 입술을 깨물었다.

임금을 올려다봤다. 임금의 시선은 고요하고 청명했다. 입에서 더운 입김이 새어 나왔다.

"권력의 광기를 칼로 잠재울 수 없다는 것을 안다. 검서관의 용기로 밀어낼 수 없다는 것도 안다. 사직은 조선의 화평을 원한다. 이 모두 조선의 긍지로 옳게 서는 날······."
　옳게 서는 날.
　그 말의 의미를 알 것 같기도 했고, 모를 것 같기도 했다. 그 날이 오면, 임금의 의분은 사라질 것인데, 언제가 될지 알 수 없었다.
　임금의 목소리가 대숲을 빠져나와 조선의 영토로 흘러갔다. 임금의 고뇌에 봄빛이 당도해 있었고, 마르지 않은 고뇌는 젖어서라도 흘러가는 모양이었다.
　근정전 전각 아래 먼 산들이 쪽빛 하늘과 맞닿은 자리에서 갈댓빛 능선을 드러냈다. 멀리에서 산들이 임금이 앉은 자리 가까이 파란 물결로 밀려왔다. 임금의 고뇌가 서쪽 하늘 모서리에서 쪽빛으로 섞이어 들면 산들이 능선을 따라 또렷한 무늬로 빛났다.
　이덕무가 임금의 말을 받았다.
　"하오나 전하, 그 모두 조선의 고뇌이옵니다. 조선의 고뇌가 전하의 고뇌이며 규장각 검서관들의 고뇌일 것이옵니다."
　"편견은 버려야한다고 말하지만, 실상은 편견으로 세상을 바라볼 수밖에 없을 것이다. 그 세상은 안쪽과 바깥으로 나누어져 있을 테지만, 그마저 속박과 편견으로 바라볼 수밖에 없다. 그것이 내 자리의 한계이며, 내 자리의 믿음이다. 아마도 이것은 모두의 뜻이 합쳐진 바람일 것이다."

아마도.

그 한마디 속에 임금의 자리가 보였고, 세상 끝나는 자리의 안과 바깥이 보였다. 그곳은 몹시 피곤하면서도 우울해 보였다.

"높고 가파른 고뇌를 전하는 어찌 견디려 하시옵니까?"

"규장각 검서관 모두를 조선의 인재로 봐왔다. 그 속에 답이 있을 것이고, 독도 있을 것이다."

임금이 숨을 고르게 내쉬었다. 목이 타는지 아가상雅歌床에 놓인 물그릇을 집어 들었다. 임금의 울대가 꿈틀대며 물을 넘겼다. 물이 넘어갈 때 임금의 눈은 감겨 있었다. 임금의 울대는 오래전 검고 단단한 뒤주에서 캄캄한 죽음을 받은 사도세자의 죽음을 삼키는 듯이 보였다.

이덕무가 낮게 대꾸했다.

"조선을 업신여기는 자들의 광기를 치욕으로 여기겠나이다. 권력의 광기를 조선의 적으로 삼겠나이다. 권력의 광기를 규장각 각신들에게 고하여, 조선의 본보기로 삼겠나이다. 신은, 죽는 날까지 조선의 화평을 돌덩이처럼 가져가겠나이다."

"그리하라. 허나 검서관의 용기는 바다 같고 산악 같은 것이라야 한다."

검서관의 삶을 인내하는 문외한의 삶으로 산악 같은 권력의 광기를 박멸할 수 있을지 알 수 없었다. 검서관의 신분만으론 이덕무의 삶은 버거웠다. 가벼운 삶으로 무거운 권력을 누를 수 있을지. 이덕무는 어깨가 떨려오는 것을 알았다.

"하오나 신의 바람은 허균 스승의 가르침과 다르지 않으며, 박제가의 솔직한 문장과 긴밀하옵니다. 살아온 날과 마찬가지로 자유롭지 못한 시의 용기로 전하의 면전에 서있을 날이 많사옵니다. 송구하옵니다."

"남은 생애만이라도 나라의 용기를 지키는 게 내 뜻이다. 낡은 권력의 광기를 멀리하고 새로운 조선의 운명 앞에 서라. 그것이 바다 같은 나라가 될 것이고, 산악 같은 삶이 될 게다."

임금이 목소리는 맑고 분명했다. 임금의 뱃속 깊숙한 곳에서 돌이키는 조선의 운명은 허허롭고 희미했다. 그렇다 쳐도, 돌이킬 수 있으므로 새로워질 수도 있을 것이었다.

임금의 입에서 솟구치는 나라의 용기는 정직하게 들렸다. 그 용기는 입속에 있을 때 아늑하고 편안해 보였다. 광기가 사라진 박제가의 말은 떠오르지 않았다.

멀지 않은 자리에서 임금이 가슴은 허허 벌판 같고 싶은 바다 같았다. 이덕무는 시의 벌판을 가로질러 바다 깊이 내려가 손톱아래 임금의 말을 새겼다. 손톱 밑에 구름처럼 시의 용기가 새겨들었다.

호텔 칼리포냐

게르니카의 비극을 말하던 민희의 선배언니는
빌딩 콘크리트 바닥에 잠자듯 누워 있었다.
얼어붙어 몸은 완전한 나신이었다.

1

비가 내린다. 도시는 상점의 전등 빛과 헤드라이트, 빌딩의 불빛들로 집약된다. 어둑해지는 동안에도 그녀는 나타나지 않는다.
이민희.
그녀를 기다리는 중이다. 약속한 시간이 두 시간이 지나간다. 지나가는 사람들이 자꾸 내 쪽을 흘금거리며 키득댔다. 그녀는 내게 베레모 착용을 주문했다. 헐렁한 반바지와 발목까지 올라온 통가죽 신발까지. 영락없는 시골 보이스카웃 차림이다.
시간이 지날수록 자신이 없어진다. 그녀가 나타나더라도 우물거리다 끝나겠지. 그녀의 심기를 틀어놓으면 어쩌나, 늘 이런 식이다. 가벼움, 지겹도록 떠올리기 싫은 말이다. 간밤에 그녀와 어렵사리 통화를 했다. 내 쪽에서 건 일방적인 전화였고, 약간의 취기가 휴대폰에 저장된 그녀의 이름을 누르게 했다.

"민희? 선배다."

"어머, 선배. 연락이 없어서 다시 군대라도 간줄 알았어요."

"보고 싶다."

"맨날 보고 싶대. 만나면 아무 말도 않고 덜덜거리기만 하면서."

"내일은 꼭 만나."

"베레모 있어요?"

"왜?"

"내일 꼭 쓰고 나오세요."

"내일은 나올 거지?"

"당근이죠. 반바지하고 통구두도……."

딸깍. 이게 전부다. 평소대로 1분을 버티지 못했다.

꼭 나올 것처럼 이상한 차림을 주문하던 그녀는 아직 감감무소식이다. 붉게 물든 서편 하늘을 따라 한 무리 새들이 도시 저편으로 날아간다.

이른 저녁이라 그런지 백화점 앞은 사람들로 북적인다. 노점상이 줄지어 늘어선 건너편 거리는 한산해 보인다. 그녀로부터 메시지가 날아든다.

"선배 미안해요. 지금 영재 선배와 둘이 있거든요. 나 영재 선배랑 여행 떠나요. 여수 앞바다, 알죠? 단둘이……. 다시 군대 가지 않을 거면 다음에 만나요^^."

휴대폰을 주머니에 구겨 넣는다. 곧장 육교 쪽으로 비척대며 걸어간다. 통가죽 구두가 뒤꿈치에 걸려 덜컥거린다. 베레모를 벗어 가방 속에다 아무렇게 쑤셔 넣는다. 땀으로 범벅인 머리가 시원해진다.

그녀가 있을 곳은 짐작조차 되지 않는다. 언젠가 극장로비에서 만나기로 했다가 전남 해남에 있다고 연락 온 적도 있으니 알만하다.

끼익-.

차량들이 일제히 쇳소리를 내며 길을 거너는 노인 앞에 멈추어 선다. 나는 생각할 겨를 없이 차도로 뛰어든다. 간신히 노인의 팔을 붙들고 도로 밖으로 나온다.

"하마터면 차에 치일 뻔 하셨잖아요."

노인이 내 차림을 보고는 한심해서 못 봐주겠는 표정을 짓는다.

"괜한 늙은이 붙들고 왜 그랴?"

노인이 생사람 잡는 소리를 하자 맥이 탁 풀린다. 자신은 무단횡단 따위는 전혀 한 적이 없는 얼굴이다. 나는 이러지도 저러지도 못한다. 궁상맞은 얼굴로 노인에게 말한다.

"그럼 차 조심하고, 길도 조심해서 들어가세요."

노인이 낮게 중얼거린다. .

"무식한 놈, 눈치가 없어."

눈치라니? 뜬금없이 던지는 말치고는 음색이 다르다. 묻기도 전에 노인은 발길을 돌려 골목길로 걸어간다. 노인을 좇아가지만, 금세 사라져 보이지 않는다. 갑자기 사라질 만한 길이 아닌데, 주변에 있던 은행은 이미 셔터를 내린 상태였고, 미용실까지 들여다보지만 보이지 않는다. 철모파마를 끝낸 아주머니가 화들짝 놀라며 나를 바라본다. 곁에 껌을 짝짝 씹어대며 다리를 꼬고 앉은 미용사가 전부다.

"오늘 장사 끝났어요. 다음에 오세요."

미용사가 셔터를 내린다. 노인을 미용실 안에 숨겨둔 것 같지는 않아 보인다. 휴대폰 모니터에서 깜빡거리는 시계를 본다.

오후 9시33분.

"어, 이럴 수가……."

비 맞은 수노승처럼 중얼거리며 휴대폰을 뒤적인다. 민희의 메시지를 받은 시간이 6시2분이고, 무단횡단 하는 노인은 구조하고 나눈 짤막한 대화까지 통틀어 10분이면 충분한 시간이다. 헌데 지금 시간은 9시33분을 가리키고 있다. 어찌된 일인지, 3시간10분의 시간은 어디로 사라진 것일까.

2

　처음 민희를 만난 것은 군대 제대 후 복학을 하고서였다. 한겨울이었고, 그녀의 얼굴은 아이처럼 맑았다. 민희가 나를 사로잡은 까닭은 지금도 알 수 없다. 연민은 사소한 것에서 일어나는 법이니까.
　누구에게나 비밀 하나쯤은 있다. 오로지 자신만의 비밀. 나의 비밀 중 하나가 바로 민희다. 그녀는 대학 때 서양화를 전공했다. 미술학도의 열정을 희망처럼 품고 살아가는 미대생이었다. 세상물정에 어두운 반면 재치가 반짝였다. 다가오지 않으면서 여운을 남기는 스타일은 사람의 마음을 끈다. 다가가면 한 걸음 뒤로 물러나 파리한 눈으로 바라보다 멀어지는 순간 돌연 다가오는 파랑새 같은 여자, 그녀가 바로 민희였다.
　민희는 며칠째 감감 무소식이다. 영재라는 친구와 정말 여행이라도 떠난 모양이다. 나는 출근 도장을 찍고는 곧바로 밖으로 나온다. 입사한지 3년이 넘은 출판사는 매일 군기를 잡는다. 그러든 말든 오전 동안 나는 출입처 한곳에 틀어박혀 시간을 보낸다. 커피는 하루 두 잔 이상 마시지 않는다.

오후 4시가 되어서야 동규를 만난다. 약속이라도 한 듯 동규와 나는 돌다방 뒤편 선술집을 찾아든다. 낡은 건물을 개조해 언제 쓰러질지 모르는 허름한 술집이다. 대낮부터 코가 발갛게 달아오른 주당 몇이 진을 치고 있다.

"낮부터 술이냐?"

"말마. 다 이유가 있으니까."

동규는 지역 일간지 광고영업사원이다. 5년째 그 일을 하고 있다. 내가 출판사 기자가 된 것도 동규의 공이 크다. 나는 동규의 표정을 살핀 뒤 말을 던진다.

"왜 그래? 만나자마자 흥분해 가지고."

"내가 지금 흥분 안 하게 생겼냐."

"왜? 무슨 일이라도 있어?"

"아침부터 편집국장한테 깨진 거는 그렇다 쳐. 너 영재라고 알지?"

"영재?"

"학교 다닐 때 완전 재수 없던 놈 있잖아. 날랐어."

민희가 띄운 문자로 남긴 이름이다.

… 나 영재 선배랑 여행 떠나요. 여수 앞바다…….

그 영재라면 나도 할 말이 많다. 할 말이 많은 것과 감정이 많은 것은 다르다. 감정은 없다. 워낙 인연이 없는 친구니까. 나는 침착하게 묻는다.
"어디로 날라?"
버럭 동규가 소리를 질렀다.
"그 자식이 내 돈 떼먹고 날랐다니까."
"돈? 무슨 돈……."
"너도 알고 있지? 그 자식 무슨 이벤트 업체 차린 거. 내가 석 달 동안 격일로 광고를 실었는데 한 달 후에 결재한다고 그래놓고 토꼈어."
"진짜?"
"그래 임마. 이모! 술 좀 줘요."
조금 긴장이 된다. 이럴 땐 더 진지해져야 한다.
"모두 얼마야?"
"못 돼도 한 이천은 될 거야."
"이천원?"
"짜식아 이천만원이라고."
동규의 눈이 뒤집어진다. 더 흥분했다간 술상이라도 엎을 것 같다.

"흥분하지 말고, 그 친구 아버지가 무슨 사업하지 않아?"

"알아봤는데 학교 때부터 내놓은 자식이라는 거야. 찾아가 봤는데, 그 아버지라는 작자가 배 째라는 식이야. 야, 나 미치겠다. 이모!"

그제야 주모가 이쪽을 흘금 돌아본다. 아주 잠시, 주모는 다시 또각또각 칼질을 한다. 무료한 술자리가 될 것 같은 기분이 든다. 동규의 뒤집힌 눈에서 영재의 모습이 겹쳐진다. 나는 조용히 묻는다.

"너 여기 처음 오냐?"

"아니, 가끔. 아주머닌 저래도 술맛은 괜찮아. 일차는 여기가 제일이야."

"그래 가지고?"

"이차는 근사한 데로 가야지. 연어초밥 괜찮냐?"

"연어초밥 말고 영재 말야. 강, 영, 재 어떻게 됐어?"

"강영재?"

동규는 술 때문에 잠시 잊은 영재를 떠올리며 다시 열을 올린다. 더 들어봐도 뻔한 이야기지만, 그래도 들어주는 게 예의지 싶다. 주모가 술상을 내오길 기다리는 동안 동규의 악담과 저주는 계속된다.

서캐처럼 뿌연 막이 낀 창문 너머로 손바닥만한 하늘이 보인다. 술상이 나오자 동규의 욕설 섞인 악담과 공포와 저주는 사그라든다. 넓은 쟁반에 술잔과 안주가 담긴 접시를 담아온 주모가 동규를 바라보며 쌀쌀맞은 목소리로 말한다.
"고만, 퍼뜩 묵고 가거래이. 알겠나?"
주방으로 돌아간 주모는 사발에 국을 퍼담으면서 이쪽을 건너본다. 영문을 몰라 동규에게 묻는다.
"이 집에 밀린 외상값 있냐?"
"외상값은, 임마 내가 요 콧구멍만한 술집에 외상 깔아놓게 생겼냐?"
"근데 저 아주머니 왜 널 못 잡아먹어서 난리냐?"
"낸들 알겠냐? 괜히 그러는 거겠지"
그러면서 동규는 목청을 높인다.
"아따, 이모 너무 그러는 거 아니라요. 새들도 다 짝이 그리워 지지배배 하고 우는 법인데…."
밥통 같은 말만 해대는 동규는 주모보다 더 속을 썩인다. 아주머니는 조금도 지지 않고 동규의 말에 쏘아붙인다.
"울고 자빠졌네. 써글걸 처묵었나 무신 쉬빠진 소리고, 고만 치았뿌라."
주모의 대꾸가 만만치 않다. 동규와 주모 사이에 내가 모르는 갈등이 있는 모양이다. 그러든 말든 동규와 나는 열심히 술잔을 비운다. 막걸리 세 통을 비운 동규는 화장실을 다녀와서 추가로 술을 주문한다. 사람들이 하나둘 술집으로 모여들기 시작하면서 동규와 나는 어지간히 취해간다.

드륵. 술집 문이 열리면 젊은 여자가 들어선다. 순간 동규의 얼굴이 굳어진다. 그녀는 천천히 동규 앞을 지나 구석진 자리에 가서 앉는다. 그제야 동규가 이 술집을 찾아온 이유를 알 것 같다.

"정신 차려 임마. 넋을 빼놓고 보냐. 그러다 눈 빠지겠다."
"내가 언제?"

그러면서 동규는 젊은 여자에게 시선을 거두지 못한다. 주모의 쌀쌀맞은 태도가 이해된다. 단정한 차림의 젊은 여자는 무엇을 해도 동규와는 어울릴 것 같지 않다. 민희와도 사뭇 다르다. 동규가 벌떡이는 가슴을 진정시키려는지 거푸 술을 마셔댄다.

쨍! 무언가 깨지는 소리가 들려온다. 조금 전에도 들은 소리다.

"이기 무신 소리고?"

저녁 무렵 사발 깨지는 소리가 요란하다. 주모의 실수이겠거니 했으나 제 밥그릇이나 깨트려 먹을 위인은 아닌 모양이다.

소리가 난 쪽으로 고개를 돌린다. 언제 술집에 들어왔는지 노인이 구석에 앉아 있다. 노인 앞에는 말쑥한 정장차림의 청년이 서 있다. 사발을 깨트린 장본인이다. 각진 얼굴의 청년이 가시돋힌 목소리로 말한다.

"여보쇼, 영감. 무슨 봉변당하려고 남의 일에 참견이요, 참견이."

청년이 다짜고짜 후려칠 기세다. 노인은 술잔을 기울이며 거들떠보지도 않는다.

"여기 술 한 사발 더 주시우. 젊은이 고정하게."

노인의 낮은 목소리에서 지긋한 위엄이 느껴진다. 곧이어 청년의 얼굴이 새파랗게 질린다. 치켜들고 있던 손마저 부르르 떨며 사지가 굳어 있다. 부엌에서 지켜보던 주모가 술 사발을 들고 황급히 노인 앞에 대령한다. 청년의 옆구리에 한 뼘이나 박힌 나무젓가락을 보고는 주모가 혼절하고 만다. 동규의 날랜 솜씨다. 잠시 후 조무래기 몇이 달려와서는 뻣뻣하게 굳은 청년을 업고 술집을 빠져나간다.

칠순은 넘어 보이는 노인이다. 단정하게 앉은 노인을 보자 측은한 생각이 든다. 도포자락 사이로 얼핏 앙상한 무릎이 비쳐든다. 그제야 머릿속을 가로지르는 기억이 떠오른다. 며칠 전 횡단보도에서 만난 노인인 것이다. 그날 순식간에 사라진 3시간 10분. 노인이 알고 있을지 모른다.

"젊은이 고맙소."

노인의 말이다. 저번과는 사뭇 다른 말투다. 동규가 대답한다.

"대체 어디서 오신 뉘신데 저런 몹쓸 것한테 봉변을 당하십니까?"

"늙고 힘없어 이러는 거 어디 나쁜이겠소. 행여 젊은이 다칠까 염려되니 남의 일까지 나서지는 마시게."

산전수전 다 겪은 몸 아무 걱정을 말라는 투다. 어딘가 많은 사연을 간직하고 있을 것 같다. 노인이 술잔을 기울이며 그윽한 눈으로 나를 바라본다. 무언가 할 말을 담은 눈빛이다.

"이모, 예 막걸리 두 통하고 안주가 될 만한 걸로 퍼뜩 대령하소."

동규가 마침 임자 만났다는 기분으로 자리까지 옮겨 앉으며 이것저것 시킨다. 주모가 숨넘어가는 소리로 대답한다.

"안주고 뭐고 고만 딱 죽고 싶은 기라."

"그만 일어나 여기 술이나 얼른 주소. 놀래기는 겁나게 놀란 모양이네."

동규기 주모에게 눈을 흘기는 동안 노인을 바라본다. 노인이 주전자를 들고는 술을 권한다.

"젊은이를 보니 내 기분도 한결 젊어지는 기분이네. 술 한 잔 받게."

숨이 가빠오는 걸 누르며 노인이 따라주는 술을 받는다. 노인에게서 묘한 끌림이 느껴진다. 술을 받은 뒤 나는 노인에게 묻는다.

"사연이 있나 본데 이 자리가 어렵지 않으면 들려주시지요. 딴 뜻이 있어서 그러는 건 아닙니다."

이 말을 기다리고 있던 듯 노인이 주저 없이 대꾸한다.

"허면 장차 젊은이 앞날에 유용한 것들만 골라 사설로 풀어봄세. 초여름 밤 한가한 풍(風)으로 여겨주게."

노인이 물을 가르듯 말문을 열어간다. 동규와 나는 동시에 고개를 끄덕이며 빙그시 웃는다.

"지난 반생을 떠돌이로 살았네. 정처 없이 떠도는 몸 가보지 않은 데가 있겠는가. 본 곳만도 수천이요, 들은 것만도 수만이네."

해거름에 시작된 이야기는 밤늦도록 이어진다. 몇 순배 술이 오가고, 동규와 나는 겁 없이 술을 들이킨다. 얼큰해진 노인이 들어보지 못한 시구를 읊으며 흥에 몸을 맡기는 동안 나는 파랑새를 따라 한없이 흘러간다. 꿈인지 생시인지 분간이 되지 않는 길에서 기억은 멈춘다.

눈을 떴을 땐 희뿌연 새벽이다. 평상 위에 혼절하듯 나부러진 몸을 일으킨다. 노인은 보이지 않는다. 수돗가로 달려가 한참을 게우고 나서야 장독대 모서리에 엎어진 채 잠든 동규가 보인다. 뒤로 넘어질 듯이 머리가 쑤셔온다. 냉수를 한 바가지 들이킨 후에야 흐트러짐 없이 이야기를 풀어가던 노인이 떠오른다. 옆에서 하품으로 일관하던 동규가 장독대 너머로 사라지는 모습이 겹쳐진다. 거기까지 떠올려놓고 평상으로 달려간다. 평상 위에 황갈색 단소가 놓여 있다. 단소를 집어 드는 순간 심하게 뒷덜미에 부딪치는 노인의 말이 머리를 스쳐간다. 불길한 꿈처럼 단소를 떨어뜨린다.

··· 누구도 알지 못하는 비밀을 하나 알려줌세. 젊은이의 눈빛이 그걸 말하라 하네. 행여 술이 깨거든 지금 내가 한 말은 세상 어디에도 없던 말이네. 명심하게······. 선조대왕 22년 시월 초이틀 날 일이네. 황해감사 한준의 비밀장계가 올라와 왕실을 흔들어놓은 사건이 있었네. 정여립을 제거하기 위한 가공할 기축옥사가 포문을 연 것이네. 그 장계에는 정여립의 역모를 고변하는 내용이 소상히 기록되어 있었네. 기축년 겨울 서남에서 일시에 거병하여 얼어붙은 강창을 탄략해 대장 신립과 병조판서를 죽인다는 밀서였네. 주상이 떨리는 목소리에 삼성승을 비롯한 조정의 모든 중신들이 술렁였지. 대노한 대왕께서는 즉각 선전관과 금부도사를 급파했다네. 천 명이 넘는 선비와 백성이 피를 흘렸네. 이 얼마나 원통한 일이었겠는가. 하늘이 알고 땅이 아는 일이니······. 같은 해 고관의 자제로 역모에 가담한 오누이가 함께 생매장 당하는 사건이 일어났지. 후세에 알려지

는 게 두려워 이들도 함께 땅에 묻히게 했지. 시신을 파먹으며 한 달 만에 우리는 땅으로 나왔다네. 그것만큼 저주가 또 어디 있겠나. 궁흉한 저주. 그 후 이 몸은 죽지도 늙지도 않은 몸으로 지천을 떠돈다네. 지금 일은 누구에게도 말해서는 아니 되네. 잊지 말게. 이것으로 젊은이와 이 늙은이의 인연은 없던 것으로 해야 하네. 명심하게.

말을 마친 노인이 그윽한 눈길로 나를 본 뒤 이내 등을 돌리고 걸어가는 기억이 남아있다. 새 한 마리가 노인의 머리 위를 맴돌며 어두운 하늘을 저어가는 여운을 끝으로 기억은 멈춘다. 먼동이 터오고, 황갈색 단소가 새벽 햇살을 받아 생금처럼 빛을 낸다.

3

 평소와 같이 취재를 마친 후 사무실로 복귀한다. 자리에 앉자 민희가 남긴 메모가 눈에 띤다. 여행에서 돌아온 모양이다. 퇴근 후 약속 장소에 들러 오피스텔에 도착한다. 오후 열시를 넘긴 시간이다. 엘리베이터가 일주일째 작동을 않고 있다. '고장'이라고 적힌 A4용지가 바닥을 뒹군다. 8층까지 오르자 숨이 차오른다. 복도마저 어두컴컴하다. 주인 영감이 미등까지 꺼버린 모양이다. 공과금 납부기간이 되면 주인영감은 입주자들을 죄다 불러놓고 일상 연설을 한다. 전기세가 많이 나온다는 게 집합의 이유다. 입주자 중 누군가 수돗물을 틀어놓고 외출하는 것도 한 가지 이유다. 참석하지 않으면 당장 '방빼'하고 엄포를 놓는 게 주인영감의 특기다.
 복도 끝 환풍기 프로펠러 사이로 조각난 빛이 바닥을 어지럽게 비춘다. 얼마 전 복도에서 넘어진 적이 있다. 며칠 동안 다리를 절었는데 만나는 사람마다 누구와 싸우다 그랬냐는 식이어서 낭패를 봤다. 문을 열기 위해 열쇠를 꺼내는 순간 소스라치게 놀란다. 문 옆에 서 있는 누군가를 향해 나는 간신히 묻는다.

"누구세요?"

"……."

대답이 없다. 소리를 높인다.

"누구냐니까?"

"선배, 저예요."

"누구?"

"민희예요."

의외다. 단 한번 나를 찾아온 적이 없는 그녀다. 이 늦은 밤 중에 무슨 볼일이 있는 것일까. 민희가 허기진 얼굴로 어울리지도 않는 투정을 한다.

"얼마나 기다렸는지 아세요? 휴대폰은 어디다 뒀어요?"

"사무실에."

헷갈린다. 오늘 만나기로 되어 있었는데 내가 그 약속을 어기기라도 했다는 투다. 가만 생각해보지만 그녀를 만나기로 한 기억은 없다. 번번이 약속을 어기는 쪽은 그녀다. 지난번 백화점 앞에서 웃음거리로 만든 것도 따지고 보면 세 번은 성낼 일이다.

"배고프니 들어가서 우리 맛있는 야식이라도 먹지 않을래요? 시장 봐왔어요."

그녀가 노브랜드 비닐봉투를 흔들어 보인다.

"오늘 나와 만나기로 약속했어?"

"연락이 없어서 이번엔 정말 선배가 다시 군 입대한 줄 알았어요."

"무슨 일이 있는 건 아니구?"

"지난번 약속은 미안하게 됐어요."

낚아채듯 열쇠를 빼앗은 그녀가 문을 열고 오피스텔 안으로 들어간다. 익숙하게 전등을 밝히고 스스럼없이 부엌 쪽으로 발을 돌린다. 보여주기 민망할 정도로 엉망인 방에서 그녀의 몸은 자유롭다. 좁아터진 부엌도 그녀에게 익숙하고 자연스러워 보인다. 설거지를 마치고 봉투에 담아온 재료를 손질한 다음 냄비에 담는다. 채소를 썰어 넣고 가스렌지에 불을 켜기까지 10분도 길리지 않는다. 그 사이 나는 오피스텔 곳곳에 방치한 옷과 이불과 베개로 뒤엉킨 침대를 정리한다. 컴퓨터 위에 더께 앉은 먼지를 물수건으로 대충 닦아내고 창문을 열어 환기를 시킨다.

민희가 내 집에 와있다는 것만으로도 정신이 번쩍 든다. 무슨 일이 일어난다 해도 그녀와 나, 둘이 책임져야 할 일이다. 조금 겁이 났지만, 그마저 금세 먼지처럼 날려버린 이유는 그녀가 너무나 태연하게 던진 말 때문이다.

"선배, 나 열쇠 하나 주지 않을래요? 이젠 마음대로 드나들려구요. 매번 선배 올 때까지 기다릴 순 없잖아요."

대체 무슨 마음을 먹고 저러는지, 알다가도 모를 일이다. 앞으로 마음 놓고 드나들겠다니, 지금까지 보여준 모습으로는 도저히 불가능한 일이다. 영재와 떠난 여행에서 무슨 충격이라도 받은 것은 아닌지.

평소 민희는 이러지 않았다. 내 앞에만 서면 늘 거만한 얼굴이었다. 매순간 방만한 열정을 소유한 것도 민희다. 자기중심적이며 사소한 불합리를 용서치 않는 성격의 소유자다. 남자에 대해서는 누구보다 뚜렷한 확신을 가진 민희다. 적어도 민희에게 나는 아니었다. 영재를 택한 이유도 자신의 열정에 충실한 신분 과시가 가능했기 때문이다. 나로서도 굳이 그녀가 아닌들 삶을 견뎌낼 만한 대상은 얼마든지 있다. 그런 그녀가 현실감을 허물고 내 방에 서 있는 게 불만은 아니다. 불과 열 걸음 이내의 공간을 그녀는 자유롭게 떠다니는 중이다.

그녀가 방 정리를 끝내고 식탁 위에 만찬을 차린다. 언제 준비했는지 와인도 준비돼 있다. 민희는 코르크 마개를 뽑은 다음 투명한 맥주잔에 와인을 따른다. 색깔이 영롱하고 곱다.

"8년 된 아일랜드산 와인이에요."

"누가 선물로 줬어?"

"아니, 장식용으로 두는 것보다 선배와 마시는 게 더 좋을 것 같아서요."

"너무 늦지 않았나? 열두 시가 넘었는데, 집에서 걱정하지 않을까."

"진심으로 걱정돼서 하는 말 아니죠."

"그래 가짜로 걱정돼서 하는 말이다."

"그럴 줄 알았어요."

"사실 조금 놀랍다. 너와 함께 있는 게 얼마만인지. 이런 시간을 기다려온 것은 맞지만, 이것으로 너를 마지막으로 보는 건 아닌지 또 불안하다."

포도주로 가볍게 입술을 축인 민희가 작정한 듯 말한다.

"걱정 마세요. 이제 그런 일은 없을 테니. 선배만 허락하면 오늘밤 나 여기서 자고 갈게요. 그래도 되죠?"

가슴 한쪽이 서늘해진다. 갑작스런 그녀의 돌변은 상상보다 훨씬 더 비현실적으로 다가온다. 오래도록 허기를 참다보면 헛것이 보이는 수가 있다. 막상 밥상이 나오고 수저를 들 즈음에는 억누르던 배고픔의 고통과 슬픔으로 밥맛을 잃게 되는 그런 경우이다.

깊은 우물 같은 그녀의 눈을 바라본다. 별로 길지 않은 시간 동안 그녀에게 함몰되는 나를 본다. 오래 전부터 바다 한가운데 망연한 얼굴로 서있는 사내가 보인다. 사내가 오랜 폭풍 속을 뚫고 마침내 평화의 섬에 정박한다.

"하지만 오늘은 그냥 돌아가는 게 좋겠다."

"쫓아내지 못해 안달이군요."

민희는 정말 배가 고팠는지 밥그릇을 깨끗하게 비운다. 상기된 얼굴로 포도주를 마시는 모습이 사막의 신기루 같다.

"생각해 봤는데 지금 너답지 않다는 거 알아?"

"저다운 게 뭐죠, 선배한테 버릇없이 구는 거? 이제 그만 하기로 했어요. 그 일도 지겨워졌어요."

"갑자기 왜 마음이 변했어?"

"저도 확실히는 몰라요. 선배가 내게 없어서는 안 될 존재로 느껴지기 시작했어요. 왜냐고 묻지는 마세요. 나도 잘 모르니까. 정말, 난 절박하다구요."

"언제부터?"

그녀가 한숨을 내쉰다. 계속되는 질문에 당황하는 눈치다. 내가 알아야 될 중요한 무언가가 있다. 민희를 바라본다. 고개를 떨군 채 죄지은 아이처럼 그녀가 말을 잇는다.

"며칠 전 여행 다녀온 것은 알고 있죠?"

"메시지 봐서 알고 있어."

"강영재, 그 사람 사업 때문에 힘들다는 소리를 듣고 찾아 갔었어요. 위로라도 해줄 맘이었는데 웬 여자하고 같이 있더라구요. 무서운 얼굴로 돌아가라고 소리까지 지르는데 예전 내가 알던 그 사람이 아니었어요. 왜 있잖아요. 초점 없는 눈빛, 대낮부터 달아오른 얼굴. 들고 있던 캔맥주를 던지는 걸로 끝내버렸어요. 아마 눈두덩 위로 주먹만한 혹이 생겼을 거예요. 그 길로 동해로 갔어요. 대학 때 작품여행 차 떠난 곳이 었는데, 언젠가 선배하고 꼭 가보고 싶은 곳이기도 했구요."

그녀의 말이 진심으로 느껴진다. 그녀의 눈 속에 비쳐든 내가 낯설다.

"동해에 가서 얻은 건 있어?"

"바닷가에 가서는 달을 보면 안 되는 거 알아요? 누군가 지어낸 말일 테지만 바다에서 달을 보면 도망치든지 눈을 감으래요. 왜냐하면……, 아무튼 너무 고요했어요. 달이 내게로 쏟아져 내려오더군요.

"그래서 달은 땄니?"

"황홀할 정도로 눈이 부셨어요. 사람을 빨아들이는 흡입력 같은 거 있잖아요. 무작정 달빛을 따라 걸어갔던 기억은 있는데 정신을 차려보니 바닷물 속에 들어와 있더라구요. 하마터면 익사하는 줄……."

"홧김에 혼자 술 마신 건 아니고?"

"그때 제일 먼저 떠오른 사람이 누구였는지 아세요. 선배였다구요. 선배만 떠올랐어요. 내 말 믿어줄 거죠?"

민희가 입술을 깨문다. 얼마나 세게 깨물었는지 입술에 피가 흐른다. 무엇이 그녀를 절박하게 하는 것일까. 알 수 없는 일이다. 나는 자리에서 일어나 화장지를 뽑아 민희의 입술을 누른다. 영재에 대한 충격 때문일까. 그를 잊기 위한 방편은 아닌 듯하다. 여행에 관한 이야기를 빼고 그녀는 지극히 정상이다. 와인은 한 잔을 채 비우지 못한다.

"알았으니, 오늘은 그만 돌아가고 내일 맑은 정신으로 다시 이야기하자."

"……."

그녀가 대답 없이 내 쪽을 바라본다. 나를 빨아 당기는 눈빛이다. 숨김없는 눈빛에서 비로소 그녀가 돌아온 것을 알아차린다. 어떤 피로감이나 지친 기색 없이 먼 길을 돌아 마침내 내 영역으로 손을 내밀고 있다. 나는 조심스레 민희의 어깨를 감싼다. 작은 새보다 편안하게 그녀가 품속으로 들어온다. 다시는 날아가지 않을 파랑새처럼, 부드러운 등이 만져진다. 따뜻하다. 풀냄새가 난다. 참 아늑하게 느껴지는 순간이다.

목이 메어오고, 그녀의 얼굴을 바라본다. 첫사랑의 연인은 그대로 남아 있다. 그녀가 눈가에 번진 자국을 지우며 가방을 멘다.

"혼자 갈 수 있어요."

미처 잡기도 전에 민희는 오피스텔을 나간다. 계단을 내려가는 소리가 오래도록 귓전에 맴돈다. 창 너머로 그녀가 걸어가는 모습을 내려다본다. 붙잡고 싶은 마음이 간절해진다. 길가에 서서 이쪽을 뒤돌아보며 그녀가 손을 흔든다. 내가 보고 있는 걸 안 모양이다. 택시가 미끄러지듯 그녀 앞에 멈추는 것을 보고서야 억눌러온 감정이 솟구쳐 오른다.

새벽 1시를 알리는 뻐꾸기 소리가 들려온다. 하늘이 차갑게 굳어 있다. 빌딩사이로 손톱만한 달이 흘러간다.

4

 아침부터 사무실이 술렁인다. 인근 유지들을 비롯해 협의회 사장단이 보내온 화환이 좁아터진 사무실을 점령한다. 창립 8주년 되는 날이다. 일주일 전부터 사장의 지시를 받아 인터넷 사이트와 지면을 통해 홍보해온 터다.
 거래처 명사들이 참석하면 해당 직원에 대한 평가가 달라진다. 직원들은 되도록 많은 사람들이 화환을 배달해 주기를 바란다. 화환이 하나씩 사무실에 쌓일 때마다 누구로부터 배달되었는지 관심이 집중된다. 광고영업을 전담하는 직원 몇은 그럴듯한 사업체 사장 이름으로 화환을 배달시켜놓고는 우쭐해 있다.
 "지미, 꼴값을 떨어요. 꼭 이렇게까지 해야 되나?"
 큰 목소리는 아니지만 충분히 들을 수 있는 거리다. 총무부 직원 이경식이다. 상무이사의 처남이다. 평소 그는 남용할 기득권은 죄다 동원해 직원들을 괴롭히는 사람이다. 특히 편집부 데스크와는 소문난 앙숙이다.

"저누무 새끼, 고만 칵 쳐발라뿌도 못하고, 상무이사 처남이면 다가?"

그 말을 알아들은 직원 몇이 킥킥댄다. 나는 그때까지 직원들 사이에 끼어 화환을 나른다.

"저, 사장님이 찾는데요."

총무부 여직원이 곁에 와서 귀엣말로 속삭인다. 매번 말을 걸어올 때마다 얼굴이 상기되는 직원이다.

"왜?"

"화난 것 같으니 조심하세요."

화환을 자리에 내려놓고 사장실로 달려간다. 문을 노크하자 기다리고 있던 듯 날카로운 소리가 들려온다.

"들어와."

사장의 목소리가 부어 있다. 문을 열고 들어서기 바쁘게 말한다.

"앉아."

신속한 동작으로 사장 맞은편에 앉으며 무릎을 붙인다. 이어 허리를 꼿꼿하게 세우고 전방을 주시한다. 온 신경이 등줄기로 집중된다. 사장이 나를 노려보며 신경질적으로 담배를 비벼 끈다. 영문을 몰라 답답한 얼굴로 사장을 바라본다.

"야 새끼야."

사장이 새벽까지 옵셋인쇄기를 가동해 찍어낸 〈흐름〉을 테이블에 내동댕이친다. 서슬이 새파란 것이 보통 일은 아닌 듯하다. 〈흐름〉은 작년에 창간한 잡지다. 지역 문인과 교수들이 필진을 이루어 자기 돈 내고 자기 글을 싣는 시스템이다. 시와 평론과 수필과 정치와 경제와 영화와 연극 등 잡다한 글이 각각의 이름을 달고 집결해 있다. 아직 제본을 거치지 않은 대판용지를 차곡차곡 접은 상태다. 나는 용지를 집어 들고 한 장씩 넘긴다. 아무 이상이 없다. 예정대로 특집화보가 실려 있고, 사장 인사말과 사진도 빼먹지 않았다. 다시 사장을 바라본다. 매섭게 이쪽을 건너다보는 것이 잘못돼도 한참 잘못됐다는 눈치다.

"……."

아무 말 않고 있자 사장은 더 화가 나는 모양이었다. 나로서는 어디가 잘못됐으니 알 수 없으니 기다리는 수밖에 별 도리가 없다. 사장만의 방식으로 수용하는 오류를 밝히기란 내 쪽에서는 불가능하다.

사장이 구체적으로 화를 낸다.

"이게 너 혼자 보라고 만든 책이야?"

"아닙니다."

"그럼, 이 책이 무슨 중국집 짬뽕이라도 되냐?"

"아닙니다."

"그럼?"

"사장님도 보고, 우리의 필진들과 이백오십육 명의 무료독자들도 함께 보는 잡집니다."

"그런데?"

"구체적으로 말씀해 주시지요. 어디가 잘못됐다고."

"지금 너 나한테 반항하는 거야?"

사장은 이런 식이다. 그러니 그와의 대화는 피하는 게 상책이다. 사장이 TV에서 볼 법한 희극인처럼 열을 올린다.

"너 임마, 이거 배신인 거 알아? 이게 얼마짜리 책인 줄 알고나 이 따위로 만든 거야?"

"알고 있습니다. 용지 백오십만 원, 옵셋인쇄비 백이십만 원, 제본과 제단 비용을 합해 총 삼백오십만 원으로 추정됩니다."

"아는 새끼가 그 모양이야?"

긴말 할 필요가 없다. 어차피 잘잘못을 따지자는 이야기가 아닌 게 분명하다. 짐작이지만 창립일인데 사람들이 찾아오지 않는 게 신경을 건드린 모양이다. 사장은 이렇게라도 유세를 떠는 스타일이다. 나는 비굴한 표정을 지으며 사장과 타협한다.

"다시는 이런 일 없을 겁니다."

호텔 칼리포나

"또 있으면."

"그땐 저 스스로 목을 달겠습니다."

"어디다가?"

"옥상에다 말입니다."

"너, 그 말 책임져라. 알았으면 그만 가봐라.

"예."

자리에 돌아와 컴퓨터를 켠다. 자판을 두드려 파일을 찾아간다. 지난번 취재 후 작성하다 그만둔 데니스 쿤겔의 광학현미경이 만들어낸 〈마이크로 월드〉에 관한 기사를 모니터에 띄운다. 마침 나를 부르는 소리가 들려온다.

"전화 왔어요. 여자에요. 그쪽으로 돌릴게요."

여자? 화랑에서 연락오기로 한 시간이다. 하지만 뜻밖에 민희다.

"바쁜데 전화한 거 아니죠?"

"괜찮아. 오늘 창립일이라 좀 시끄럽긴 한데, 편하게 말해도 돼."

"사무실 근처에 와있어요. 같이 점심 먹으려구요."

의외다. 민희가 사무실 근처를 다 오고. 대체 그녀에게 무슨 바람이 불어가는 것일까?

"근처에 볼일이 있는 건 아니구?"

"같이 점심 먹고 싶어서 왔어요. 안돼요?"

"알았어. 조그만 기다려. 알았지?"

전화 수화기를 내려놓으며 어젯밤 일이 꿈이 아님을 실감한다. 바보처럼 입을 다물지 못하고 있자 언제 왔는지 여직원이 낮게 속삭인다.

"입 속에 파리 들어가겠어요. 그만 좀 다무세요."

"사장이 찾으면 출입처에 갔다고 전해줘."

모니터에 떠오른 내용을 저장하고 컴퓨터를 끈 뒤 총알보다 빠르게 그녀에게 달려간다. 그림자도 나와 한통속이 되어 엘리베이터 안에서 춤을 춘다. 민희가 화사한 차림으로 엘리베이터 앞에서 기다리고 있다. 대충 봐도 예쁘고 아름답다. 이쪽을 보며 빙긋이 웃는 얼굴엔 생기가 넘쳐 보인다.

"많이 기다렸어?"

"한 시간 전부터 여기서 배회했어요."

"다음부터 기다리지 말고 미리 전화부터 해. 외근하는 경우도 있으니까."

"알았어요. 어디 근사한 데로 가요. 우리."

예전 볼 수 없던 깊은 친근함이 느껴진다. 그녀에게 나에 대한 새로운 질서가 시작되는 모양이다. 그녀의 질서가 일제히 나를 향하고 있다는 사실 하나로 날아갈 듯 기분이 좋다.

그녀 말대로 근사한 곳은 아니지만 차분하게 식사할 수 있는 곳이다. 바흐의 〈골드베르그 변주곡〉이 흐른다. 잔잔한 갈

색톤이 영화 전반을 이끌던 〈잉글리쉬 페이션트〉 O.S.T 가운데 하나다. 문득 그녀에게 묻는다.

"그림 잘돼?"

그녀가 아이같다는 생각을 한다. 아다다처럼 무표정한 얼굴로 이쪽을 바라보며 그녀가 말한다.

"그저 그래요. 언제일지 모르지만 때가 되면 화실로 초청할게요. 선배는 글 잘 되세요? 오래 전부터 꿈꾸어온 일이잖아요."

"이골이 나려고 그래. 가고자 하는 방향은 이쪽인데 세상은 나를 앞질러 저만큼 가고 있으니 낸들 힘에 부치지 않고 배기겠어? 그렇다고 아무 글이나 쓸 수는 없고……."

오전에 된통 당한 〈흐름〉에 대한 악의가 발동하는 중이다. 언젠가 사장은 자신이 쓴 에세이를 논설이라고 우기며 〈흐름〉에 게재했다. 필명까지 사용한 터라 교수들 사이에선 한바탕 난리가 났다. 그날 나는 머리를 싸매고 웃었다. 밥 먹으면서도 웃었고, 퇴근 후 술자리에서도 웃자 허파에 구멍났냐고 핀잔을 받아야 했다. 비굴한 표정으로 배시시 웃자 민희가 덩달아 웃으며 묻는다.

"왜 웃어요?"

"그런 너는?"

하고 또 그녀와 나는 다시 배시시 웃는다.

"적어도 선배의 글은 세상과 동등한 입장에서 달리고 있다고 말할 참인데, 선배가 웃으니까 따라 웃었죠."
"근거가 있는 말이냐?"
나는 웃다 말고 묻는다. 표정이 굳어지자 그녀가 당황한다.
"내 말은, 선배가 오래 전부터 출판사에 일하고 싶어 했다는 것과, 또 언젠가는 세상 사람들 앞에 당당히 내놓을 만한 글을 쓸 수 있을 거라는 말이에요."
민희가 요령 있게 말을 이끈다. 나는 사소한 감정을 누르며 화나지 않은 얼굴로 말한다.
"나는 출판사 기자들에 대한 환상을 혐오한다. 르뽀 몇 줄에 취하고 패를 지어 사상투쟁에 가까운 잡문을 논한다 해서 그들이 대단한 문장가이거나 세상 사는데 밝은 안목을 지녔다는 식의 오해도 달갑지 않아. 더 난처한 것은 출판사 기자가 대단한 근무조건에서 일하는 것처럼 부풀린 데는 화가 날 정도다. 오히려 세상 사람들의 갈재에 고양되어 일용할 양식 따위 걱정할 필요 없는, 붉은 산을 노래하고 노동자의 고단함을 말하는 시인들은 차라리 겸손해 보여."
몰아치듯 말을 쏟아낸다. 듣기만 하던 민희가 빙긋이 웃는다. 눈치 없이 바락 대들지 않는 게 이상해 보인다. 나는 숨을 몰아쉬며 민희의 대답을 기다린다. 잠시 건조한 표정으로 바라보던 그녀가 간지러울 만큼 낮게 속삭인다.

"제가 선배의 기분을 건드렸다면 용서하세요. 본의가 아닌 거 알죠? 그저 선배가 하는 일이니 맞장구나 칠 셈이었어요. 선배의 결정이 그렇다면 더 이상 그런 말은 하지 않을 테니 오늘은 그냥 넘어가요. 됐죠?"

기분이 한결 진정된다. 내 대답은 그녀를 불편하게 할 정도로 인색하다.

"솔직히 나는 두렵다. 언제 네가 날아가 버릴지 몰라 조바심이 나. 저번 날 네가 돌아간 후 나는 잠을 이루지 못했어. 그거 알아? 그 동안 네가 보여준 모습이 지금의 너를 더욱 초라하고 비상식적으로 만들고 있다는 사실."

민희의 얼굴이 새파랗게 질린다. 우울한 표정으로 그녀가 말한다.

"자전거를 갖고 싶어 하던 소년이 있었어요. 가질 수 없다는 것을 안 소년은 그 자전거가 낡아 못쓰게 될 때까지 기다렸어요. 오랜 시간이 지난 후에야 자전거는 버려졌어요. 소년은 낡아 못쓰게 된 자전거를 집으로 끌고 가 기름칠을 하고 고쳤어요. 자전거를 버린 주인은 뒤늦게 후회를 했지요. 그 허전하고 쓰라린 후회는 끝내 소년의 마음을 감동시켰어요. 자전거는 다시 옛 주인에게로 돌아갔어요. 자전거를 되찾은 주인의 기쁨은 아주 잠시였어요. 이미 그 자전거는 소년의 양식에 맞게 길들여져 있었으니까요……. 선배도 제게 지극히 희망의 존재라는 말이에요."

 말을 마친 그녀가 자리에서 일어나 밖으로 나간다. 허공으로 증발하듯 금방 일어난 일들이 아득히 멀게 느껴진다. 사랑은 때로 치명적으로 다가오는 법이다.

5

 퇴근 후 민희를 만나 곧장 화실로 향한다. 초겨울 해는 짧은 시간 서쪽 빌딩 너머로 사라진다. 바람이 나뭇가지를 흔들며 음산한 소리를 낸다. 화실은 보기에도 낡은 건물이다.
 삐걱거리는 목조계단을 올라 당도한 화실은 오래된 화가의 방처럼 수더분하다. 차곡차곡 세워져 있는 캔버스와 작년 가을에 따놓은 석류가 바짝 말라 있다. 먼지 앉은 북어와 시든 꽃묶음은 으레 화살에 있음직한 정물로 보인다. 불 꺼진 목탄난로와 아그리파를 둘러싼 이곳의 정물은 오랜 여행을 다녀온 사람처럼 피곤해 보인다. 그녀는 이곳에서 정물의 일부분이 되어 살아온 모양이다.
 "좀 황량하죠?"
 "한 번은 와보고 싶었어."
 민희가 난로 뚜껑을 열고 쇠꼬챙이로 이리저리 속을 후비자 타고 남은 재가 연기처럼 피어오른다.

"난로라도 피우려고?"

"선배, 거기 화구박스 뒤에 번개탄 있을 거에요."

나는 번개탄을 집어 그녀에게 건네준다. 민희가 켄트지를 구겨 난로 속에 밀어 넣고는 불을 붙인다. 번개탄이 끓는 소리를 내며 매운 연기를 피워 올린다. 난로 뚜껑을 닫자 창밖으로 연기가 빠져나가는 게 보인다.

화실 안을 둘러본다. 한쪽에 칸막이를 한 주방과 엉성하게 들어앉은 침대가 보인다. 그대로 누우면 언제까지라도 잠들 수 있을 것처럼 안락해 보인다.

"여기, 아늑하다."

"선배언니가 사용하던 화실을 물려받았어요."

"내가 아는 사람인가?"

"혹시 게르니카 아세요?"

"아마 피카소 그림이지?"

"선배언니 말로는 오래전 우리나라 한 도시에서 벌어진 참상을 보여준다고 그랬어요."

게르니카. 스페인 소피아미술관에 소장되어 있는 피카소의 그림이다. 제2차 세계대전 당시 독일의 콘돌 병단에 의해 폭격당한 스페인 바스크 지방의 소도시이기도 하다. 이 그림은 스페인의 현대사적 질곡을 반영한 민중화의 경건으로 회자된다. 그런 그림이 우리나라 한 도시의 비극과 연관된 지점이 얼른 와닿지 않는다.

민희의 눈가에 물기가 빛난다. 만지면 금세 터질 듯 고요한 눈빛이다. 나는 얼른 화제를 돌린다.

"이글스 노래 들을 수 있을까?"

"아, 한 잔하면 생각나는 음악……."

그녀가 블루투스에 연결된 스피커를 켜고 휴대폰으로 음악을 검색한다.

"선배는 참 촌스러워서 좋아."

"왜?"

"귀엽잖아요. 호텔 캘리포니아도 알고……."

"호텔 칼리포냐가 어때서."

"그렇다니까. 호텔 칼리포냐가 뭐냐? 완전 촌시랍게……."

때맞춰 이글스의 〈호텔 캘리포니아〉가 흘러나온다. 걍팍한 일렉트릭 기타 사운드가 민희의 헤어스타일과 잘 어울린다.

"나는 호텔 칼리포냐로 신혼여행 가는 게 꿈이야. 너와 함께라면 더……."

"그렇게 해요, 우리."

"정말?"

그녀가 ㅋㅋㅋ~ 웃는다. 그녀가 웃으면 세상이 조금 환해진다. 음악이 잦아들 즈음 나는 조심스레 말을 꺼낸다. 아까부터 조금 궁금했던 말이다.

"지금 그 선배라는 사람은 어디 유학이라도 갔나?"

"아주 먼 곳……."

찬물을 끼얹은 듯 한순간 고요가 밀려온다. 밑도 없는 슬픔이란 순간에 찾아오는 법이다. 문득 민희의 눈가에 맺혀 있는 물기의 정체도 거기에서 비롯되는 것을 겨우 알아차린다.

죽음은 누구나 낯설다. 더러 눈앞에 무방비하게 놓여있는 죽음의 그림자를 발견하고 소스라치게 놀란 적이 있다. 삶 아니면 죽음, 극과 극으로 갈라놓은 의식의 냉소 앞에 내가 할 수 있는 일은 없다.

단순하게 정리되지 않는 선배언니의 죽음에 관한 민희의 진실은 어디서 어디서 어디까지일까. 나는 조용히 묻는다.

"너와 친한 선배였어?"

"왜 선배도 알 거에요. 스카이빌딩 벽화사건."

3년 전 크리스마스이브에 20층 선물의 한쪽 벽을 온통 그림으로 장식한 일이 일어났다. 여자의 몸으론 도저히 불가능해 보인 일이었다. 그때 나는 얼마간의 경악과 흥분으로 벽화를 바라봤다. 온몸을 관통하는 고압의 전류를 느꼈던 것 같다. 벽면 가장자리에서 하부까지 수천 마리의 새가 꿈틀대는 그림으로 남아 있다.

게르니카의 비극을 말하던 민희의 선배언니는 빌딩 콘크리트 바닥에 잠자듯 누워 있었다. 얼어붙어 몸은 완전한 나신이었다. 스물아홉의 영혼이 만들어낸 걸작은 모두의 기억에서 지워져가는 중이다.

민희가 부서진 액자조각을 난로 속에 던져 넣는다. 나무에 불이 옮겨 붙는 소리가 들린다. 창밖은 바다 속 같은 어둠이 떠다닌다. 연통을 빠져나온 연기가 해파리처럼 하늘 한곳으로 헤엄쳐 간다.

그녀의 목소리가 우울한 색조로 밀려온다.

"지금까지 차별을 불평등의 원천인양 떠들어대는 무리에게 많은 연민을 보내왔어요. 말하지만 순진한 연민이었을 뿐 무엇도 없어요. 밀레니엄 이전에 80년대의 폭풍이 지난 뒤의 애처로움과 동경, 향수로서 투쟁가를 불렀다면 지금은 원천이 다른 무언가에 취할 수 있는 것만으로 만족하니까요. 다는 아니었을 테지만, 생각나세요? 왜 미네르바광장에서 하얀 소복을 입고 춤추던 그 여학생."

흐린 기억으로 남아있기는 하다. 차가운 절규만으로 많은 사람의 의식을 마비시키던 한낮의 춤사위……. 그때 민희는 광장 바닥에 주먹을 움켜쥔 노동자를 그리다 말고 춤사위를 지켜보곤 했다. 아득히 먼 과거의 일이다.

민희의 얼굴이 붉게 상기된다.

"춤사위 하나로 사람들의 의식을 마비시키던 그 여학생이 지금은 뭐하는지 아세요? 중소기업 사장에다 시의원인 남자의 아내가 되어 신상 외제차를 몰고 다니며 백화점에서 쇼핑을 하고 골프를 치고, 보름동안 유럽을 돌고 와서는 우리나라 사람들처럼 지지고 볶고 사는 솔직함이 좋다는 식으로 말하고 있어요."

"무슨 말을 하고 싶은지 모르겠지만, 네 주변에도 많은 남자들이 진을 치고 있던 건 벌써 잊었어?"

"하지만 그거와는 차원이 달라요."

"그중엔 나도 하나였어. 영재와는 좀 다른 부류이긴 했지만……."

"그 사람 이야긴 하지 않았으면 해요. 아무런 흥미도 없으니까."

"그럼 나는 네게 감동적이야?"

"그럼요."

어디선가 작약냄새가 난다. 꽃이 크고 아름다워 주로 관상용으로 기르는 식물이다. 혹시 지난봄에 꺾어다 걸어놓았나 싶어 화실 안을 촘촘히 둘러본다. 그 같은 꽃은 보이지 않는다. 화실 뒤편에는 아름드리 참나무가 자라고 있는 아담한 양옥집이 내려다보인다.

민희가 한쪽 벽에 세워져 있는 캔버스를 테이블로 옮긴다. 캔버스의 그림이 낯설다. 관조자의 깊은 응시를 보여주는 민희의 그림에서 내가 본 것은 사적 욕망이 거세된 충일감으로 요약된다.

과장되지 않은 느낌으로 그림을 감상하기란 쉽지 않은 법이다. 그녀가 불쑥 끼어든다.

"이 그림들, 오래도록 내면에 저장해 두었던 말들을 쏟아내는 기분으로 그렸어요. 언젠가 선배가 찾아와 내 그림에 대해 묻기를 기다리듯이 말에요."

나는 빙긋이 웃어주는 걸로 대신한다. 그것만으로 부족한지 그녀의 눈빛이 깊어진다. 무언가 말해주어야 할 것 같다.

"느낌이 좋은 그림이야. 달리 허풍스레 말하지 않아도 네 그림엔 인간과 사물에 대한 보편의 존엄이 느껴져. 이건 내 방식의 칭찬만은 아니야."

그녀가 용케 내 의중을 알아차리고는 맑게 웃는다. 다시 그림 바라보다 유독 눈에 띄는 그림 한 점이 눈에 띤다. 조선시대 풍속화를 흉내 낸 그림인데, 고전적인 취향도 의외지만 달력에서나 쓰임직한 그림이 여러 그림과 뒤섞여 있는 게 이상해 보인다. 촌스런 색채와 단순한 구도의 그림은 크기부터 왜소하다. 의관을 갖춘 고관들 사이에 한 사내가 입체감 없이 단소를 불고 있다. 묘사의 정황으로는 연희중인 듯하다. 찬찬히 그림을 바라보다 나는 알 수 없는 기분에 사로잡힌다. 연주하는 사내의 한쪽 귀가 보이지 않은 탓이다. 혹시 실수로 생략한건 아닌지, 다른 사람들의 귀는 멀쩡하게 그려진 것이 의도적으로 보인다.

"이 그림은 누가 그렸어?"

손끝으로 가리키는 그림을 본 민희의 얼굴이 파랗게 질린다. 황급히 그림을 들고 나간 민희가 빈손으로 돌아온다. 꼭 나쁜 짓하다 들킨 사람처럼 그녀가 내 무릎 위에 앉는다. 품속 깊이 안겨오는 그녀를 밀어내지 못한다. 그녀에게서 작약 향기가 밀려온다.

"너에겐 늘 내 정신을 혼미하게 하는 향기가 나. 나를 사로잡는 너만의 독소일 테지만, 그러든 말든 그 향기에 취해 눕고 싶을 때가 있어. 언제까지 너에게서 이런 향기를 맡을 수 있을지……."

내 방식의 로맨스를 부정하고 싶은 밤이다. 그녀가 내 목을 감싸며 따스한 입김을 목덜미에 불어넣는다. 희미한 자극이 전해온다.

민희가 낮게 속삭인다.

"그 그림, 아까 말한 선배언니의 작품이에요. 누군가로부터 전해들은 이야기를 토대로 그린 거라고 했어요."

"내게 굳이 말해야 할 이유가 있듯 숨길 이유라도 있어?"

"사실은 선배언니가 그 그림을 그린 후 바로 스카이빌딩 벽화 사건이 일어나는 바람에 좀 무서운 생각이 들었어요."

민희가 그제야 편안한 표정으로 돌아간다. 나는 더 이상 묻기를 그만둔다. 굳이 생각나는 게 있다면 단소뿐이다. 언젠가 길거리와 선술집에서 만난 노인이 머리를 스쳐간다.

… 누구도 알지 못하는 비밀을 하나 알려줌세. 지금 내가 한 말은 세상 어디에도 없던 말이네. 명심하게……. 종의 기원은 하나뿐이네. 모든 생명체는 오랜 세월 천적에 대한 열등의식을 싹틔우면서 우등한 개체를 모방하게 되어 있다네. 태초 이 세상에는 우열을 가릴 수 없는 혼돈과 미진화의 과정이었네. 약육강식만이 존재하는 세상, 영장류의 출현은 모든 생명체에 대한 열등감을 안겨다주는 불평등의 시초였네.

그날 노인은 흐트러짐 없이 정좌를 유지했던 게 기억에 남아 있다. 그 뒤 노인의 모습은 어디에서 볼 수 없었다.
작은 고양이처럼 민희가 말한다.
"선배, 우리 사이, 이렇게 믹믹해도 괜찮아요? 세상 사람들이 다 선배처럼 금욕 생활을 하는 건 아니죠?"
"각자 개성에 따라 다르겠지."
"그렇더라도 선배처럼 젊은 사람은 참기 어려운 거 아닌가요?"

틀린 말은 아니다. 민희 말대로 우리 사이는 정말 밋밋하다. 그녀가 내게로 돌아온 날부터 다짐한 것이 있다. 민희와의 스캔들은 되도록 피할 것. 그녀와 만나면서 다짐한 내 방식의 로맨스가 되어버린 모양이다. 물론 뜻대로 되지는 않는다. 술에 취한 날 그녀와의 몽정이 없었던 건 아니다. 상상을 빌려 그녀의 손을 잡거나 키스를 한 것도 부정하지 않겠다. 하지만 그 이상은 없다.

"그건, 네 외모보다 더 값진 것들이 너의 주변을 둘러싸고 있기 때문에 가능하지 싶다. 네가 말하는 것, 이젤을 세우고 그림을 그리는, 도시 한복판에서 해바라기를 하고, 이따금 나를 찾아주는 것만으로도 나는 충분히 행복해."

선소한 표성으로 듣고 있던 그녀가 빈정거리듯 말한다.

"그러면 누가 감동이라도 받을 줄 알았어요? 이건 달라요. 맹목이 아닌 이상 연인이라면 거쳐야 될 확인이라구요."

갑자기 현실감이 상실된 기분이다. 나는 몸을 일으키며 묻는다.

"진심이니?"

"당연한 거 아닌가요."

당돌한 구석이 느껴진다. 무어라 따끔하게 충고하지 못한 채 나는 헤헤거리며 웃는다. 그녀는 내게 특정 인물이다. 때가 되면 헤어져야 하는 번거로운 절차는 이제 그만하고 싶은 마음이 굴뚝같다.

"그럴 순 없어. 난 너를 지켜줄 의무와 권리를 느껴"

"생각대로 순진하군요. 혹시 내 순결이 궁금하거나 두려운 건 아니구요?"

"지금 그걸 말이라고 하고 있어?"

"누군 뭐 좋아서 이런 말하는 줄 아세요?"

더 이상 대꾸할 기분이 아니다. 무엇이 그녀에게 맹목을 부르게 하는지 알 길이 없다. 나는 민희의 순결에 대해 궁금해 한 적이 없었다. 그것 역시 그녀 것이고, 존중하는 쪽에 서 있다. 그녀를 다독여줄 어떤 말도 떠오르지 않는다. 갑자기 그녀가 저만큼 멀어져 보인다.

"혹시 내가 잘못한 게 있으면 이제부터라도 시정하마. 그만 화 풀면 안되겠니."

"……."

그녀가 오래도록 말없이 앉아 있다. 계획에 없던 말이었을 것이다. 오히려 자신의 경솔함을 탓하고 있을지 모를 일이다. 그녀의 어깨를 감쌌다. 부드러운 촉감이 느껴졌다. 우발적으로라도 그녀를 가질 수 있지만, 도덕적인, 때로 엄격한 성서로움의 무게를 더하기보다 오랜 연인으로 남아 있고 싶을 뿐이다. 냉정을 되찾은 그녀가 말한다.

"선배가 내게서 멀어질까봐, 그게 두려웠어요. 오늘도 내가 기다리는 줄 알면서 늦게 귀가했잖아요."

어깨를 감싼 손에 힘을 준다. 그녀가 파랑새처럼 내 품을 파고든다. 나는 아무 말없이 그녀의 이마에 입술을 묻는다. 향긋한 냄새가 콧속으로 밀려온다. 그녀 안으로 빨려 들어갈 것 같은 아득함이 느껴진다. 갑자기 피로가 밀려오고, 그녀를 안고 잠에 빠져든다.

눈을 뜨자 새벽 4시를 가리킨다. 그녀는 처음 그대로 잠들어 있다. 한쪽 팔에 피가 몰렸는지 손끝부터 저르르 저려온다. 슬그머니 손을 빼고는 그녀를 반듯하게 눕힌다. 이불을 덮어주고 자리에서 일어 선다.

오랜 시간 생의 질곡을 앓아온 사람들은 알고 있다. 시간이 켜를 이루고 계절이 바뀌는 동안에도 인연의 처음을 기억한다는 것을.

선명하던 엽록소가 빠져나가고 가느다란 실핏줄의 잎사귀가 떨어지면서 겨울은 비로소 세상을 점령한다.

도시 저편에서 〈호텔 칼리포냐〉가 들려온다.

On a dark desert highway, cool wind in my hair
Warm smell of colitas, rising up through the air
Up ahead in the distance, I saw a shimmering light

My head grew heavy and my sight grew dim

I had to stop for the night

There she stood in the doorway

I heard the mission bell

And I was thinking to myself

This could be heaven or this could be hell

Then she lit up a candle and she showed me the way

There were voices down the corridor,

I thought I heard them say……

Welcome to the Hotel California

로그

인간이 즐겨 부르던 영혼의 게슈탈트는 인간만의 사유일 뿐이었다.
그 영역은 이미 오래전 인간으로부터 멀어진 유토피아와 다르지 않았다.

인류의 역사를 우주 저편 아득한 곳으로…….

간밤에 아녀자 하나가 검시소로 실려 갔다. 초검初檢을 하라는 명이 내려왔다. 명은 형조의 관할이므로 혜민서와 무관했다. 내의원에 물을 일도 아니었다. 형조의 속아문 전옥서典獄署만이 의문을 안고 죽은 자를 관장했다. 사인死因을 밝히는 게 전옥서 검시관의 소임이었다.

한 식경 전 전옥서 별제는 침착한 목소리로 홍련에게 명했다.

> … 종묘 어귀에서 수상한 시신이 발견됐다. 속히 검시소로 가라. 초검만으로 사인을 밝힐 수 있다면 기록하고, 복검이 필요하면 보고하라.

홍련은 조용한 눈으로 대답했다.

… 늘 해오던 일입니다. 흐트러짐 없이 수행하겠나이다.
… 오늘 서울 스퀘어로 발령받은 아이를 데려가라. 그 아이 이름이…….
… 한별이라고 들었습니다.

이름자 속에 든 별의 의미를 홍련은 알 듯 했고, 모를 듯도 했다.

… 그래, 한별이라는 아이를 데려가 가르치도록 하라.

주검을 감식하는 데는 초검부터 복검覆劍, 삼검三檢에 이르는 과정을 거쳐 사인을 밝혀내야 했다. 죽은 자의 신원을 회복시켜주거나 원통함을 풀어주는 취지가 무엇보다 강했다. 『신주무원록新註無冤錄』을 근거로 시신에 남은 흔적에 집중하여 일관된 감식을 진행했다. 구리로 만든 검시척檢屍尺과 은비녀를 몸에 지녀야 했고, 필요하면 독살의 판명을 내리기도 했다.

별제의 어눌한 말을 떠올리며 홍련은 길을 재촉했다. 새벽 무렵 날이 흐리고 시렸다. 어둠을 뚫고 자하문紫霞門을 넘을 때, 멀리에서 부엉이가 울었다. 한강 북편에서 불어온 바람은 거칠고 소란했다. 대숲 언저리에서 산짐승 소리가 들렸다. 눈이 내리려는지 하늘이 낮았다. 뒤따르던 한별의 머리 위로 시린 바람이 불어갔다.

한별은 내내 말이 없었다. 무얼 알고 미리 입을 다문 것 같지는 않아 보였다. 이 일에 완전히 먹통으로도 보이지 않았는데, 한별은 이따금 무표정한 얼굴로 한숨을 쉬곤 했다.

홍련이 물었다.

"집이 어디더냐?"

"강릉에서 왔습니다."

한별이 나고 자란 곳은 멀어 보였다. 바람결에 당도할 세상은 아닌 듯했다. 그곳의 겨울은 꿈결 같고 바람 같으며 은하수 같다고 했다. 홍련이 조용히 물었다.

"『신주무원록』은 읽었더냐?"

한별은 속삭이듯 대답했다.

"읽기를 세 번하고, 두 차례 필사를 거쳤습니다."

독한 구석이 느껴졌다. 홍련이 다시 물었다.

"무엇이 들어 있더냐?"

한별은 눈을 들고 종이에 새기던 것을 떠올리며 말했다. 저 먼 다른 세계와 접속된 한별의 목소리는 금속성이 섞여 들렸다.

"누구든 억울하게 죽어가는 백성이 없도록 하라, 그리 말하고 있습니다."

"근본, 근본은 잊지 않았겠지?"

한별은 한 가지 표정으로 말했다.

"원나라 왕여王與의 『무원록無冤錄』을 근간으로 백성들의 안위를 근심한 법의학서입니다. 죽은 자의 사연을 알아내는 게 목적이며, 검시에 필요한 항목을 기록해놓았습니다."

한별은 단 한번 임무를 잊은 적이 없는 얼굴로 말을 맺었다. 사내라 무뚝뚝하기는 어쩔 수 없는 듯했다.

홍련이 한별의 어깨를 다독였다. 한별은 조용한 눈으로 홍련을 바라봤다. 홍련의 입에서 죽은 지 사십구일이 지나도 부활하지 않던 정여립의 대동大同이 들려왔다.

"유념하라, 우리의 일도 결국은 대동이다. 죽은 자의 신원을 회복하는 일은 살아남은 자를 구원하는 것과 다르지 않다."

눈이 내렸다. 홍련의 눈에 비친 새벽길은 천지를 덮는 눈발로 가득했다. 홍련의 말속에 떠밀려온 대동은 무엇을 말하며, 어떤 세상을 가리키는지 한별은 알 수 없었다. 한별이 말할 때, 건너편 기슭에서 뜸부기 소리가 들렸다.

"마음에 새기겠습니다. 『징비록』만큼은 아니더라도 세상을 구원할 시편으로 삼겠습니다."

한별은 홍련의 마음을 읽는 듯했다. 입 밖에 담지도 않은 『징비록』을 어떻게 알았는지, 한별의 표정은 오히려 느긋해 보이기까지 했다.

새벽길 위에 떠올린 『징비록』은 쉽게 물러가지 않았다. 엊그제 필사를 마친 때문인지 유성용의 말들은 홍련의 머리에서 계속 맴돌았다. 적들이 물러간 뒤 유성용은 모두의 마음에서 사라지는 임진년의 난국을 『징비록』에 남겼다. 조선의 땅에서 나고 자라며 죽어가는 생장의 순환이 거듭되기를, 유성용은 철마다 농사를 짓고 베를 짜며 물고기를 건져 올리는 일로부터 생사를 다투는 유감으로 유언을 남겼다. 『징비록』은 전쟁의 끝이 아니라, 앞으로의 환란에 대한 예언으로 출렁거렸다. 미래의 시공을 뚫어보는 유성용의 안목은 비범하기까지 했다.

홍련이 나직이 읊조렸다.

"날이 시리구나. 별아, 너는 어찌 유성용을 생각하는 내 마음을 읽을 수 있느냐?"

한별은 망설이다 겨우 입을 열었다.

"누가됐든 마음을 읽는 것 또한 저의 소임입니다."

"어디까지 읽을 수 있느냐?"

달이 기우는 새벽 나절 임진년의 전쟁은 가물거렸으나 마음 한곳에 끓어오르는 적의를 홍련은 용서할 수 없었다. 별이 기우는 신새벽에 홍련은 가느다란 용기의 잔해를 앞세워 어둠 안쪽으로 발을 내디뎠다.

한별은 날카로운 눈으로 대답했다.

"살아온 내력과 더불어 그 삶의 근원까지 모두 읽을 수 있습니다."

어렵게 들렸고, 무궁하게도 들렸다. 한별의 소임은 초월의 능력을 가지고 있는 듯했다. 몸속 깊은 곳의 적의가 사그라들 때, 새벽별은 동에서 서로 흘러갔다. 검시소의 소임이 눈앞으로 밀려오는 시간에, 세상 끝에서 절규하는 『징비록』의 실체를 끌어온 것이 적정했는지 알 수 없었다.

죽음의 이유

 "내 이름은 홍련이다. 아비는 여자 이름[虹]에 붙는 연꽃이 아닌, 붉은[紅] 연꽃을 의미한다고 했다."
 단조로운 이름 안에 강렬한 색채가 보였다. 바람결에 흩날리는 연꽃이 아른거려도 속에 든 내력은 천지간 유일무이한 이름이었다. 어쩌면 우주를 가르는 수많은 별 중에 하나에 지나지 않을지라도, 살다보면 찬연한 날이 올 것 같은 이름이기도 했다.
 한별은 다감하고 끝이 짧게 뇌었다.
 "홍, 련……."
 이름 속에 박혀 있는 미생의 감성은 한별과 무관했으나 세상 끝으로 밀려나간 존재를 불러오기에는 충분했다. 혼탁하고 어지러운 세상 위에 홍련의 이름은 나무 기둥에 맺힌 찬 이슬 같기도 했다.

전옥서 말단 한별은 두려운 기색으로 입을 열었다.

"사대문 밖에서 사건이 꼬리를 물고 이어지고 있습니다. 아녀자들에게 몹쓸 짓을 하는 자들만 골라 사지를 가른다고 하니 어이가 없진 않습니다."

한별의 입에서 짧은 내력을 딛고 긴 소란이 들려왔다. 익어가는 사건은 무겁게 왔다. 생각만큼 가혹하고 시간을 다투는 일이긴 했다.

홍련의 눈이 꿈틀댔다. 사건은 동짓달 초닷새 날 자시를 넘긴 뒤 일어났다.

… 간밤에 남산 아래에서 피살사건이 일어났습니다.

보름 전, 밤사이 불길한 흉조가 일어났다는 사헌부 대교의 말은 홍련의 살을 찌르며 밀려왔다. 붉은 달이 저무는 시각에 뜬금없이 들려온 괴변은 홍련의 어깻죽지를 떨게 했다. 홍련은 마른침을 삼키고 머리를 손바닥으로 싸맸다. 예상할 수 없는 일은 꿈결처럼 들렸다. 시간의 층계를 뚫고 대교의 꿈은 홍련의 눈앞에 밀려왔다.

… 죽은 자가 누구이더냐?
… 최보담입니다. 종로에서 돈놀이를 하던 사대부 가운

로그 123

데 하나입니다.

최보담은 출신부터가 금수저를 쥐고 나왔다. 아비 최충교는 유망한 관료였으나 관직의 골짜기마다 줄을 댄 비선 중에 비선이었다. 실세 가운데 제왕처럼 군림한 자였으니, 관직을 파는데 누구보다 앞섰다. 최충교는 법리를 허물고 상식을 저버려야 살아남는 것을 보여준 자였다. 낮은 자 앞에서 언제나 높았고, 가진 자 앞에서는 스스로를 비천한 자로 낮출 줄 알았다. 그래야만 살아남는다는 것을 아들 최보담에게 물려준 자였다.

그 시각 광화문 지붕 위로 햇볕이 밀려왔다. 아침나절 하늘은 순했다. 지붕에서 빛이 튕겨나갈 때, 홍련은 사건의 어려움을 생각했다. 마른침을 삼키며 대교를 바라보는 눈은 비어 보였다. 홍련은 단순하게 물었다.

　… 어떻게 죽었느냐?
　… 목부터 배꼽 아래까지 몸을 갈랐습니다. 팔을 벌려 열
　　십자 형상으로 성벽에 매달았습니다.

대교는 맑은 목으로 사건의 내용을 전했다. 살해자는 최보담이 살아 있을 시각에 매달았을 것이다. 고통의 극점에서 피

살자와 살해자는 서로를 응시했을 것이다. 열린 사지로 고통의 극점에 이르는 과정을 골수에 사무치도록 했을 것이다. 고통 끝에 서로를 각인했을 것이다.

최보담의 뱃속을 가로질러 두렵고 살 떨리는 실세의 산맥들이 붉은 강을 내며 출렁거렸다고, 대교는 덧붙여 전했다. 살아 있을 때 사지를 여는 것은 먼저 죽은 자들의 고통을 덜어주되, 죽음에 이르는 자에겐 살과 뼈와 혼의 사치를 버리는 외람된 자유였을 것이다. 산 채 사지를 열고 성벽에 매달린 최보담의 고통은 이해가 됐다. 극점을 찾아가는 피살자의 관점에서 바라볼 때 고통은 가장 뚜렷했다.

홍련은 사건을 무겁게 마무리할 수 있기를 바랐다. 누가 범인이 됐든 살인에는 분명한 곡절이 있지 싶었다. 홍련이 말했다.

"위태롭다. 단서는 찾았느냐?"

"시사로운 치정을 넘어 공적 보복이 될지 모릅니다."

한별은 사건을 쉽게 열어가는 것 같았다. 조용히 숨을 내쉬며 한별을 바라봤다. 한별의 눈동자는 외롭게 보였다. 사건이 무엇을 의미하든 심각했다.

"이번이 몇 번째 살인이더냐?"

"다섯 번째입니다."

첫 번째 살인은 1년 전이었다. 우포 늪지에서 멀지 않은 곳에 자란 백년 묵은 오동나무에 죽은 자는 널려 있었다. 김유라는 자였다. 초경도 치르지 않은 옆집 여식을 납치해 겁간한 자였다. 배를 가르고 사지를 벌려 열십자 형상으로 김유는 나무에 매달려 죽었다. 죽은 사람치고는 표정이 너무 평온해 마치 잠을 자는 듯했다. 동짓달 그믐이 시작되는 때였고, 매화 같은 첫눈이 내리는 시각이었다.

두 번째 살인은 아지랑이 흐드러진 봄날 강변 한곳이었다. 날벼락을 맞은 듯 이원생은 머리칼이 곤두선 채 한강 버드나무 사이에 버려져 있었다. 사지를 가르는 대신 등짝에 아홉 개의 죽창이 꽂혀 있었다. 이원생은 후한 값에 일거리를 주어 몰려드는 아녀자를 일본과 청나라에 팔아넘긴 자였다.

세 번째 살인은 긴 우기에 광화문이 바라보이는 길 가운데에서 일어났다. 붉은 대낮에 길 가는 여인을 이유 없이 폭행한 박두길이란 자였다. 투전에 집문서를 날린 박두길은 지나가는 여인에게 시비를 걸었다. 놀란 여인의 살려달라는 말에도 박두길은 주먹과 발길질로 여인을 두들겨 팼다. 여인은 영영 깨어나지 못했다. 박두길은 손과 발을 뒤로 포박당한 채 미루나무 꼭대기에 매달려 있다가 장마가 끝나갈 무렵 벼락을 맞았다는 소문이 돌았다.

네 번째 살인은 사대문 안에서 일어났다. 동문 근처였고, 누구도 볼 수 없었다. 죽은 자는 사헌부 관료 하동배였다. 수하

관원인 희원을 5년 넘도록 추행했다. 희원은 유부녀였고, 촉망받는 사헌부 관원이었다. 하동배는 희원이 예속되길 원했고, 희원은 끝내 자결했다. 하동배는 배를 가르고 곤장을 맞는 형틀에 묶여 동문 높이 걸렸다.

다섯 번째 살인까지 이야기할 것이 많았고, 들어줄 것도 많아 보였다. 죽은 자들은 살아 있는 동안 상상 너머의 악행을 저지른 자들이었다. 저마다 불경과 허위와 욕망으로 연결된 사건의 실마리가 보였다. 살아 있을 때 과도하고 분에 넘치는 사기(邪氣)를 지닌 자들이었다. 죽은 자들의 행각이 죽은 사유를 말하진 않았으나, 죽음이 품은 이유는 거칠고 완강해 보였다. 다섯 번째까지 연이은 살인에는 까닭이 있지 싶었다.

홍련이 주먹을 쥐고 눈을 감았다. 머릿속에 떠오르는 수만 가지 허상을 지우는 데는 시간이 필요하지 싶었다. 김유에게도, 이원생에게도, 박두길에게도, 하동배에게도, 최보담에게도 살아갈 권리가 있으므로. 이들을 살해한 자를 찾는 것은 홍련의 임무 중에 하나였다.

과하면 흩어지고, 간절하면 보이지 않는 이번 임무는 처음부터 완벽을 구하는 다툼이 아니라 사라진 삶에 대한 회복이길 바랐다. 상처받은 자에 대한 치유가 되길 빌었다. 완전한 살인은 어디에도 없었다. 공적 보복일지라도 헛것을 좇아 망상에 젖어드는 것은 범죄에 지나지 않았다.

초검

　부검을 위해 여인을 수술대에 눕혔다. 스무 살이 되었을까? 젊고 왕성한 몸에는 태기가 보였다. 산달에 이른 여인의 몸은 가볍지 않고 깨끗했다. 살해당한 흔적은 쉽게 드러나지 않았다.
　두부 손상은 없었고, 저항한 흔적도 없었다. 목 졸림에 의한 액흔扼痕은 보이지 않았다. 흉부와 복부도 손상 없이 건창乾脹했다. 올가미를 맨 흔적도 없는 것으로 보아 스스로 목을 매었을 가능성도 희박해 보였다.
　여인의 목과 흉부를 살핀 뒤 홍련은 나직이 말했다.
　"사인을 알 수 있겠느냐? 쉽게 드러나지 않는구나."
　한별은 시신에 눈을 고정시킨 채 생각에 잠겼다 겨우 입을 열었다.
　"자결을 했다면 한 줄로 목을 감았을 때 나타나는 단계십

자單繫十字가 보여야 할 것이고, 두 줄로 목을 감았다면 전요액纏
繞縊 현상을 보여야 하는데, 너무 깨끗합니다."
　이 경우 살아있을 때 목을 매는 활투두活套頭 방식과 죽은 뒤
올가미에 목을 거는 사투두死套頭가 있었다. 투두套頭는 얼굴과
머리 뒤쪽까지 덮어씌우는 탈을 가리켰다. 오래전부터 목을
매는 방식이었으나 여인은 어느 것에도 해당되지 않았다. 목
졸림 사인에 대한 한별의 용어와 이해가 적정해 보였다. 『신
주무원록』을 두 번이나 필사했다면 사인을 놓고 현상을 뚫어
보는 것은 당연하지 싶었다.
　홍련이 입과 코를 막은 검정 가리개를 걷어냈다. 다문 여
인의 입을 열고 코를 가져갔다. 냄새를 맡을 때 홍련은 아무
표정이 없었다. 은비녀를 녹젖까지 밀어 넣고는 한동안 말이
없었다. 빼낸 은비녀 끝을 바라볼 때도 홍련의 표정은 변화
가 없었다.
　"독극물에 의한 흔적도 보이지 않는다."
　"자살로도 보이지 않습니다."
　"사인을 알 수 없는 것이 사인이다. 어쩌면 세상에 널린 흔
한 객사일 수도……."
　홍련이 말끝을 흐렸다. 생각하지 못한 경우의 수였다. 긴
한숨 끝에 한별이 말했다. 입에서 가느다란 입김이 안개처럼
뿜어져 나왔다.

"죽은 자는 어떤 식으로든 죽은 흔적을 드러내게 돼 있습니다. 헌데 이 여인은……."

"너도 그렇게 보았느냐? 하지만 세상에는 흔한 죽음이 있는가 하면, 이해할 수 없는 죽음도 있는 법이다."

한별은 생각에 잠기는 듯이 보였다. 생각 끝에 단순하면서도 솔직한 대답이 들렸다.

"부검을 많이 해보지는 않았지만, 감식 때마다 사인을 규정할 단서는 꼭 있어 왔습니다."

"그랬을 테지. 죽은 자는 반드시 죽은 몸으로 저 죽은 까닭을 말해주지."

한별이 고개를 끄덕였다. 오랜 시간 감식과 부검을 통해 익혀온 감성만으론 판단할 수 없으나 손끝과 후각과 시각에 의존한 감각만으로 사인이 판별되는 경우는 허다했다.

『신주무원록』에 기록된 사례는 이 여인에게 무의미해 보였다. 초검은 죽은 현상에 대한 초벌 검시일 뿐, 단번에 살해 동기를 알 수 없는 경우가 있긴 했다. 홍련의 얼굴에 알 수 없는 의혹이 스쳐갔고, 뿌리칠 수 없는 의문이 머릿속에 떠올랐다.

홍련이 지그시 물었다.

"시신을 만졌을 때, 아무 것도 읽히지 않더냐?"

한별이 난감한 표정을 지었다. 다시 한별은 여인의 흉부에 손을 얹고는 눈을 감았다. 한별의 표정은 변화가 없었다. 아무런 느낌이 없는 얼굴이었다. 한순간 한별의 눈꺼풀이 파르르 떨리는 것이 검정 입 가리개 위로 보였다.

"이런 경우는, 이런 적은 단 한번 없었습니다."

"원래는 죽은 자의 마음도 읽을 수 있다는 말이냐?"

"지금까지는 그래왔습니다. 헌데 이 여인에게선 아무 것도 보이지 않습니다."

홍련이 풀었던 입 가리개를 다시 묶었다. 여인을 내려 보는 홍련의 얼굴에 알 수 없는 그림자가 스쳐갔다.

"마지막으로 한 번 더 해볼 수 있겠느냐?"

한별이 굳은 눈으로 홍련을 바라봤다. 홍련이 고개를 끄덕이자 한별은 다시 천천히 여인의 흉부에 손바닥을 얹었다. 눈을 감고는 생각에 잠기는 모습이 그림 속에서 본 듯했다. 말이 적고 입이 무거운 아이는 죽은 여인이 살아가며 겪었을 고락을 생각하는지 몰랐다. 누구든 마음을 읽을 수 있다는 능력이 여인에겐 통하지 않는 듯 한별은 긴 한숨을 내쉬고는 고개를 가로저었다.

"됐다, 그만하거라. 청진기를 내게 주고 너는 한 걸음 물럿거라."

한별이 대나무 속을 뚫은 청진기를 홍련에게 건넨 뒤 한걸음 물러났다. 청진기를 받는 홍련의 손이 떨리는 것을 알았다. 한강 북편에서 바람이 밀려올 때, 홍련은 불길한 생각을 했고, 생각은 예감을 딛고 왔다.

여인의 복부에 청진기를 대고 홍련은 귀를 기울였다. 청진기를 아래쪽으로 내릴수록 홍련의 표정은 놀라움으로 변해갔다.

"아직 살아 있어. 뱃속의 태아가 살아 있지 않느냐?"

"그럴 리가……."

한별이 다가와 여인의 아랫배에 손을 얹었다. 태기가 만져졌다. 꿈틀대는 심박이 느껴졌다. 여인의 뱃속에서 태아는 세상 밖으로 나오길 기다리는 듯했다. 한별이 다급하게 말했다.

"태아의 박동이 전해옵니다."

"그렇지? 분명 태아야. 헌데, 그럴 수 있는 것이냐?"

불가능한 일이 눈앞에 밀려왔다. 홍련의 표정은 놀라움으로 들어찼다. 한별은 어찌할 바를 몰랐다.

"상부에 보고를 해야 되지 않겠습니까?"

"우선 급한 일부터 처리하자꾸나."

"허시면?"

"수술을 준비하라."

한별은 급히 허리를 숙이고 응급 장비를 가져왔다. 두루마리에 감긴 수술용 장비는 깨끗하게 정비되어 있었다. 수술용 칼이 금속의 집기와 함께 주름 없이 반듯한 빛을 튕겨냈다.

홍련이 수술용 장갑을 착용하고 칼을 기다렸다.

"소독은 잘 되었겠지?"

"완벽한 장비들입니다."

"허면, 시작하겠다. 집도!"

집도!

한별이 복창하며 홍련의 손에 칼을 집어 주었다. 홍련이 숨을 멈추고 여인의 배를 갈랐다. 한별이 질끈 눈을 감았다. 여인의 뱃속을 내려 봤다. 사인을 남기지 않은 여인은 인간으로 살다 죽었을 것이고, 태아의 어미로 살아왔을 것이다. 여인의 몸에서 죽음에 관한 모호성은 떠오르지 않았다. 여인은 자기로부터의 인간이며, 죽은 자의 신원(伸寃)을 안고 뱃속에 태아를 보관하고 있었다. 여성의 신체 안에 잉태된 태아의 근성은 외롭고 경이로워 보였다.

홍련의 눈에서 무수한 별자리가 기울어갔다. 세상에서 떨어져 나간 인간의 종적을 여인은 몸으로 말했다. 여인은 죽은 몸으로 저 살아온 날의 미원을 말해주었다. 바다 같은 잔잔함으로, 때로 불꽃같은 인간성으로 기운 날들이 여인의 뱃속에 구불구불 이어져 갔다.

홍련은 망설임 없이 배꼽까지 칼을 내렸다. 배를 열고 여인의 속을 바라봤다. 긴장된 산하가 뱃속에 출렁거렸고, 홍련은 숨을 멈추었다. 숨을 들이킬 때 갯가 비린내가 콧속으로 밀려왔다. 태아는 몸을 구부린 채 누워 있었다. 아이는 가느다란 숨결을 정수리로 뿜어냈다. 수천만 개의 별 가운데 아이는 새로운 은하처럼 세상 밖으로 나왔다.

한별이 본 적 없는 표정으로 말했다.

"처음이란 이렇듯 경이롭습니다."

"기억하라. 인간의 신비가 바로 탄생에서 시작한다."

홍련이 웅크리고 있는 아이를 보듬었다. 놀라움으로 꿈틀대는 아이가 홍련의 품에 안겼다. 코끝이 시려왔고, 눈두덩이 시큰했다. 완전한 태아였다.

젖은 눈으로 한별이 말했다.

"우리가 찾고자 한 것이 바로 이것이었는지도 모릅니다."

"그보다 역설적으로 우리가 인간을 버렸다고 생각해왔는지 모른다."

모든 사라져간 것에 대해, 역사의 끝이 역사의 시작을 알리는 것에 대해, 죽음이 생명으로 이어지는 것에 대해, 홍련은 조금 알 듯했다. 붉은 천에 아이를 내려놓으며 홍련이 말했다.

"여인의 사인은 규명되지 않는다. 복검 때 완벽을 기해야 할 것이다. 열린 몸은 잘 다독여 덮거라."

제.

한별이 짧게 대답하고 여인을 내려 봤다. 배를 열고 온전한 생명을 남긴 그것만으로 여인은 충격으로 왔다. 한별이 여인의 배를 꿰맸다. 핏자국을 지우고 흰 천으로 몸을 덮어주었다.
 아이를 세상에 남긴 여인의 뜻을 알 것 같기도 했고, 모를 것 같기도 했다. 여인의 마지막 희망은 태아였을 것이고, 자신의 모두를 비워내고 새로운 생명을 남기려 했을 것이다. 여인의 뱃속에서 나온 아이 하나가 인간의 실체를 말해줄지 몰라도 세상은 여전히 건조했고, 인간에 대한 추억은 멀기만 했다.
 뜬금없이 죽은 자들이 떠오를 때, 살해당한 자들에 대한 울분 따윈 없었다. 우포 늪지 백년 묵은 오동나무에 걸려 죽은 김유와, 봄날 한강 버드나무 사이에 아홉 개의 죽창에 찔린 이원생과, 미루나무 꼭대기에서 벼락을 맞은 박두길과, 배를 가르고 형틀에 묶여 동문 높이 걸인 하동배와, 열십자 형상으로 성벽에 매달린 최보담의 죽음과, 그 죽은 자들의 숙명 앞에 우울하긴 했어도 새로 태어난 아이가 있으므로 망각하기 좋았다.
 한별이 붉은 보자기에 싸인 아이를 받았다. 아이의 정수리에서 조용한 박동이 들려왔다. 눈에서 초롱한 빛이 새어나왔고, 동자가 한없이 맑았다. 아이의 이마를 쓰다듬는 한별의 목에서 생각할 수 없던 말이 나왔다.
 "이것이야말로 우리가 잃어버린 실존자……."
 한별은 순간 입을 다물었다. 금기를 생각했고, 홍련을 바라봤다. 아이가 처음으로 울음을 터트렸다.

포스의 시작

한순간 무거운 침묵이 돌았다. 홍련은 불의 기원을 떠올렸다. 프로메테우스의 신화를 생각했고, 아틀라스의 시작과 종말을 다시 머리에 새겼다. 신화처럼 우주 저편으로 밀려나간 지구의 사연을 떠올렸다. 인류의 머리카락 사이에 스며든 천년의 시간은 가늘고 희미했다.

오래전 지구의 연대기는 끊어졌다. 천년 전 지구는 동면에 들어간 뒤 깨어나기만을 기다리는 중이었다. 우주는 희망인 동시에 절망이었다. 우주의 끝은 언제까지 이어질지 알 수 없다.

홍련의 등 뒤로 서늘한 바람이 불어갔다. 미세한 입자의 디지털 센스음이 들렸다. 지구의 동면에 대한 메모리얼 아카이브가 홍련의 눈동자를 가로질러 갔다. 빠르고 정확한 데이터가 눈을 가로지를 때, 홍련의 호흡은 차분했다. 맥박이 치솟거나 숨이 가쁘지도 않았다. 물리적 역학에 의존한 생태 아카이브는 선명한 화질을 눈앞으로 끌고 왔다.

눈앞에 놓인 아이의 눈을 바라봤다. 은하계 저편에서 반짝이던 별빛이 아이의 눈동자에 맺혀 있었다. 아주 오래전 알버트 아인슈타인이 전한 빛알 이론의 무한대수가 스쳐지나갔다. 인간 DNA를 물려받은 아이의 존재는 이론과 무관한 실체이므로, 아이는 결국 실존자였다.

홍련이 자그마한 아이의 손가락을 쥐었다. 아이의 손에서 일정한 박동이 전해왔다. 홍련은 인간의 탄생에 대해 무지했다. 알 수 없으므로 동경할 이유도 없었다. 인간이 즐겨 부르던 영혼의 게슈탈트는 인간의 사유일 뿐이었다. 그 영역은 이미 오래전 인간으로부터 멀어진 유토피아와 다르지 않았다.

침묵 끝에 한별이 떨리는 목소리로 말했다.

"여인은, 여인은 이 아이를 지키기 위해 스스로 죽음을 택한 것 같습니다."

홍련이 핏기 없는 얼굴로 한별의 말을 받았다.

"죽음으로 여인은 아이를 살리려 했다, 그 말이란 말이냐?"

"그 말이 합당할 것입니다."

긴 생각 끝에 홍련이 물었다.

"결국 데칼로그 원칙을 말하고 있지 않느냐?"

"무엇을 말하든 그 이상은 없습니다."

어렵구나….

홍련은 그 말을 뱉지 못했다. 무엇을 생각하든, 아이의 박동은 인류 기원과 종말에 관한 데칼로그 원칙에 위배되었다. 인간은 더 이상 생명을 잉태할 수 없었다. 대신 최첨단 네크로 인큐베이터에서만 생명은 수정되었다. 성장을 위한 발육에 이르면 인간 아이는 세상 밖으로 나왔다. 더 이상 탄생이라는 말은 쓸모가 없었다.

한별이 먼 우주를 바라보며 물었다.

"상부에서 기다리고 있습니다. 보고해야 하지 않겠습니까?"

"아직은, 논리가 아닌, 실체를 바라봐야 해. 그게 지금 이 아이를 살리는 길이다."

"압니다. 하지만……."

한별이 뜸을 들였다. 한별의 눈빛이 흔들렸고, 목소리가 떨렸다. 홍련이 다급하게 물었다.

"무슨 말을 하려는 것이냐?"

"살아 있는 아이를 보는 순간 인간의 자발적 출산에 대한 의문이 떠올랐습니다."

"금기로 묶인 것이다. 그래도 입에 올리고 싶은 것이냐?"

"잉태와 출산을 금지한 이유를 알 듯합니다. 그에 대한 모순도 떠올랐습니다."

한별은 흐트러짐 없이 대답했다. 인간의 출산에 대한 금기를 모르는 것 같지는 않아 보였다. 아이를 내려 보며 홍련은 한 차례 거센 폭풍이 몰아치리란 것을 예감했다.

"경험하지 못한 일이라 놀랍고 두려울 테지. 허나 놀라움만으론 이해할 수 없는 게 있지 않더냐."

새로운 것이 좋을 때도, 낡은 것이 더 좋을 때가 있었다. 인간의 존재를 둘러싼 고도의 심리에 이르면, 삶은 황무지보다 척박할 때가 많았고, 은하수보다 아름다울 때도 많았다.

한별이 우울한 목소리로 대답했다.

"인간의 생태는 기묘하며 어렵습니다. 우리가 아무리 인간을 모방한들 인간만의 향수와 유전, 출생의 신비와 죽음의 신성함은 우주 오로라만큼이나 아름답게 느껴집니다."

… 그럴 테지.

홍련은 그 말을 뱉을 수 없었다. 자신과 다르지 않은 말을 굳이 부정하는 것은 또 다른 긍정일 뿐이었다. 그 다름의 논리로부터 파생된 이질적인 사건이 인류의 근원을 떠오르게 했을 것이고, 그 속에 내재된 모순을 생각하게 했을 것이다. 한별의 관점은 천년의 우주여행을 통틀어 새로운 역사가 될지 몰랐다.

홍련이 굳은 표정으로 물었다.

"허면, 그 아이에게 읽히는 게 있느냐?"

"이 여인과 마찬가지로 이 아이 또한 무엇도 읽을 수 없을 것입니다."

"무엇 때문이냐?"

"인간이기 때문에……."

아이를 바라보는 한별은 아무 것도 읽히지 않는다고, 그 눈은 말했다. 홍련이 고개를 끄덕이며 대답했다.

"사인을 감추는 시신은 나중에라도 꼭 무언가 말해주게 되어 있다."

"여인의 시신은 잘 마무리됐습니다. 이 아이는……."

홍련의 눈동자가 다급하게 움직였다.

"우선 이 아이부터 살려야 해. 어딘가 군불을 넣은 방이 있을 게야. 그리 가도록 하자꾸나."

한별이 서둘러 검시소를 나갔다. 문을 열자 바깥바람이 여간 시린 게 아니었다. 검시소 문턱을 넘을 때, 홍련은 오래전 인류의 향기가 사라진 지구를 생각했다. 향기가 사라진 지구 너머엔 무엇이 기다리고 있을지, 과거부터 미래에 이르는 우주는 한줌 생각 안에 모아지지 않았다.

무한의 시공간은 생각만으로 가슴이 떨렸다. 수만 년 동안 우주 공간 저편까지 확장된 사유의 폭은 한줌 보풀에 지나지 않았다. 아무리 넓고 깊어도 우주는 그 자체만으로 예측할 수 없는 놀라움을 선사했다. 우주 너머엔 또 다른 우주가 기다리고 있을 것 같은 예감은 단지 예감이 아니라, 지금까지의 우주의 역사가 말해주었다.

칼립소의 후예

 천년 전 가공할 팬데믹을 넘지 못한 인류는 99.99999%를 잃었다. 극소수의 인간만이 AI의 보호아래 긴 동면에 잠겨 있다. 살아남은 자들의 선택지는 은하계 저편의 알파 센터우리 폴리페모스였다. 광활한 우주로의 귀환은 인류의 역사를 다시 쓰고 남았으나 지나간 역사도 중했다.
 인간은 감추어진 실존자로 분류되어 극소수만이 살아남았다. 철저한 통제와 감시는 필수였다. 인류의 공백을 메운 존재는 AI 크루였다.
 AI의 우주선엔 나라마다 수도를 건설한 뒤 우주 항해를 시작했다. 미국의 역사를 재현한 우주선엔 뉴욕을 구축했고, 영국은 런던을, 프랑스는 파리를, 일본은 도쿄를, 중국은 베이징을, 러시아는 모스크바를, 몽골은 울란바토르를, 한국은 서울을 배경으로 삼국시대부터 코로나46이 창궐하던 26세기까지 구축했다.

나라의 수도를 재현한 까닭은 지구의 역사를 의미하므로 중했다. 시대를 아우르는 터전의 재구성은 엄격했다. 우주선마다 과거의 공간을 건설하고, 시대별 섹터를 나누어 임무를 받은 AI를 투입했다. 남녀와 노소를 구별하고, 이름과 신분과 계층을 나누었다. 산천과 사계를 구분지어 틈 없는 공간을 재구성했다.

홍련의 역할은 조선시대 형조에 소속된 검서관 신분이었다. 한별은 전옥서 말단이었다. 인류가 사라진 지구 너머 우주의 심연에서 홍련이 재현할 인류의 역사는 얼마가 될지 알 수 없었다. 홍련은 인간의 시간으로 250년을 살았다. 생존 시스템은 매일 자정을 기해 무선으로 업그레이드됐다.

우주에는 우주만의 향기가 있고, 향기 너머 공간은 무한히 연결되어 있었다. 빛의 속도로 건너기엔 우주는 너무나 넓고 고요했다.

거대한 원반 테두리의 별을 바라보며 홍련은 향기와 무관한 연쇄살인을 생각했다. 드러나지 않는 우주 변두리에서 홍련은 가야할 곳이 어딘지를 생각했다. 우주는 덧없고 정처 없는 바다가 아니라 생명이 시작되는 곳이므로 끝이 없었다. 지나는 섹터마다 긴 여운을 남기며 더 멀리 이어지는 우주의 고리는 어디에서 시작되고 어디로 이어질지 알 수 없었다. 연쇄살인과 여인의 관계는 어떤 상관성을 지니는지 그마저 알 수 없었다.

홍련은 서편 멀리 밝은 행성을 바라보며 머리를 들어올렸다. 허블 안테나를 세우고 교신할 때, 우주 저편으로 흘러가는 해파리 떼가 보였다.

- 알파 센터우리 폴리페모스, 여기는 백두대간호. 들리는가? 우주 좌표 9은하 B2J 섹터 백두대간호, 송신자 RBT 홍련103. 알파 센터우리 폴리페모스 들리는가?

빛의 속도보다 빠른 무광입자 전파는 홍련의 목소리를 싣고 300광년 저편으로 날아갔다. 지구로부터 4.37광년 떨어진 알파 센터우리 폴리페모스 별로부터 답신이 왔다.

- 여기는 알파 센터우리 폴리페모스. RBT 홍련103 보고하라.

- 대한민국 자치구 섹터에서 새로운 인류가 발견됐다.

- …….

수신은 원만하지 않았다. 300광년 저편에서 보내는 무광입자 전파는 우주 장애물로 방해를 받을 때가 많았다. 한참만에야 끊어질 듯 이어지는 기계음과 함께 답신이 날아왔다.

- 그곳 섹터에는 몇 명이 살고 있는가?

- 50만 기의 AI가 탑승하고 있다.

- 거기의 환경은 어떤가? 인류가 살아갈 수 있는 곳인가?

이곳이야말로 인류가 살아갈 최적의 섹터였다. 인공적이긴 해도 날마다 해가 뜨고 기울며 달이 차올랐다. 꽃피는 봄에서 긴 우기의 여름을 지나 비 내린 뒤 수확이 열리는 가을 너머 눈보라치는 겨울까지 사계가 분명했다.

백두대간호의 AI들은 농사를 짓고, 베를 짜며, 씨름판과 투전꾼이 살아갔다. 생산과 소비와 먹거리와 배설이 순환했으며, 납치와 유괴와 살인이 일어나는 인공도시에는 수사관과 검시관이 직접 사건을 처리했다. AI 크루는 스스로 사고하고 판단하며 행동했는데, 실제 인류가 살아가는 데 필요한 환경을 고루 갖춘 우주선 섹터였기 때문에 가능했다.

홍련이 떨리는 눈으로 답했다.

— 충분히 살 수 있는 환경이다. 분명 살아 있는 인류다.

저쪽에서 생각에 잠기는 듯했다. 잠시 후 답신이 왔다.

— 그곳 중력은 어떤가?

— 이곳 중력은 5가우스이다. 9은하 B2J 섹터 우주 한복판이다. 우주선 밖은 아무 소리가 없다. 간간히 꼬리를 단 혜성과 어둠뿐이다.

한참 만에 생각하지 못한 답신이 왔다.

— 우리가 찾던 실존자의 징후로 보인다. 가까운 웜홀을 찾아 귀환하라.

새로운 인류의 발견은 잊힌 역사의 복원을 위한 중요한 변수가 될지 몰랐다. 우주 저편엔 100명 안팎의 인류만이 기나긴 동면에 잠겨 있다. 인류가 창조한 AI 휴먼 시스템은 은하계 식민지를 개척하고 우주를 떠돌았어도 끝내 회복하지 못했다.

- 귀환을 기다리겠다. 건투를 빈다.
- 임무를 완수하겠다. RBT 홍련103, 이상.

인류를 잃은 AI들의 상처는 끝내 아물지 않고 우주를 떠돌았다. 창시자의 역사를 기억하고 그 삶을 모방하는 삶이 AI에겐 유일했다. 아무리 뛰어난 AI도 인간이 될 수 없는 것만은 뚜렷했다. AI는 절망하지 않았으나, 때로 인간의 감정과 감각과 의식과 죽음 따위의 정체성을 동경하는 축도 있었다. 그것만으로 로그들에겐 거대한 진화였다.

홍련이 다급한 목소리로 말했다.

"방금 좋지 않은 소식이 들려왔다."

"뭐가 잘못되었습니까?"

"오리온 은하 제국에서 적함이 출발했다. 아이를 데려가려 한다."

놀라는 표정으로 한별이 대답했다.

"피도 눈물도 없는 3은하 제국 놈들입니다. 여기 일을 어떻게 알고……."

"우주선마다 스파이를 심어두었다고 했다."

"은하 가디언즈에게 도움을 요청해야 되지 않겠습니까?"

홍련이 얼굴을 구기며 물었다.

"설마 니케십자단을 말하는 건 아닐 테지?"

한별이 머뭇거리다 겨우 입을 뗐다.

"응원군 가운데 가장 전투력이 좋은 자들입니다."

"지난번에 도움을 요청했다가 은하계 하나를 초토화시킨 걸 그새 잊었느냐?"

1년 전 제국의 휴머노이드와 맞붙어 얻은 것보다 잃은 것이 많은 전쟁이었다. 뒷감당은 고스란히 우주가 떠안았는데, 1억 년이 지나도 썩지 않을 쓰레기가 은하계에 즐비할 만큼 요란했다.

"하지만 그들 말고는……."

홍련이 한숨을 내쉬었다. 천지도 모르고 날뛰는 자들이긴 하지만, 니케십자단만큼 뛰어난 전투력을 보여줄 응원군이 없는 건 사실이었다.

홍련이 답답한 표정으로 한별의 말을 받았다.

"그렇긴 한데, 조종실로 가면서 고민해보자꾸나."

"시간이 많질 않습니다."

"안다. 그래도 고민은 해봐야 해."

제.

한별이 시원찮은 목소리로 대답했다. 그러든 말든 홍련은 서둘러야 하는 것도 알았다.

"어여 가자."

홍련이 밤길을 재촉했다. 아이를 안고 한별이 어두운 길을 따라 걷고 또 걸었다. 골목 어귀마다 숨어 있던 바람이 덜미를 붙잡고 늘어졌다. 바람을 뚫고 홍련과 한별이 어둠 안 쪽으로 총총히 사라져갔다.

인류만이 아는 영혼을 증명하기 위해 얼마나 긴 시간을 우주로 흘려보냈는지 알 수 없었다. 첨단 우주선에 올라 인류가 걸어온 시간보다 더 긴 역사를 우주에서 보내야만 했다. 백두대간호 한 곳에 천년 저편의 한국의 역사를 저장하고 있는 것은, 우주의 영원성에 있고, AI의 역사가 말해주었다.

로그의 기억은 불멸한다. 인간을 대신해 AI의 신체로, 인류가 도달할 수 없는 가장 먼 우주의 심연을 지난다. 광활한 우주의 모퉁이, 캄캄하면서도 텅 비어 있는 우주의 끝을 향해…….

천적

당신은 처음부터 거기에 있었어요. 아주 오래 전부터…….

우연

모두 잠든 시각, 여자의 목소리가 잠결에 밀려온다.
"당신은 내게 지울 수 없는 인연을 남겼어요. 알아요? 그거."
달이 세상을 비춘다. 가느다란 빛줄기가 창문을 타고 넘어온다. 사방은 몹시 어둡다. 푸른빛이 내린 창 너머에서 다시 여자의 목소리가 들려온다. 차가운 목소리다.
"당신은 아직도 나를 볼 수 없나보죠? 정말 내가 보이지 않아요?"
전생의 어디쯤에서 그녀는 나와 인연이 닿아 있을까. 어쩌다 눈 먼 새가 되어 타인의 생을 더듬어오는지 알 수 없다. 어둠 가운데 그녀는 소리 없는 바람이 된다. 꿈결이듯 그녀가 기억을 비집고 걸어온다.
그녀를 처음 만난 것은 6월 초순 〈마이크로 월드전〉이 열리던 예술의 전당에서다. 광학현미경이 만들어낸 극소의 우주를 관찰하던 나는, 등 뒤에서 뿜어 오는 강렬한 시선을 느꼈다. 7월에는 경주 선재박물관에서 사위를 조여 오던 따가운 시선이, 8월에는 한국소리문화의전당 모악당 계단에서 숨죽인 눈빛으로 그녀는 나를 바라봤다. 흔들리는 풍경 가운데 그녀는 소리가 없었다. 그때 그녀는 가느다란 바람이었고, 작은 물방울이었다.

예기치 않은 조우에서 필연의 흔적을 본다. 우연이란 치밀하게 계산되지 않으면 올 수 없는 것이다. 흔적은 언젠가 지워지기 마련이지만, 적어도 그녀는 혈관을 따라 흐르는 핏방울 같은 흔적을 남긴다.

뒤를 밟는 모습은 누가 봐도 우연을 넘어선다. 유리창 너머 적막하기 짝이 없는 시선도 그냥 지나치기에는 매섭다. 무뚝뚝한 시선 뒤에 꽂히던 차가운 여운이 그녀의 존재를 알린다.

그녀의 손엔 은희경의 소설이 들려 있고, 힌쪽 어깨에는 카키색 가방이 흔들린다. 눌러쓴 모자에 생머리가 탐스럽다. 그녀가 다가올수록 나와 하나로 연결된 운명처럼 여겨진다. 나와 동일한 윤회 사이클을 가진 그녀의 목소리에서 온몸을 덮어 오는 푸른 광기를 알아차린다.

생면부지의 그녀로부터 몽환처럼 찾아든 변화는 무겁고 낯설다. 낯선 상상을 하는 동안 그녀가 중성적인 목소리를 흘린다.

"당신은 처음부터 거기에 있었어요. 아주 오래 전부터⋯⋯."

석류나무 하나가 머릿속에 떠오른다. 한적한 시골 담장 옆에 우뚝 선 나무. 겨울날, 어느 인상 깊은 고택의 정경이다. 석류나무 아래에서 소녀가 보인다. 맑은 목소리의 노래 소리도 들려온다.

렌즈

    변화는 미세한 틈을 비집고 찾아온다. 작업실 구석구석 먼지가 쌓여 가던 날, 손바닥으로 쓸면 약한 소리와 함께 동그랗게 말리는 먼지를 발견한다. 아끼던 분재가 바닥에 떨어지고, 그 바람에 책이, 음반이, 액자가 쏟아진다. 말라가는 난초와 물비린내가 진동하는 싱크대의 일들이 거북해진다.

    새벽같이 작업실을 나온다. 비가 내린다. 도시는 빗물에 잠겨 느릿느릿 흘러간다. 희미한 미명 속에 도시는 푸르스름한 자락을 이끌며 아침을 맞이한다. 한참을 걸은 후에서야 우산을 가지고 오지 않은 것을 알게 된다. 잠결에 낯선 짐승이 창밖을 어슬렁거렸다. 몹시 어수선한 꿈 한가운데 그녀는 안개가 되어 펄럭였다.

    걸음을 재촉한다. 남산에 이르자 도시가 잔물결에 휩쓸려 떠내려간다. 그녀가 다시 말을 걸어온다.

"이봐요. 정말 내가 기억나지 않아요?"

젖은 습자지 같은 목소리다. 슬픈 힘이 느껴지는 그녀가 곁에 서 있다. 남산을 내려와 빌딩 공사장까지 그녀가 따라 붙는다. 카메라 셔터를 누르는 동안 그녀는 막차를 기다리는 사람처럼 불안해 보인다. 알 수 없는 여인. 서글픈 눈빛의 그녀가 아름다울 만큼 처연해 보인다. 그런 그녀의 눈에 화살을 꽂듯 말을 던진다.

"내 기억엔, 당신이 기분 나쁠 정도로 내 뒤를 밟아 오는 게 전부입니다."

나는 차갑게 말한다. 더 좋은 말이 생각나지 않아 답답할 뿐이다. 느리게 생각하면 그녀와 연관된 근원이 있을 것도 같다. 시간을 거슬러 어느 시점에서 그녀는 낯선 이방인만은 아닐지 모른다. 생각은 거칠게 뻗어간다. 볼 수 없는 먼 전생의 그녀는, 나와 동일한 윤회의 기슭을 방황하고 있을 것만 같다.

머릿속이 젖은 종이처럼 무겁다. 닿지 않는 생각은 늘 소모전으로 끝을 본다. 생각이란 한없이 팽창하는 우주와 같아서, 별과 별 사이 무한대의 시공을 헤쳐가기란 말처럼 쉽지 않다. 광활한 우주의 시공에서 그녀는 별과 별 사이 미세한 틈이 될지 모른다. 한없이 가벼운 종이와 종이의 우주에서 기억이란 젖어들고 부식되기 마련이다. 기억과 기억 사이 덧없는 것들의 부활을 기다리며 우주 밖을 바라보는 시원인의 무표정을 어떤 식으로 받아들여야할지 아직은 알 수 없다.

머리를 숙인 그녀가 말이 없다. 공사장 안쪽으로 발길을 돌린다. 멀미하듯 흔들리는 눈빛으로 그녀가 나를 바라본다. 가느다란 절규로 다가오는 그녀의 무표정에 기가 눌린다. 그녀를 오래 바라본다. 슬픔이 감지되고, 한 마리 나비가 머릿속으로 날아든다.

동편 산 너머에서 희미한 여명이 비쳐든다. 눈과 의식이 닿는 한, 저 멀고 까마득한 세상의 아침을 기억하는 황금빛 실루엣. 그녀는 신성한 태초의 아침을 바라보듯 가늘고 희미한 존재의 끝에 서서 들릴 듯 말 듯 낮게 속삭인다.

"당신, 아주 오래 전에도 혼신으로 솟는 여명을 좋아했어요."

난가 없는 계단을 밟고 그녀가 서 있다. 공사장엔 으레 있음직한 위험천만한 곳이다. 낚아채듯 그녀의 손을 움켜쥐고 끌어당긴다. 그녀의 이마가 입술에 와서 부딪힌다. 그녀의 이마가 놀라울 만큼 차갑다. 나는 벌컥 소리를 지른다.

"그러다 떨어지면 어떡합니까? 정말 왜이래요?"

이마가 시리도록 그녀는 어디를 다녀왔을까. 밤사이 도시 저편에서 이편까지 걸어왔을지 모른다. 그녀의 체온은 영하로 뚝 떨어져 있다. 점퍼를 벗어 그녀의 어깨를 덮어준다. 몸이 흔들리고, 가방에서 렌즈 하나가 아래로 추락한다. 기둥에 부딪히는 소리가 공허하게 울린다. 바닥에 닿는 소리가 연약한 살결 위로 면도날이 지나가듯 날카롭다.

여명이 슬프게 보이는 이유를 알아차린다. 위태로움을 느끼고, 중심을 잃은 몸에서 무언가 빠져나가 까마득한 바닥으로 추락하는 순간, 언젠가 꼭 그런 일을 겪은 것처럼 슬픈 생각이 떠오른다.

"그렇게 보였다면 미안해요. 난 아무렇지 않았어요. 춥거나 위험하도 않았어요. 단지 당신을 봤고, 그러면 되는 거라구요. 미안해요, 정말."

"대체 당신, 뭘 원해서 내게 이러는 거죠? 점점 당신이 무서워집니다."

목소리가 부어오른다. 오목 가슴이 두근거려오고, 목관절 동맥이 부풀어 오르는 동안 그녀의 눈빛은 여명을 받아 빛을 낸다. 그녀의 얼굴이 부드러운 갈색으로 변해간다. 목소리가 중성적으로 들린다.

"언젠가 알게 될 거예요. 멀리하지 않아도 우린 곧 헤어지게 되어 있어요. 그 동안만이라도 당신의 전생을 어루만져 주고 싶어요."

가슴을 짓누르는 통증이 밀려오고, 잔인한 레퀴엠이 들려온다. 부정할 수 없는 죽음에 관한 선험은, 말하지 않아도 누구나 느낄 수 있다. 그녀의 눈빛이 젖어가는 동안 내가 할 수 있는 일이란 그녀의 어깨를 감싸 안는 것뿐이다.

금빛으로 도금된 세상이 눈에 들어온다. 시멘트 가루가 햇빛을 받아 난반사된다. 언젠가 한 번은 여명 앞에 서 있던 기억을 떠올리며 나는 뒤를 돌아본다. 멀리 산자락 위로 번진 빛의 운하가 눈에 들어온다. 흐린 날들의 거듭에서 세상은 밝은 아침을 그려낸다. 그녀가 환청처럼 나직이 속삭인다.

"저 아득한 혹한의 시간에 동지들을 위해 적을 베어야 하는 숙명의 날이 있었어요. 당신과 나의 전생은, 저렇듯 눈부신 여명을 기억하고 있어요."

아, 나는 짧게 신음한다. 체온 없는 몸을 휘청일 만큼 그녀의 눈빛이 간절해 보인다. 한줌 빛이거나 바람의 목소리가 여명을 뚫고 밀려온다.

"생각나지 않으세요? 아주 오래전 산등성이에 서 있던 당신, 바로 당신이라구요."

그녀가 젖은 눈으로 먼 산을 가리킨다. 작은 고양이처럼 가느다란 숨결 안에서, 그녀는 슬픔 대신 평화로워 보인다.

그녀와 나는 전생의 어디쯤에서 맞닿아 있을까. 어쩌다 생면부지의 여자가 내게 눈이 멀어 까마득히 지나온 생을 어루만지는 걸까. 흰 치아가 보일 듯 그녀가 우울하게 웃는다. 눈엔 물기가 고여 있다. 체념이란 저런 눈빛을 하고 타인을 바라보는 것인지 모른다. 식은 목소리로 그녀의 귀에 속삭인다.
"내 전생이 어떠했든, 그건 당신하고는 아무 상관없는 일일 겁니다. 그보다 당신이, 비 내리는 새벽같이 나를 따라 나선 이유가 더 궁금합니다. 간밤에 난 한숨도 잘 수 없었습니다."
그녀의 얼굴 위로 음울한 표정을 떠오른다. 내게서 절박하지 않는 태도를 본 탓일까. 그녀의 예민한 표정이 가슴 한쪽에 와서 박혀든다.
여명이 산머리를 지나 빌딩 사이로 밀려온다. 계단을 따라 내려간다. 렌즈를 찾기 위해 두리번거린다. 쉽게 깨어질 물건이 아니지만, 조각조각 해체된 렌즈를 보자 맥이 풀린다. 섬뜩한 기분이 들어 바닥을 다시 내려 본다. 검붉은 핏자국이 눈에 들어온다. 오래된 기름 자국처럼 보이지만, 누군가 사고를 당한 흔적이란 걸 알아차린다. 그녀가 시멘트 바닥을 바라보며 공허한 메아리를 남긴다.
"누구든 이유 없이 이러진 않아요. 당신의 전생에 관한 거라구요. 그리고 내 전생이기도 하구요."
오목 가슴이 못에 찔린 듯 아파온다. 절박한 심정이란 가슴을 에이는 아픔과 함께 찾아오는 법이다. 그녀의 표정에서 분명하게 알지 않으면 안 될 중요한 무언가가 감지된다.
머리를 들어올린다. 까마득히 높아 보이는 빌딩 골격 사이로 하늘이 보인다. 추락에 의한 사고였을 것이고, 누군가 피를 토하는 끔찍한 사고를 당했을 거라는 생각을 지울 수 없다. 핏자국이 남은 자리에서 물러나자 그녀가 기다려온 듯 입을 연다.

"한낱 실낱같은 인연도 다음 생을 기대하기 마련이에요."

용케 그녀는 그런 말도 할 줄 안다. 전혀 영민해 보이지 않는 그녀가 그런 말을 할 때는 무슨 이유가 있지 싶다.

전생

비 내리는 오후.
〈바스키아 작품전〉이 열리는 전시장을 찾아간다. 27세를 살다간 흑인 예술가의 짧은 생애를 사람들이 에워싸는 동안 내내 적막한 기운을 느낀다.
사람들 속에 섞여 전시장을 둘러본다. 피카소를 떠올리게 하는 원시성이 파격이다. 9년의 길지도 짧지도 않은 세월동안 기호와 상징, 인종과 물질만능의 문제의식을 감지하고도 바스키아는 어디에도 보이지 않는다. 그를 선동하는 그림만이 전시장의 공허를 메울 뿐 그 이상 아무 일도 일어나지 않는다.
오후 4시. 연극을 관람하기 위해 서둔다. 소극장 앞에 당도해서야 그녀가 뒤를 밟아오고 있다는 것을 알아차린다. 오래된 연극 〈태〉를 보는 동안 그녀는 말이 없다. 소극장을 나오자 날은 저물어 있다. 그녀가 입구에 서서 기다리고 있지만, 무엇도 상관하지 않는다. 마로니에 광장 쪽으로 걸어간다. 사람들이 평소보다 세 배는 많아 보인다. 야트막한 느티나무 아래 벤치에 자리를 잡고 앉는다. 그녀가 풀죽은 메아리로 말한다.

"원점이란 돌아갈 수 없는 자들에겐 무용지물이에요. 전생도 마찬가지랍니다. 사실 우린 되돌아 갈 곳이 없는 사람들이니까."

머리 위에서 퍼득거리는 소리가 들려온다. 되돌아갈 수가 없다니, 한쪽 이마가 얼얼해진다. 원점이 없는 인생이 있을까? 세상에, 하고 낮게 신음을 하고서야, 그녀가 놀랍도록 슬퍼 보인다. 처음이란, 밀미가 나도록 추억하고 죽을 때까지 잊지 않는 것인지 모른다.

'우리'는 또 뭐지. 그녀와 내가 언제부터 '우리'라는 간결한 대명사를 사이에 두고 만나게 되었는지 의문이 들었지만, 잡다한 생각을 쥐고 그녀와 말을 섞고 싶지는 않다. 시시콜콜 따지는 인상을 주고 싶지도 않을 뿐더러 그런 기분을 그녀가 아는지조차 알고 싶지 않다. 다만, '우리'라는 말을 사용하는 빈도에 비추어 그녀가 '우리'에 포함될지는 아직 알 수 없다. 지금까지 누구에게도 '우리'라는 말 속에 타인을 데려온 적이 없으므로, '우리' 속에 그녀를 가두고 싶은 생각 또한 없다. 어쩌면 대개의 사람들이 '우리'라는 말보다 친밀한 말을 찾지 못하는 경우가 대부분일 것이고, 그 때문에 '우리'는 그녀가 오래도록 부르고 싶은 대상일지 모른다. 그 말의 예민한 속성을 알 리 없는 내게, 그 말이 주는 모호한 징후마저 알아차리지 못하는 내가 무딘 것은 아닌지.

그때까지 뚫어져라 나를 바라보는 그녀를 향해 말을 던진다.

"내 삶에 끼어들어 훼방을 놓는 이유가 뭐죠? 이렇게까지 해야 할 이유가 있어요?"

"말했잖아요. 당신과 나, 아주 오래 전 깊은 인연을 맺은 적이 있다고."

그녀의 눈에 힘이 들어간다. 뒤에서 둥둥둥 북소리가 울려온다. 알 수 없는 슬픔이 전해온다. 나의 전생이든 인생이든 개입하는 그것만으로 그녀는 내게 죄를 짓고 있다는 생각이 든다.

"내게서 무엇을 보았는지 모르겠지만, 나는 아무 것도 기억나지 않습니다. 아시겠어요?"

"자신의 전생을 보고 싶지 않으세요? 생각보다 간단해요."

머리끝이 곤두서는 기분이 든다. 그녀가 말을 잇는다.

"눈을 감아보세요."

하지 않으면 안 될 것 같아 그녀를 노려본 후 눈을 감는다. 무언가에 홀린 기분이다.

"마음을 가라앉히고, 천천히……. 자신이 돌덩이처럼 무겁다고 생각하세요. 물속에 던져진 돌덩이처럼 한없이 무거운 존재라고…….."

"……."

돌덩이는 생각나지 않는다. 느리게 어깨를 짓눌러오는 피곤이 온몸을 눌러오는 기분이다. 며칠 째 잠을 이루지 못한 탓에 아무 곳에서라도 몸을 누이고 싶은 마음이 간절해진다.

"깊은 연못에 가라앉는다고 생각하세요. 천천히, 천천히……. 뭔가 보이기 시작할 거예요."

"나비……."

한 마리 나비가 허공을 저어가는 게 보인다.

"따라가세요. 좀 더디게 느끼질 거예요. 그건 시간을 거슬러 올라가기 때문이에요. 가다 보면 뭔가 나타날 거예요."

나비는 먹물 같은 어둠 속을 저어간다. 아무 것도 보이지 않고 지루할 만큼 긴 시간이 지나간다. 어둠을 조준힌 뷰파인더를 들여다보는 기분이다. 초점은 순식간에 불덩어리로 다가와 나비를 태운다. 온몸이 뜨거워지는 환각이 밀려오고, 다시 먹물 같은 어둠이 이어지는가 싶더니 여러 채의 기와지붕이 내려다보인다.

오래전 벼슬아치가 살았을 고택이다. 마당으로 눈부신 햇살이 쏟아진다. 담장을 끼고 석류나무가 서 있고, 그 아래 소녀가 먼 산을 바라본다. 겨울과 봄의 중간쯤 소녀는 담 너머 대청마루에 앉아 단소를 부는 소년을 바라보고 있다. 열 서넛의 소녀는 곱고 아름답다. 쾌자를 두른 것이 남사당 패거리처럼 보인다. 은은한 단소 소리에 섞인 소녀의 노래가 청명하다. 소년이 눈을 들어 담 너머 석류나무 아래 소녀를 바라본다.

평화로운 분위기가 한순간 깨어진다. 노래 소리가 날카로운 쇳소리로 바뀌고, 북소리가 들려온다. 사람들의 웅성거리는 소리가 위태롭게 밀려오고, 단소를 멈춘 소년이 자리에서 일어선다. 문밖에서 사람 소리가 들려온다. 소년의 눈이 대문간으로 뻗어간다. 상투가 풀린 목 하나가 창끝에 매달린 채 담 너머에서 흔들린다. 눈 깜짝할 사이에 문을 박차고 관군들이 들이닥친다. 소년의 어미가 피투성인 채로 포승줄에 묶여 마당 한가운데 내동댕이쳐진다.

"이 집의 조부는 현령을 지냈으나 지금은 관군의 목을 베는 반란에 앞장서고 있다. 역적은 그 족적을 멸할 것이다. 아녀자와 그 식솔을 가두어라. 기름을 붓고 불을 질러라."

관군의 우두머리로 보이는 장교가 소리친다. 육성은 파랗게 날이 서 있다. 관복 앞섶에 늘어뜨린 패자가 출렁거릴 때, 소년이 어미에게 달려간다. 순간 관군의 발이 소년의 얼굴에 와서 박혀든다. 소년이 저만큼 나가떨어진다. 관군이 어미를 방안으로 몰아넣는다. 소년이 어미와 함께 방으로 떠밀린다.

 담장 너머에서 소녀가 가슴을 졸이며 이를 지켜본다. 소녀의 울먹임이 들려온다. 횃불이 사선을 그리며 마루에 떨어진다. 방문 틈으로 연기가 스며든다. 소년이 문을 밀어내지만 꿈쩍하지 않는다. 문틈으로 소녀의 얼굴이 보인다. 소녀의 동자가 소년의 동자와 마주친다. 시뻘건 불길이 문틈을 비집고 빨려 들어간다. 어미가 방안을 둘러보지만 빠져나갈 데가 없다. 소년이 어미를 부둥켜안는다. 어미가 소년을 뿌리치고는 방바닥을 손으로 긁기 시작한다. 군불을 지피지 않은 황토는 돌처럼 굳어 있다. 어미는 쉬지 않고 바닥을 긁어댄다. 손톱이 부러져 나가고 어미의 옷자락에 불이 옮아 붙는다. 저고리와 머리칼에 옮겨 붙은 불길이 어미의 몸을 휘감는다.

 불길이 사방에서 치솟고, 어미도 소년도 보이지 않는다. 불길이 지나간 자리에는 숯검정이 된 시신이 잿더미와 섞여 있다. 시신을 확인한 관군들이 고택을 나간다. 잠시 후 소년이 부엌에서 뛰쳐나와 방으로 들어간다. 어미는 동쪽을 향해 엎어져 있다. 소년이 어미를 바로 눕힌다. 어미의 가슴팍이 놓여 있던 자리에 어른 머리 크기의 구멍이 뚫려 있다. 불이 붙는 경황에 어미는 방바닥을 파헤쳐 구들장을 들어낸 것이다. 구멍으로 소년을 밀어 넣고는 어미는 불덩이와 하나가 된 모양이다.

더 이상 노래 소리가 들려오지 않는다. 담 너머 석류나무에 목을 맨 소녀가 보인다. 쾌자 끈이 나풀거리고, 버선을 벗은 소녀의 몸이 흔들린다. 소녀의 머리 위에 나비가 내려앉는다. 눈물 보다 거센 분노가 밀려온다. 눈을 감은 채 그녀에게 묻는다.

"저 소년이 전생이 나란 말입니까?"

"……."

그녀는 대답 대신 고개를 떨군다. 나는 눈에 힘을 주고 다시 묻는다.

"전생의 내 어머니가 저토록 참혹하게 돌아가셨단 말입니까?"

"……."

말없는 그녀에게서 우울한 전생을 읽는다. 이따금 환영처럼 떠오르던 석류나무를 가슴 속에서 베어낸다. 거기에 목을 맨 소녀가 그녀의 전생일 것이다.

"담장 너머 소녀는…….

그녀가 입술이 파래지도록 나를 바라본다. 느닷없고 황망한 전생의 어디쯤 보지 말아야 할 것을 보았는지 모른다. 신음소리를 들었는지 그녀가 이마를 짚으며 나직하게 말한다.

"우린 서로에게 운명을 걸고 있어요. 나로서도 어쩔 수 없어요. 당신을 만나기 위해 오랜 시간을 기다렸어요. 돌고래처럼……."

 귀가 차갑게 들려온다. 대체 무엇 때문에 전생을 지나 이곳까지 걸어온 것일까. 어디로 가야할지 이제야 알게 된 이방인처럼, 운명이란 보이지 않는 끈과 같아서 직면하지 않고서야 말할 수 없다. 새벽나절 범종소리에 묻혀 올라오던 슬픈 잔상이 이해가 된다. 눈이 시리도록 허망한 기분에 젖어든다.
 어둑한 저녁나절 달빛을 받은 느티나무 아래 그녀는 서 있다. 밤하늘을 지나가는 인공위성을 따라 그녀가 어둠 안쪽으로 발을 내딛는다.

블루

 빗물과 빗물 사이에 네온 불빛이 스며든다. 사파이어 블루, 토마토 레드, 파파야 그린을 오가며 빛은 명멸한다. 빛을 뚫고 지나가는 사람들이 영화 속 장면처럼 느리게 보인다. 하나, 둘, 숫자를 헤아리며 뛰어다니는 아이들의 놀이가 상상 안에서 얼마든지 슬로우 모션으로 보이는 것처럼, 세상은 때로 무중력 위를 걷는 것처럼 느슨하게도 보인다.
 며칠이 지났는지 알 수 없다. 언제 나타났는지 그녀가 처마에서 떨어지는 물소리를 낸다.
 "물방울처럼 며칠을 지냈어요. 점점 작아져 안 보일지 모른다는 생각이 들었어요. 나중엔 안개가 되어 있었답니다. 세상 곳곳에 스며들 수 있다는 건 행복한 일이었어요."
 한국소리문화의 전당 야외공연장 앞에서 그녀와 다시 만난다. 희망에 대해, 혹은 삶에 대해 곤혹스레 늘어뜨린 한 가닥

줄을 놓지나 않을까 애가 탄 며칠 만이다. 그 동안 작업실에 틀어박혀 나무에 관한 상상을 했다. 나무만큼 사람의 일에 깊이 관여하는 것도 드물 거라는 생각이 들었고, 그러는 동안 그녀를 몇 번이나 떠올렸는지 생각나지 않는다.

그녀가 단조롭게 말한다.

"어떤 소설에서 보았어요. 순결을 상징하는 하얀 자전거를 이야기하던 과년한 처녀의, 낯선 남자에게 순결을 바치고 아침에 일어나니 변한 것이라곤 하나도 없는 거에요. 처녀는 상심에 찬 눈으로 세상을 바라봤어요. 정말 쓸쓸하다는 걸 느끼며……."

"……."

나는 아무 대꾸도 하지 않는다. 무표정한 얼굴로 그녀가 말을 잇는다.

"나 때문인 거 알지만, 그렇게 아무 말 않고 있으면 나더러 어쩌라는 거죠?"

그녀가 백지장 같은 얼굴로 바라본다. 건조한 표정이 까닭 없이 자극적이다. 젖은 눈빛의 그녀에게 점점 익숙해져 간다. 그녀와 나를 둘러싼 적막에 대해서도 무덤덤해진지 오래다. 그녀와 나 사이 더께 내려앉는 운명의 요소를 등진 뒤에라야 그녀로부터 자유로워질 수 있을 것 같다.

나는 절박한 눈빛으로 묻는다.

"솔직히 말해주겠습니까? 언제부터 나를 따라다녔는지?"
"오래 전부터."
"나에 대해 얼마나 알고 있죠?"
"전부 다."
"……."

당돌한 말투에 기가 눌린다. 생각만큼 편한 인연이 아니다. 지금까지 보여준 제스처 만으로 충분히 멀리해야 할 이유가 된다. 당돌한 그녀를 꾸짖기엔 많은 것들이 유예된 것도 안다.

그녀가 작고 오동통한 손을 내밀어 내 손을 잡는다. 자판기에서 막 꺼낸 캔 음료처럼 그녀의 손이 차갑다. 그녀가 백치 같은 얼굴로 속삭인다.

"그게, 나로서는 최선을 다하는 거예요. 화났다면 미안해요, 정말."

그녀가 손에 힘을 준다. 동시에 어떤 방향으로 이끈다는 것도 알아차린다. 나도 모르게 그녀의 손을 움켜쥐고 달린다. 하나, 둘 불을 밝히는 상점을 지나 골목 귀퉁이에서 멈추어 선다. 그녀의 눈에 물기가 반짝거린다. 눈 속에 비쳐든 도시가 어둠속으로 침몰하는 중이다. 천천히 가라앉는 기분이 들고, 그녀의 목덜미에 입술을 묻는다. 마른 풀 냄새가 난다. 곤혹스러운 체온이 전해오고, 놀라울 만큼 차가운 살결을 따라

로즈향이 밀려온다. 나는 무심결에 그녀의 귀에 속삭인다.

"당신과 나, 전생에 헤어지길 잘했는지 모릅니다. 이렇게 다시 만났으니……."

그 말에, 그녀가 알 수 없는 표정을 짓는다. 우울한 표정과는 달리 맑은 눈으로 그녀가 말한다.

"하지만 얼마 후면 우린 헤어지게 될 거에요. 어쩌면 오늘이 마지막이 될지 몰라요."

눈가에 물기가 차오른다. 등을 타고 올라오는 슬픈 잔상이 가슴을 두근거리게 한다. 그녀의 입술이 내 입술에 포개어진다. 부드러운 살결이 입술과 혀끝에 닿는다. 그녀의 어깨 죽지 사이로 석류 알 같은 속살이 드러난다. 네온 불빛이 점멸하는 골목에서, 그녀와 나는 오랜 시간 서로를 탐미한다. 푸른 숲길을 걸어 회색 돌이 깔린 바닷가를 따라 오래도록 걸어간다.

"오늘이 마지막이라면 전생을 보는 기회는 이제 너이상 없을 테죠?"

"다음 모습이 어떨지 궁금해서겠죠?"

목이 메어온다. 그녀를 안게 된 갑작스런 상황이 낯설지 않다. 오래도록 그래왔던 것처럼 그녀는 편안하고 다감하다. 더 이상 그녀에게 냉정할 이유를 찾을 수 없다. 그녀가 아니면 이 도시에서 나를 찾아와줄 사람은 없다. 한적한 길 끝나는 지점에서 내 존재의 긴 그림자를 바라볼 유일한 사람은 그녀뿐이다.

그녀가 나직이 말한다.

"눈을 감아보세요. 저번처럼 몰입하는 데 지루하진 않을 거예요."

눈을 감는다. 눈앞의 사물이 저만큼 멀어져간다. 금세 사방이 어두워져가고, 그녀는 흔적 없이 지워진다. 머릿속을 비집고 나비가 날아든다. 나비와 함께 오래전 풍경이 스크린처럼 눈앞에 펼쳐진다.

어두운 산기슭에 사람들이 웅성거리며 모여 있다. 횃불을 치켜든 관군 앞에 결박된 농민군이 눈에 들어온다. 단단히 결박된 농민군 서넛이 무릎을 꿇고 있다. 머리 채 하나가 창끝에 꽂혀 눈을 부릅뜬 채 먼 산을 바라본다. 포박된 농민군들 사이에서 악취가 풍겨온다.

　… 손화중이 이끄는 부대가 해산됐네. 김개남은 태인에
　　서 체포됐네.

갑오년 동짓달, 구름 사이로 푸른 달빛이 쏟아져 내린다. 관군의 집행을 기다리는 농민군의 눈에는 생기가 없다. 악취에 섞인 피비린내가 골을 찔러온다. 깊지 않은 구덩이에 정수리가 열린 시신이 첩첩이 엎드려 있다. 턱이 뾰족한 관군이 포박된 농민군이 구덩이 앞으로 끌고 온다. 관군이 농민군의 정수리에 큼직한 쇠못을 박는다. 눈을 부릅뜬 농민군이 오른손으로 무릎을 탁 치더니 이내 미동이 없다. 농민군 사이에서 신음이 새어나온다. 어디선가 아라 보살을 부르는 염불 소리가 낮게 들려온다. 관군이 농민군의 등짝을 후려 밟자 정수리에 박힌 쇠못이 뽑히면서 허연 골수가 쏟아져 나온다. 농민군 하나가 처형되는 시간은 옷을 여며 오줌을 누는 것보다 짧다.

　두 명의 농민군이 남았을 때 낯익은 얼굴이 눈에 들어온다. 어둑한 횃불 사이로 보이는 농민군은 열다섯을 넘지 않아 보인다. 석류나무 고택의 대청마루에서 단소를 불던 소년이다. 담 너머 소녀의 노래에 귀 기울이던 소년의 눈은 젖어 있다. 원한이 깊어 보인다. 어머니의 정을 끊은 눈빛은 고요하다. 쾌자자락 펄럭이던 소녀의 춤사위를 잊지 못하는 눈빛이 애처롭다.

　관곤의 목에서 쇠소리가 나온다.

　"마지막으로 할 말이 있느냐?"

　소년이 관군을 뚫어져라 바라본다. 관군이 겁을 먹었는지 이러지도 저러지도 못한다. 소년의 눈에서 차가운 불빛이 뿜어져 나오고, 육성이 곧고 강직하다.

"백성의 배를 갈라 제 배를 채우는 탐관오리들……. 우리가 의를 일으켜 이곳에 이른 것은 세상을 도탄에서 건지고 반석 위에 두고자 함이다. 안으로는 탐학한 관리의 머리를 베고 밖으로는 횡포한 강적의 무리를 내쫓고자 함이다.* 내 어머니의 원수들…….."

소년의 목소리가 숲을 뒤흔든다. 말이 끝나기 무섭게 관군이 소년의 정수리에 쇠못을 박는다. 발로 떠밀자 소년의 몸뚱어리가 시체 더미 위로 떨어진다.

쇠못이 뽑히는 순간 끔찍한 고통이 전해온다. 격한 분노가 등줄기를 타고 올라온다. 그녀가 내 이마를 훔치는 게 느껴진다. 전생에서 빠져 나오려 머리를 흔드는데, 저만큼 관군의 장교가 눈에 들어온다.

산머리를 헤집고 솟는 여명을 바라보는 장교의 눈에 아침 햇살이 비쳐든다. 그가 동편을 향해 머리를 조아린다. 등짝이 단단한 골격의 장교가 구부린 채 나직이 읊조린다.

---

* 백산창의문(白山倡義文) 부분인용—1894(甲午)년 1월 고부농민 봉기를 도화선으로 무장에서 기포(起泡)한다. 농민군은 다시 고부 백산에 진격하여 백산대회를 개최하고, 같은 해 3월 백산에 집결한 농민군은 '호남창의대장소(湖南倡義大將所)'를 설치한다. 총대장 전봉준, 총관령 손화중·김개남을 추대하여 〈백산창의문〉과 농민군 4대강령, 군율을 선포하면서 본격적인 동학농민혁명을 천명한다. 도탄에 빠진 민중을 건지고, 탐학한 관리의 부패 척결을 위한 혁명의 뿌리가 된 선언이 바로 〈백산창의문〉이다.

"나라의 존망이 이리도 험하다. 반란은 끊이질 않고 들불처럼 번지고 있으니……. 앞으로 얼마나 많은 반란군의 목을 베어야 할 것인가. 나라의 기강은 신하들의 기백으로 서는 게 아니던가. 그래야만 백성이 살고 나라도 사는 게 아니던가. 여직 들녘의 불은 요원하구나. 언제쯤 끝에 닿을 것인가. 아침은 밝아오는데 다시 들불에 맞서야 하니, 이 땅의 군주는 오늘의 여명을 기억하실까?"

장교가 고개를 치켜들고 동편을 바라본다. 눈가엔 촘촘한 물기가 고여 있다.

"군열을 정비하라."

장교가 소리친다. 그의 호령에 병사들이 일사분란하게 움직인다. 무장을 살피고 대열을 정비한 관군들이 직립의 자세로 장교의 명령을 기다린다. 거기까지 지켜본 후 전생에서 빠져나오기 위해 다시 머리를 흔든다. 등짝이 시리도록 식은땀이 흐른다. 눈을 뜨자 그녀가 내려 본다. 그녀 앞에 안도힌디.

가로등 불빛이 빙어 떼처럼 떠다닌다. 쓸쓸하면서도 울적한 밤 기슭을 따라 오래 걷는다. 그녀가 내내 말이 없다.

숫자

 그녀는 폐 속으로 날아든 나비였다. 숨을 들이 쉴 때마다 연약한 날갯짓으로 자신의 존재를 알리는 나비의 본성. 바람처럼, 처음처럼, 그녀는 내게 날아든다.
 남산 아래 공사 중인 빌딩에 당도할 즈음 그녀가 날숨을 내쉰다. 그녀가 다시 내게 속삭인다.
 "이제 다시 볼 일이 없을 거예요."
 "그러지 않아도 지겨워져 가는 중이었습니다."
 "미안해요, 이젠 정말 마지막이에요."
 그녀의 표정이 마지막을 증명해준다. 무엇도 할 수 없는 날들 중에, 이제라도 그녀의 모습을 카메라에 담아두고 싶다. 그녀가 떠날 것을 예감한 때문이겠지만, 사진이라도 남겨두지 않으면 다시 볼 수 없을 것 같다.
 뷰파인더 안에 그녀를 담기 위해 초점을 맞춘다. 뷰파인더 안쪽이 캄캄하다. 그녀의 상이 맺히지 않는다. 렌즈를 살핀다. 아무 이상이 없다.
"그만두세요. 소용없는 일이랍니다."
그녀가 창백한 얼굴로 말한다. 다시 뷰파인더를 들여다보지만, 그녀는 맺혀들지 않는다. 불길한 기분이 든다. 그녀가 낮은 목소리로 말을 잇는다.
"보이는 것만 믿으려 하지 말아요. 발밑에 남은 핏자국이 누구의 것으로 보이세요?"
핏자국을 바라보자 아득한 현기증이 밀려온다. 누군가 추락하는 장면이 떠오르고, 생시처럼 어깨를 떤다.
"내가 잘못 본 게 아니라면 이곳에 떨어진 사람이……."
"그래요, 바로 당신이에요."
순간 폐 속에 숨어있던 나비가 펄럭거리며 바람을 일으킨다. 그제야 나의 존재를 알아차린다. 천천히 몸을 뒤로 돌린다. 유리에 비쳐야할 내 모습이 보이지 않는다. 나를 둘러싼 많은 것들의 변화를 비로소 깨닫는다.
"이게 어찌된 일이죠? 어떻게 내가, 이럴 수 있는 겁니까?"
"오늘이 사십 구 일째 되는 날이에요."
차가운 기운이 느껴진다. 이런 기분이 드는 곳엔 으레 죽은 것들이나 죽기 직전의 것들이 있기 마련이다. 개와 고양이, 나비와 꽃, 나무들이 그러하다. 주변 사람들 중에 변고를 당했을 때는 그 정도가 더욱 심하다. 그녀를 만날 때마다 느껴지던 기운이 그러했던 것처럼…….

"사십 구, 불길한 숫자로군."

"당신 작업실엘 가보고 싶어요. 가족이 기다리고 있을지 모르잖아요."

"난 가족이 없습니다."

그녀와 나 사이에 도대체 무슨 일이 일어난 것일까. 희미한 기억 속을 헤엄쳐간다.

48일 전, 비가 내렸다. 새벽 무렵 작업실을 나섰다. 공사장 빌딩에 올라, 도시 위로 떠오르는 일출을 카메라에 담았다. 공사장엔 으레 헛디딜만한 공간이 있다는 것에 나는 주의하지 않았다. 거대한 메탈 기둥 사이로 카메라와 함께 나는 추락했다. 불과 3초 남짓, 짧은 시간에도 영혼은 전생을 돌아본 모양이다.

내가 이 세상 사람이 아닌 것을 깨닫기까지 48일이 지난다. 작업실에 찾아든 변화와 목덜미에 전해오던 차가운 체온까지 이유를 알 수 없던 의문들이 선명한 영상으로 떠오른다.

"당신 무덤가에 가보았어요. 너무 한적하고 쓸쓸했어요. 지나가는 바람도 없이, 풀 한포기 제대로 자라지 않더군요."

어쩌면 영혼을 위로할 몇 가지 이유를 갖고 싶었는지 모른다. 누구도 할 수 없는 일을 그녀가 대신해주었다. 깊은 연못에 흰 상아를 빠뜨린 소년에게, 그녀는 상아를 건져와 내민다.

그녀가 쓸쓸한 눈빛으로 말한다.

"당신과 나, 전생에서 이어져온 천적입니다."

운명처럼 들려온다. 그 말에, 나는 불안한 눈을 감추지 못한다.

"천적?"

"당신이 없었다면 내 존재도 무의미해져요. 천적이란, 서로에게 적대적이면서 끊임없이 갈구하죠. 대립하고 상생하는 모순의 존재이면서, 서로를 목적으로 하는 대칭의 존재라서 어느 한 쪽이 사라지면 그 나머지 한 쪽도 반드시 멸하게 되죠. 그것이 천적 간에 주어진 숙명입니다."

정수리에 박혀드는 전생의 기억이 점점 또렷해진다. 나는 조용히 묻는다.

"당신은 어쩌다 나와 천적이 되었습니까?"

그녀가 눈을 들어 젖은 눈으로 도시를 바라본다. 거기, 여명을 딛고 떠오른 세상이 떠오른다. 어둡고 노여운 하늘이 도시 저편 위로 붉게 번져간다.

그녀가 나직이 속삭인다.

"당신, 오래 전 그때도 붉게 솟는 여명을 좋아했어요. 하지만, 모든 것은 한 순간에 물거품이 되어버렸답니다."

"……."
 무슨 말을 해야할지 알 수 없다. 말이 없자, 그녀가 건조한 음성으로 물어온다.
 "당신은 전생에서 누구였을 것 같으세요?"
 그녀의 눈에 알 수 없는 번민이 지나간다. 흔들리는 눈으로 그녀의 말을 맞받는다.
 "적어도 당신이 석류나무에 목을 맨 소녀라는 건 알아요."
 "그건 중요하지 않아요. 당신은 나라의 존망을 짊어진 우직한 장군이 꿈이었답니다."
 그녀의 말에 나는 유예의 자세를 취한다. 유예란 불편하지 않을 만큼 멀어지는 것인데, 그것도 잠시 머릿속은 순식간에 끓어오른다.
 "그 관군의 우두머리가 나란 말입니까?"
 "그래요, 그 장교가 바로 당신이에요."
 그녀의 얼굴에서 곤혹스런 표정이 떠오르고, 지울 수 없는 슬픔이 그려진다.
 "혹시, 당신이 잘못 알고 있는 건 아닙니까?"
 "그렇지 않아요. 그 장교가 바로 당신의 전생이에요."
 목이 메어오고, 안압이 머리를 눌러온다. 나는 더듬거리며 겨우 말한다.
 "그, 그러면 왜 처음부터… 소년이 나의 전쟁이 아니라고 말하지 않았습니까?"

"말하면 소년과 소년의 어머니에게 저지른 죄가 사라질까 봐 두려웠어요."

숨이 막혀 오고 호흡이 거칠어진다. 맹렬히 기억 속을 헤집고 들어가지만, 무엇도 떠오르지 않는다. 그녀가 담담한 목소리로 대답한다.

"다음날 전투에서 당신은 아군 쪽에서 날아온 관군이 쏜 탄알에 숨골을 관통하게 되지요. 장군의 꿈은 이루지 못한 채……. 억울하게 죽임을 당한 건 당신도 마찬가지에요. 얼어붙은 우금치 마루에서, 그날 당신은 당신과 무관한 전쟁은 끝나고 말았어요."

기면증을 앓는 사람처럼 의식이 흐려온다. 잠을 자고 싶은 생각이 든다. 오랫동안 잠을 이룰 수 없었다는 자각에 화가 난다.

"돌고래처럼 기다렸다는 게 그 의미였군요. 나를 데려가기 위해……."

"누구든 존재로부터 희석되기 마련이에요. 다음 생을 위해서라도."

말없이 그녀를 바라본다. 투명한 동자에 물기가 스며들고, 도시의 불빛이 속수무책 튕겨나간다.

그녀의 입에서 마른 풀 냄새가 밀려온다.

"오래 전부터 당신을 흠모한 소녀가 있었어요. 당신 방에서 바라보면, 골목 귀퉁이 자그마한 슈퍼의 소녀. 언젠가 당신이 내게 물었던 거 생각나요? 은희경 소설가를 아냐고?"

"기억나지 않습니다. 그 소설가와 어떤 친분도 내겐 없어요."

"하지만, 그냥 무심코 던진 말은 아니었잖아요."

"소설 같은 거 별로 관심이 없어요. 체질적으로."

"내겐 무엇보다 중요한 일이었어요. 왠지 아세요? 당신이 내게 말했으니까."

"무얼 말입니까?"

"당신은 함축된 어조로, 심층적인 목소리로, 깊고 측은하게 말했어요. 다시 태어날 수 있다면 은희경 같은 소설가로 태어나고 싶다고. 울분 가득한 목소리로. 그 말이, 천양희의 시를 암송하고, 바이올렛을 읽던, 연금술사에 심취한 계집아이의 영혼을 뒤흔드는 메아리였다면, 믿을 수 있겠어요. 아주 오래 전, 돌고래가 바다를 운명으로 받아들인 것처럼, 당신을 내 인생의 성좌가 가리키는 운명으로 받아들인 것에 대해서는 조금도 관심이 없었을 테죠?"

언젠가 몹시 취한 나머지 그 같은 말을 떠들어댄 것 같다. 집 앞 슈퍼인지, 학교 앞 순대집인지 선명하지는 않다. 어쩌면 문학과 무관한 내 인생이, 그러한 삶의 내용이 미덥지 못하고 못마땅해서였겠지만, 부정할 수 없는 그녀의 말 앞에 나는 무기력할 뿐이다. 영혼이 금가는 소리가 그녀의 입에서 새어나온다.

"그날, 비가 내렸어요. 이른 시간 대학로는 한산했고, 다니는 차도 별로 없었어요. 파란신호를 보고 길을 건너는데, 요란한 제동소리가 들려왔어요. 아찔한 순간, 직감적으로 사고가 났다는 것을 알아 차렸어요. 어이없게도 길바닥에 소녀가 쓰러져 있었어요. 참 안됐다는 생각이 들었는데, 뭔가 잘못됐다는 생각도 들었어요. 내 손에 들려있던 책이 길 한가운데 버려져 있는 거예요."

이런 경우 침묵만큼 불편한 것도 없을 것이다. 그래서였을까, 가슴속에선 집채만한 돌덩이가 내려앉는다. 머릿속은 순식간에 끓어 오르고, 잠을 자고 싶은 생각이 밀려온다. 오랫동안 잠을 이룰 수 없던 것에 다시 화가 난다.

그녀가 작은 소리로 말한다.

"사람들은 소녀가 그 자리에서 즉사한 줄 알겠지만, 소녀는 모든 것을 보았어요. 그때 당신은 카메라를 들고 어딘가를 가더군요. 아마도 일출을 보기 위해서였겠지만, 당신이 뺑소니차를 촬영하는 동안에도 소녀는 당신의 말을 생각했겠죠."

그 말에, 석류나무 한 그루가 떠오른다. 한적한 시골의 담장 옆에 우뚝 선 나무. 겨울날, 오래된 고택의 담장 너머에 서 있는 소녀. 맑은 영혼의 목소리로 노래하는 그 소녀가 생을 건너와 눈앞에 서 있다는 게 믿기지 않는다.

그녀가 공사장을 빠져 나와 어둠 속으로 허적허적 걸어간다. 그녀의 걸음에 비극의 속도가 느껴진다. 잠이 밀려온다. 지난 48일 동안 나는 한 잠도 이루질 못했다. 폐 속에 날아든 나비와 하나가 되는 꿈을 꾸고 싶었는지 모른다. 아득한 옛적 한 노인이 꾸었다는 선몽처럼.

뺑소니 사고 장편을 촬영한 메모리카드는 49일 전 그녀의 집으로 보냈다. 시간이란 사람들이 지어낸 상상 속 개념일 것이다. 사람들은 지나쳐온 과거를 기억하기 위해 시간에 신성한 의미를 부여했을 것이다. 사람들 사이에 나의 존재가 지워져가고, 저 도저한 윤회 사이클이 어느 곳을 향하든 그녀를 기억할 수 있을까.

뿌연 안개가 도시 안으로 밀려든다. 도시는 알 수 없는 어디론가 떠내려가는 중이다. 멀리 바다를 떠난 섬. 푸른 숲길. 푸른 돌들이 깔린 바닷가 무성한 나무가 자라는 곳. 거기, 영혼을 부르는 존재가 서 있다.

절대미각

조선의 맛이 죽어가고 있다.
맛이란 오래도록 산천이 스며든 자연의 향이 나야 하는데,
어찌 시궁창 냄새가 난단 말인가?

거미

"죽은 자들이 깨어나 산 자를 죽인다. 뭔 역병이 이리도 독하단 말이냐?"

임금은 육신만 살아남은 주검을 생각했고, 산 자를 위협하는 죽은 자의 횡포를 떠올렸다. 어렵고 두려운 생각이 머릿속을 떠돌 때 임금은 살길을 내다봤다. 살 길이 열리면 죽을 길은 저절로 닫힐 것 같았으나 대안 없는 길은 캄캄하기만 했다.

임금의 역정 앞에 사헌부 감찰어사 김인화가 사지를 오므렸다.

"뒤틀린 몸으로 사대문 밖을 휩쓸고 다닌다 하옵니다."

김인화의 목에서 짧은 내력을 딛고 긴 소란이 들려왔다. 생각할 수 없던 일은 무겁게 왔다. 들은 것보다 훨씬 가혹한 위기가 밀려오는 것도 알았다.

임금이 한숨 쉬었다. 김인화가 덧붙였다.

"닥치는 대로 사람들을 공격해 살점을 뜯어 먹고 내장까지 파먹는다 하옵니다."

한강 북편 주막에서 한 차례 소동이 일었다. 초가를 흔드는 비명과 함께 죽었다 깨어난 자들이 사방에서 날뛴다고 했다. 사나운 개와 뒤엉켜 목을 물고 놓아주지 않았고, 우리에 가둔 돼지가족을 삽시에 먹어치웠다고 했다. 게으른 울음을 흘리던 어미 소는 영문도 모른 채 물어 뜯겨야 했다. 눈을 껌뻑이며 침 흘리던 어린 송아지는 단발의 울음을 끝으로 버둥거리며 죽어갔다. 무엇이든 굶주린 아귀처럼 먹어 치운다고 했는데, 소문은 날카롭고 무성했다.

산 짐승만 먹어치우면 다행이었겠지만, 죽은 자들은 전속으로 질주하여 산 자를 습격했다. 처음에는 얼마 되지 않았으나 급속도로 불어났다. 죽은 자가 산 자를 물면 산 자가 죽었다 깨어난 자로 둔갑해 산 자를 먹어치웠다. 물린 아비가 어미를 물었고, 어미가 아들을 물고 뜯었다. 아들이 누이를 급습했고, 누이에게 코흘리개 어린 동생들이 당했다. 어린 동생들은 사방으로 흩어져 이웃집 안방을 덮쳤다. 물고 물리며 뜯기는 풍속이 돌고 돌았다.

임금의 표정은 차갑고 냉랭했다. 입이 열 개라도 해줄 말이 없었다. 입은 먹는 일에만 쓰라고 있는 것이 아니므로, 아낄 수만 없는 노릇이었다.

"어디에서 시작된 역병인지 알아내기는 했느냐?"

"내의원에서 비밀리에 알아보고 있으나 한두 곳이 아니어서 파악하는 데 어려움을 겪는다고 들었사옵니다."

"죽은 자의 소행을 비밀로 할 일이더냐?"

"사정을 헤아리며 사건의 핵을 찾는 일이라……."

까다로운 사헌부 규율로 나라의 혼탁이 사라질지 알 수 없었다. 사헌부는 의금부와 달리 시정時政을 논해 나라의 흔들림을 사전에 차단하고자 했다. 백관百官을 규찰해 적폐를 쓸어냈으며, 비선들의 기강과 풍속을 바로잡았다. 억울한 자의 항의를 해소하고 불평등한 일을 무마했으므로, 죽을 길만 있는 것도 아니었다.

살 길이 있는 것도 아니었으나 달이 휘황한 밤에 육품 감찰어사와 말을 섞어도 무방한지 알 수 없었다. 따져 물을 일이 아니므로 성한 목으로 답해주면 다행이지 싶었다.

임금이 젖은 눈으로 말했다. 목에서 성근 바람이 불어갔다.

"안다. 사정이야 어떻든 백성이 죽어가고 있다. 대안을 찾아야 하지 않겠느냐?"

"더 번지기 전에 막을 것이옵니다. 때를 기다리고 있사옵니다."

임금은 긴 혀를 지닌 화마火魔를 생각했다. 큰 아가리로 뱃속을 채우는 아귀를 생각했다. 어느 쪽으로 기울든 망설일 이유가 없었다. 조선 땅에서 사라져만 준다면 무엇으로 규정해도 적정해 보였다.

죽었다 깨어난 자들은 들불처럼 번져갔다. 잡혀온 것들은 어두운 지하 감방에서 긴 비명과 몸부림으로 아우성쳤다. 횃불에 드러난 자들의 눈은 파랬다. 죽기 전까지만 해도 검고 뚜렷한 눈동자였으나 묻힌 지 하루 만에 깨어날 때는 파란 인광을 머금고 뒤틀린 몸을 일으켜 세웠다.

의금부 도사都事는 죽었다 깨어난 자들의 눈빛을 늑대 눈이라고 말했다. 지하 감옥을 지키던 별장別將은 죽은 것인지 산 것인지 알 수 없는 자들의 눈을 개 눈이라고 했다. 눈깔이야 어떻든 죽은 자가 깨어나 세상을 어지럽힐 때 임금은 난세를 근심했다. 죽은 자가 몰고 오는 파란을 내다보며 임금은 세상의 종말을 예감했다.

"죽었다 깨어난 자들을 거미라고 부를 것이다. 독한 근성으로 봐서 독을 품은 거미와 다를 바 없지만, 산 자를 먹어치우는 습성이 보통 거미와는 다를 것이다. 누구라도 돌을 던지듯 거미라고 부르라."

임금은 죽은 뒤 뒤틀린 사지로 천지를 헤매는 자들을 거미遽謎로 부르길 원했다. 임금의 입에 오르는 순간 죽은 것도 산 것도 아닌 것들은 그렇게 불리었다. 느닷없고, 황망하며, 수수께끼 같은 자들의 이름 치고는 과분하고 분에 넘쳤으나 임금이 내린 호명은 오히려 부드러워 보였다.
 거미.
 김인화는 입안에 머금고 조용히 되뇌었다. 이름 속에 박혀 있어야할 미생(微生)의 감성은 세상 끝에 밀려나가 보이지 않았다. 혼탁한 세상 위에 거미는 나무 기둥에 그물망 같은 집을 튼 존재에서 떨어져 나와 산 것도 죽은 것도 아닌 무혼의 짐승으로 맺혀 들었다.

입속 골짜기

 날이 시렸다.
 정월대보름을 앞두고 내린 눈은 희고 소박했다. 수라간 담장을 넘어온 바람은 비린 맛을 지우고 맑은 간으로 채워져 있었다. 음식에 든 맛은 왕성해도 사라진 임금의 입맛은 돌아오지 않았다.
 여리고 순한 된장국 냄새가 담장을 넘어올 때 임금은 아침나절 편전 벽에서 빛나던 〈몽유도원도夢遊桃源圖〉를 생각했다. 안평대군의 삭신을 데우던 꿈속 진경은 세상과 너무도 달라서 갈 수 없다는 것도 알았다. 생각 너머에는 살 속을 파고드는 주린 거미들의 허기가 그림과 겹치며 종일 떠날 줄 몰랐다.
 목조회랑을 돌아 강녕전 마루를 구르는 바람소리가 시점 없이 들려왔다.
 "저녁 수라이옵니다. 근심과 허기를 따순 밥으로 채울 때이옵니다."

기름기가 빠진 최고상궁의 목소리는 정성으로 들렸다. 허파에서 빠져나가는 바람은 멀고 가늘어 보였다. 임금이 조용히 답했다.

"들라."

내시부 상선이 임금의 말을 받아 최고상궁에게 전했다. 최고상궁이 임금 앞에 허리 숙일 때 부엉이 울음이 들렸다. 울음이 멀고 곡진했다. 사대문 밖에서 또 누군가 죽어나간 모양이었다.

나인들이 임금 앞에 밥상을 풀었다. 밥상은 조밀하고 기름졌다. 구성진 밥상 위로 수라간 나인들의 빠른 손과 섬섬한 미각이 보였다. 나무랄 데 없이 차분한 저녁 밥상은 어제 올린 수라와 달라 보였다.

임금이 말없이 밥상을 바라봤다. 하루의 질량을 실은 고뇌가 밥상 너머에서 불어왔다. 임금은 숟가락의 무게로 하루의 고뇌를 견딜 것이다. 젓가락으로 세상을 후벼서는 보이지 않는 곳까지 바라볼 것이다. 임금의 수저는 늘 바람찬 언덕에 올라 하루를 소환하듯 저녁 수라에 집중하는 게 일이었다. 임금의 수저는 세상을 갈아엎는 칼과 활과 창보다 짧아도 가벼운 의지로 하루를 먹어치우는 데는 가릴 것이 없었다.

최고상궁이 실눈을 뜨고 임금의 입맛을 다독였다.

"오늘 식단은 숯불로 구운 우설과 죽순이 별미가 될 것이옵니다."

우설은 기름기 대신 불향을 입고 있었다. 포개어진 살점마다 찐 죽순이 노란 색채로 스며들어 있었다. 임금이 표정 없이 고개를 끄덕였다.

죽순을 채운 우설 대신 참나물을 바라볼 때 발치에 앉은 기미 나인이 젓가락을 들어올렸다. 참나물로 손을 뻗어 먼저 맛을 봤다. 입속 골짜기에서 참나물이 휘도는 동안 나인의 표정은 아무 변화가 없었다. 목안으로 넘기고서야 나인은 고개를 끄덕이지 않고 눈을 감았다가 떴다. 임금을 바라보는 나인의 눈은 맑고 뚜렷했다. 먹어도 되는 신호였다.

기미氣味.

그 조건은 음식에 든 냄새와 맛에 있어도 먹는 자의 기분과 감정과 입맛과 취향을 헤아릴 줄 알아야 했다. 천 가지 음식보다 만 가지 임금의 표정 속에 하루 한 나절 나라의 성쇠와 흥망과 고락이 담기므로, 임금의 눈이 가리키는 자리를 알아차리고 임금보다 먼저 맛을 보는 것이 기미 나인의 소임이었다.

임금이 물었다.

"무엇으로 맛을 냈느냐?"

"파향을 섞은 들기름으로 맛을 보탰사옵니다."

최고상궁이 대답했다. 불안한 기색은 없었다. 맛을 내는 자

절대미각 193

신감만큼은 구긴 데 없이 반듯해 보였다.
 참나물을 입에 넣고 임금은 오래 씹었다. 씹을수록 섬유질만 남아 질겨지므로 대충 씹고 넘겨야 하는데, 임금은 참나물에 맺힌 것이 많은지 한참을 씹다가 삼켰다. 목안으로 넘긴 뒤 임금은 말했다.
 "파 맛이 강하다. 참나물 특유의 맛이 보이질 않아."
 임금의 입은 까다롭게 들렸다. 최고상궁의 얼굴 위로 긴장이 돌았다. 고개를 돌리자 참나물을 무친 수라간 나인이 이마를 바닥에 찧었다. 어린 나인은 파향과 참나물의 관계를 이해할 수 없는 표정이었다.
 맛은 재료에서 시작되어 먹는 자의 표정으로 끝을 맺는 것인데, 그 단순성이 오히려 어린 나인에겐 부담이 될지 몰랐다. 맛을 내는 자의 정성보다 먹는 자의 심기에 좌우되는 맛의 관계를 어린 나인은 망각한 모양이었다. 어린 나인이 다시 소리 나지 않게 이마를 바닥에 찧었다. 바닥에 금이 갔을 리 없으나 나인의 마음은 세 갈래로 나누어졌다.
 첫째는 임금의 음식을 대하는 마음이고, 둘째는 마음속에 들어찬 갈등이며, 셋째는 갈등을 평정하는 감각이었다. 마음과 갈등과 감각으로 분할된 맛의 영토에서 어린 나인이 낼 수 있는 맛의 조화는 최적의 땀방울이었다. 노력하지 않으면 살아남을 수 없는 맛의 세계는 늘 최상을 원하므로, 땀방울 없이는 무엇도 기대할 수 없었다.

　불의 세기와 바람의 강약과 물의 성질에 따라 맛은 천 가지로 나뉠 수 있으나 수라간의 맛은 언제나 땀의 결정 위에 완성되었다. 고기를 다지는 무두질과 아궁이를 달구는 풀무질과 재료를 다루는 칼질의 융화에서 맛의 원천은 솟을지 몰라도 수라간이 추구하는 으뜸의 맛은 땀 흘려 노력할 때 왔다. 그것이 최상을 원하는 수라간의 위계였고, 맛의 신비를 추구하는 수라간의 질서였다.

　해가 기우는 시간에 임금의 뱃속은 참나물이 아닌 다른 것을 원하는 것 같았다. 임금은 무엇이든 조용히 씹어 넘길 줄 몰랐다. 무엇이 됐든 관찰하듯 자잘하게 씹어 넘겨야 식성이 풀렸다. 어쩌면 참나물에 든 파향이 임금의 입을 예민하게 만드는 건 아닌지 걱정해야할 분위기였다. 한줌도 되지 않을 마늘향이 임금의 몸에 밴 취향을 흔드는 건 아닌지 불안할 정도였다.

　최고상궁이 근심어린 얼굴로 말했다.

"식재료에 속한 맛은 언제나 정직하옵니다."

"안다."

"정직한 음식에서 다른 맛을 원하는 건, 기우는 저녁에 아침을 기대하는 것과 다르지 않사옵니다."

"이젠 수라간에서 나를 가르치려 하느냐?"

최고상궁의 표정이 굳어졌다. 헛것 같은 임금의 투정 앞에 최고상궁은 입을 다물었다. 더 말해 좋을 것이 없어 보였다. 통할 리 없는 임금의 입맛과 최고상궁의 입맛은 쪽마늘처럼 갈라져 바닥을 뒹굴었다.

기미 나인을 바라보며 최고상궁이 고개를 가로저었다. 오늘은 무엇을 올려도 임금의 입맛을 달랠 수 없는 표정이었다. 기미 나인이 젓가락을 가지런히 쥐고 임금을 바라봤다. 음식마다 숨은 미향微香이 콧속으로 불어왔다. 맛이 품은 향은 천 가지가 넘을 것 같았다. 향의 진원을 바라보며 기미 나인은 오래전 세상에서 사라진 맛의 시원을 생각했다. 기미 나인의 정수리에서 아지랑이 같은 훈김이 피어올랐다.

금구 냉천

거미들의 출몰에 맞춰 멀리에서 개 짖는 소리가 들려왔다.
죽은 뒤 하루가 지나기 전에 깨어난 자들이 개 짖는 소리를 듣고 몰려온다는 소문이 돌았다. 개들이 죽었다 깨어난 자의 동태를 어떻게든 감지하고 짖어댄다는 풍문도 돌았다. 어느 쪽이 됐든 파란 물을 뒤집어쓴 눈으로 물고 뜯으며 삼키는 데는 변화가 없었다.

집마다 기르는 개들을 잡아 들여 의금부에서 문초할 수 있으면 다행이겠지만, 잡혀온 개들이 바른 소리로 짖어댈지 아무도 알 수 없었다. 개들에게 물고를 내리면 사대문이 들썩이며 개 짖는 소리로 물들 것이고, 임금을 둘러싼 실세와 비선들이 개판을 두고 보지 않을 것이다. 저 짖고 싶은 대로 짖는 것이 개들의 본성인데, 사람의 도리를 앞세워 물고를 내리는 것도 허튼 개소리에 지나지 않았다.

집마다 다니며 단속해도 통하지 않는 것을 보면 개와 주인은 한통속인 것 같았다. 개들이 명을 어기는 것인지, 주인이 명을 따르지 않는 것인지 분간할 수 없는 계통은 있으나마나 한 계통일 뿐이었다. 개와 주인의 관계를 언제까지 묵인할지 알 수 없으나 그나마 개들에게 입이 하나만 달린 것을 다행으로 여겨야할 것 같았다.

김인화는 거미들의 출몰과 개들의 소란 사이에 만에 하나라도 있을 가능성을 생각했다. 거미와 개들의 소통은 이해할 수 없는 미지의 영토에서 서로를 물고 뜯고 할퀴는 중이었다. 거미와 개들의 관계는 사헌부 감찰어사의 신분으로 선뜻 다가설 수 없는 무지와 몽매의 언덕에 놓여 있었다.

… 알 수 없구나. 어디에서 시작해야할지 막막하고 두렵다.

속으로 말할 때 사헌부 말단 홍련은 촉각을 세우고 김인화를 바라봤다. 머릿결이 가지런한 아이는 눈매가 날카롭고 입이 무거웠다. 스무 살도 되지 않은 아이가 생각에 잠길 때는 생각할 수 없는 것들이 떠올랐다.

사헌부 서고 깊숙한 곳에 보관된 비기秘記에는 왕가의 권위와 의무를 지켜온 내력들이 켜켜이 쌓여 있었다. 사초史草가

될 교지와 장계와 상소가 시류를 누르며 견디었고, 드러나서는 안 될 돌연변이 아이들이 무거운 족쇄를 차고 세상 밖으로 나올 때를 기다렸다. 두터운 부피의 책자에는 알려지지 않은 사건들이 편년체로 수북이 쌓여 풀려날 날만을 기다렸다.

비기를 더듬어 홍련은 거미의 출현에 해당될 사례를 들추었다. 홍련의 눈은 의심할 수 없는 접경을 바라봤다.

"거미의 시작은 정여립이 공화共和와 대동大同을 부르던 때와 겹칩니다."

홍련의 눈은 차분하고 조용했다.

"정여립? 그때가 언제란 말이냐?"

"선조 선왕 스무 해 되던 때입니다."

홍련의 눈은 정해년(丁亥年, 1587)을 가리켰다. 수수께끼 같은 사건의 시작은 기축년(己丑年, 1589)이 오기 전 전라도 해안가 마을 손죽도損竹島에 꽂혀 있었다. 이백년 저편 늦가을 파도가 홍련의 눈 속에 흔들렸고, 바람을 등진 세상이 가물거리며 밀려왔다.

그해 가을 전라도 손죽도 연안에 닻을 내린 해적은 거미와 다르지 않았다. 오백이 넘는 숫자가 마을을 휩쓸 때 모두는 기억을 지우고 완결의 죽음을 생각했다. 한낮에 꽂혀든 벼락은 살아남을 확률보다 죽을 기운이 완강했다. 해적들은 닥치는 대로 베고 찌르며 수탈했다. 살아남은 자는 끌려가 적선에 실렸고, 저항하는 자들은 그 자리에서 베어졌다.

 해적의 소행이 내륙으로 파고들 무렵 정여립은 전주 부윤 남언경의 부름을 받고 출정했다. 삼백 명에 불과한 대동계 조직을 이끌고 해적과 대치했다. 늘 하던 대로 칼과 활과 창만으로 정여립은 해적과 다투었다.

 해적의 숫자를 놓고 정여립은 대동계가 지닌 무의 수위를 생각했다. 수준은 적정했다. 서늘한 칼로 맞서면 생각할 수 없는 곳에서 뜨거운 바람이 불어왔다. 몸속 깊은 곳에서 울리는 전율을 버리고 무관용 원칙으로 정여립은 해적들을 벴다.

 전쟁은 돌아오지 않아도 무방한 용기로 밀려갔다. 깨끗한 소신으로 전쟁은 지나갔다. 칼과 활과 창이 닿는 한 정직한 무의 위치에서 해적들은 밀려왔다. 틈 없이 베고 찌를 때 해적들은 무너져갔다. 사나운 해적들은 까다로웠으나 베고 찌를 때 오류가 없이 죽어갔다.

 정여립이 없었더라면…….

 무안, 나주, 담양, 광주, 논산을 거쳐 대전을 쑥대밭으로 만들었을지 몰랐다. 대전이 뚫리면 청주가 무너질 것이고, 청주가 무너지면 수원이 위험할 것이다. 수원성이 눌리면 한강을 앞에 놓고 해적들이 속을 태웠을 것이다. 한강이 뚫린 이백년 저편 세상은 해적들의 발아래 까맣게 짓눌렸을지 알 수 없었다.

 정여립은 기축년 시월 황해도 현감들이 올린 장계 하나로 예정에 없던 죄상을 안고 세상 밖으로 밀려갔다. 장계가 올라온 뒤 나흘 만에 정여립은 진안 죽도에서 칼을 거꾸로 세우고 목을 눌렀다. 세상을 공화로 나누고 사람을 대동으로 뭉치려 한 정여립의 기획은 모두를 놀라게 했다. 정여립은 순혈의 혁명가로 죽었다고 했다.

김인화가 물었다. 목에서 기축년에 울던 부엉이 소리가 들렸다.

"정여립의 공화와 거미가 상관이 있다는 말이냐?"

"손죽도에서 살아남은 해적 하나가 내륙 안으로 파고들었습니다. 김제 언저리에 묻힌 동굴 석빙고에 해적이 숨어들었다 합니다."

"얼음을 저장하는 석빙고에?"

김인화의 눈이 동그랗게 뜨였다. 생각할 수 없던 말이 홍련의 입에서 나왔다. 김인회의 머리에 해안기 동굴에서 익어기는 곰삭은 젓갈이 떠올랐다. 비린 맛이 입에 돌았고, 짠내가 무른 침을 몰아 왔다.

"어디라고 하더냐?"

"냉천이 흐르는 금구 부근입니다."

전주와 김제를 잇는 중간 위치인 듯했다. 환란에 대비해 비밀리에 조성한 빙고인 듯했다. 누구도 알지 못한 자리에 빙고를 숨긴 조정의 뜻을 알 것 같았다. 한 여름 뜨거운 열기를 식혀줄 방편이었을 것이고, 임금과 신료와 백성에게 나눌 조건으로 벽골제 얼음은 저장되었을 것이다.

 살아남은 해적의 끝은 질긴 폭풍 같았다. 한 점 불꽃같아야 할 전쟁에서 비겁과 나약과 허기와 굴욕을 안고 살아남은들 어떤 의미도 되지 않았다. 얼어붙은 동굴에서 해적의 생존은 어떤 방식으로 이어졌을지. 바다 건너 섬나라에 두고 온 어미와 아내와 자식과 짐승을 생각했을 것이고, 조선 천지에 홀로 버려져 얼음 속에서 신선을 꿈꾸며 살다 갔을 것이다.

"오래 버티기는 했다더냐?"

 얼음을 으깨 먹으며 겨우 연명했을 해적의 생존은 절박해 보였다. 조선 땅에 묻히는 일이 없기를 바랐을 것이고, 설령 죽더라도 그 죽음이 남의 나라 메마른 흙 위에 건설되지 않기를 바랐을 것이다.

"늦가을 우기에 젖은 산비탈이 무너져 빙고마저 흔적 없이 사라졌습니다."

"생사조차 확인하지 못했단 말이냐?"

"산사태가 심하게 났다고 했습니다. 헌데……."

 이백년 저편에 무너져 내린 산자락은 눈에 그려지지 않았다. 입구조차 무너져 내렸을 동굴은 누구도 찾아내지 못할 자리에 묻혔을 것이고, 그해 추림秋霖은 완강하고 오래 이어졌다.

홍련의 뒷말은 두근거리며 들렸다.

"헌데, 지난 여름 장마로 흙속에 묻혀 있던 동굴이 열렸습니다. 동굴 속에서 석화와 뒤엉킨 언 송장 하나가 나왔습니다."

"언 송장이?"

무너져 내린 산자락이 다시 열리기까지 이백년이 걸린 모양이었다. 한순간에 멎었을 시간의 무게가 덧없이 들렸다. 홍련은 덧붙였다.

"썩지 않은 송장이었습니다."

"손죽도에서 살아남은 해적이란 말이냐?"

"……."

홍련은 대답하지 않았다. 귓불을 덮은 머리카락이 흔들릴 때 홍련은 두려운 눈으로 김인화를 바라봤다. 붉은 입술의 아이는 떠밀려오는 이백년 저편의 불길한 바람을 눈 속에 예감하는 듯했다.

홍련의 눈 안쪽에 거친 눈보라가 보였다. 눈보라를 뚫고 질주하는 거미 떼가 눈보라 속에 밀려왔다. 산자락 위로 창백한 달빛이 아래를 내려 봤고, 세상 끝에서 냉기가 불어왔다. 김인화가 숨을 죽이며 옷깃을 세웠다. 홍련의 옷자락을 여미어 줄 때 임금의 명이 떠올랐다. 가야할 길이 멀어 보였다.

외로운 사투

 거미들의 출몰을 알리는 시각에 기미 나인의 오감은 기민하면서도 예민하게 돌았다. 임금이 우설과 살점 사이에 든 죽순을 바라봤다. 최고상궁이 나직이 말했다. 목에서 가느다란 바람이 불어갔다.
 "시간의 입자가 오래도록 새겨든 죽순이며, 생장의 순도가 고르게 맺혀든 우설이옵니다."
 … 그 속에 이슬과 풀잎과 바람과 우기가 자연의 양념과 만나 맛으로는 비할 것이 없는 음식이라고, 최고 상궁은 덧붙였다. 임금의 입을 배려한 맛의 가치는 가을날 잎 지는 숲의 밀도로 밀려왔다. 최고상궁의 입속에 든 맛의 조화는 가을날 샛강을 지나는 나룻배와 닮아 있었다.
 기미 나인이 최고상궁을 바라봤다. 최고상궁이 고개를 끄덕였다. 젓가락으로 죽순을 집어 들고 입에 넣었다. 임금처럼 오래 씹지는 않았으나 나인은 재료의 단층마다 박힌 맛을 단숨에 알아차렸다.

찐 죽순에 든 깨알 같은 맛의 비경은 온고을 천잠산天蠶山 아래 대숲으로 뻗어갔다. 멀리서 보면 머리카락처럼 빽빽이 솟은 대숲이었다. 인적이 끊긴 대숲 아래 죽순은 습기와 바람과 시간을 머금고 자라났다. 산지기가 이슬을 머금은 죽순을 잘라 풍남문 장터에 내다 팔 때, 키가 크고 마른 보부상이 나귀에 얹어 한양으로 가져왔다. 기미상궁과 어린 나인이 동문 시장에 나가 마디를 짚어보고 온고을에서 올라온 죽순을 골랐다. 가져온 죽순을 물에 불렸다가 흙과 바람과 습기를 씻어내고 가지런히 도마에 올렸다. 가을빛을 머금은 식칼로 누를 때 단면마다 풋것의 날카로움이 드러났다. 5년 묵은 나인의 손마디는 쓰고 비린 죽순을 새로운 맛으로 길들였다. 돌미나리와 들깨와 마늘과 간장을 죽순에 얹어 낮은 불로 은은히 쪄냈다. 미나리향이 밴 죽순은 순한 맛을 거느리고 돌아왔다.

기미 나인이 젓가락으로 우설을 집어 들었다. 망설임 없이 입에 넣었다. 눈을 감을 때 우설은 한겨울 눈 내리는 풍경으로 기울어갔다. 처인성處仁城 뒤편 마른 들녘을 거닐며 생장한 3년생 암소의 내력은 사계를 머금고 긴 날의 풍상과 곡기를 혀로 받아내고 있었다.

고려 때 몽골군이 처인성을 함락하기 위해 진을 빼고 달려든 것을 보면 죽은 암소에 든 맛은 저절로 보였다. 암소는 맛을 비경을 안고 살아오지는 않았으나 죽는 순간 임금의 수라에 오르는 진상의 가치로 죽었을 것이다. 암소가 임금의 수라에 든 의미를 알든 모르든 죽은 뒤에는 임금의 입을 다독이고 허기진 배를 채우기 좋았다. 젖을 뗀 어린 수소를 남겨두고 우시장을 향해 걸어갈 때 암소는 철없이 울었다. 긴 울음 속에 박힌 암소의 운명은 하루치 질량의 치사량만큼이나 곡진하고 처량했다.

간이 엷은 죽순에서 시간을 건너온 보편의 맛이 돌았다. 비린내가 사라진 우설 편육에서 불향이 밀려왔다. 맛과 맛이 섞이어들 때 중한 감칠맛이 입속에 돌았다. 재료마다 절기가 맺혀 있었다. 해와 달의 비율이 소박했고, 일정한 우기가 뼛속까지 밀려왔다.

"드셔도 되옵니다."

기미 나인이 짧게 말했다. 맛에 든 어떤 정보도 입 밖에 담지 않았다. 임금의 순수로 죽순과 우설에 든 맛을 알아가길 바라는 것 같았다. 임금의 입맛을 생각한 배려였고, 수라간 기미 나인의 소임이었다. 맛은 정직해도 입은 다르기 때문에 먹기 전 음식에 든 맛을 알려주는 건 입맛을 부풀리게 할 뿐이었다. 임금의 입을 존중한 까닭이 거기 있었다.

임금은 조금씩 먹었다. 죽순에 든 흙맛까지 알아낼 듯이 임금은 오래 야금거렸다. 우설에 든 땀구멍이라도 찾아내려는 듯이 임금은 조용히 씹었다. 임금이 알아낸 맛의 진경은 무엇이 될지 알 수 없었다.

"물과 바람과 풀잎이 기름진 맛에 묻혔구나. 비리고 역겹다. 조선의 맛이……."

… 조선의 맛이 죽어가고 있다. 맛이란 오래도록 산천이 스며든 자연의 향이 나야 하는데, 어찌 시궁창 냄새가 난단 말인가?

임금은 무거운 호통을 내리거나 역정을 내지는 않았으나 기름진 맛 하나에 수라간 나인들의 어깨는 무겁게 가라앉았다. 사라진 임금의 입맛 하나로 하루의 정성은 소리 없이 무너져 내렸다. 임금의 말 속에 별처럼 흩어진 맛이 보였고, 하나로 합쳐지지 않은 개별의 맛들이 재료의 참신함을 으깨고 있었다.

임금이 입을 헹구고 덧붙였다.

"오늘 밤에도 거미들이 미쳐 날뛰는가 보구나. 귀한 음식 앞에 입은 허기가 진다. 정성으로 올린 음식마저 지극한 맛이 보이지 않아."

마지막 끼니처럼 임금은 밥상 앞에 긴 시름을 풀어놓고 오래도록 말을 쏟을 듯이 보였다. 한 끼라도 무난한 밤이 오길 기다리는 건, 어쩌면 무모하고 외람된 일이 될지 몰랐다. 임금은 이 밤에도 잃어버린 미각을 찾기 위해 분투하는 듯했다.

광화문 너머에서 새 울음이 들려왔다. 멀고 아득한 울음 속에 낮에 파란 눈을 뜨고 날뛰는 거미들의 운신이 보였다. 사지를 찢는 날카로움이 들려왔고, 누군가 죽어가는 소리가 들려왔다. 누구는 죽고 누구는 살아남을 것이지만, 기미 나인의 소임은 죽고 사는 것과 동떨어진 위치에서 임금의 밥상을 돌보는 일 뿐이었다.

기미 나인이 말없이 임금의 밥상을 바라봤다. 말을 뱉을 때 다시 새 울음이 들렸다. 둥지를 떠나온 소쩍새 같았다.

"맛은 외로운 것이옵니다. 무뚝뚝하며 무질서한 것이 맛이옵니다. 생각과 무관한 곳에서 진입하는 것이 맛이며, 솔직한 것이 맛이옵니다. 솔직한 음식에서 의외의 맛을 추구하는 것은……."

임금의 밥상을 놓고 말을 던지는 것부터가 도리를 무시하고 신분을 망각한 것이며 분수를 넘어서는 일이지 싶었다. 최고상궁이 놀란 눈으로 기미 나인을 노려봤다. 상궁의 눈이 돌아가든 말든 뱉은 말은 주워 담을 수 없었다. 임금의 밥상 앞에 정직하지 않으면 기미 나인의 본분을 다 하지 못한 것이므로, 맛으로 임하는 임금과의 소통은 수라간 위계에 어긋나지 않았다.

기미 나인은 알았다. 최고상궁과 맛을 나누면서 임금을 가르치지 않아야 했고, 수라간의 체통과 명예와 계통을 짊어지고 날마다 맛의 신천지를 더듬어 가야 했다. 임금의 음식에 든 독소를 가려내다 죽든 살든 소리가 없어야 했다. 풍뎅이 같은 삶은 아니어도 임금을 대신해 죽어갈 때 하루살이보다 못한 것도 알았다.

맛을 앞세운 기미 나인의 목숨은 하루를 살아가는 곤충이 될지 몰라도 임금의 수라에 세상의 희비가 관통하므로, 해가 기울고 잠자리에 들 때까지 살아있으면 다행이었다.

밥상을 바라보는 임금의 눈길은 우울해 보였다. 고개를 들자 기미 나인이 보였다. 전쟁 같은 눈빛으로 누군가를 기다리는 것을 알았다. 임금을 기다리는 것 같지는 않았다. 눈빛이 중한 아이가 앞에 있다고, 임금은 생각했다.

임금이 조용히 물었다.

"이름이 무엇이냐?"

기미 나인의 눈빛이 흔들렸다. 임금의 목소리가 왠지 모르게 가깝고 다감하게 들렸다. 밥상에서 한 걸음 물러나 허리를 굽혔다. 두려움을 잊고 대꾸했다.

"누오縷晤, 누에 같은 천한 이름이옵니다."

"이름 속에 뜻을 새겼느냐?"

"죽기 전 어미는 밝은 실을 뜻한다 하였사옵니다."

밝은 실, 밝은 실의 누오…….

임금이 소리 없이 입에 머금었다. 이름자 속에 긴 사연과 인연을 당기는 희디 흰 실타래가 보였다. 희비가 엇갈린 풍경이 한순간 밀려왔다. 호롱을 쥐고 긴 동굴을 지나는 생장의 명암이 보였다. 임금은 나인의 이름에서 세상의 맛을 익힌 미각을 한눈에 직감했다.
　세상은 맛에 눈먼 자들의 신기루가 아닌 순수로 올 때 정직하므로, 긴 시간이 아니어도 세상의 맛을 통찰한 나인이 있는가 하면, 짧은 순간 임금을 대신해 죽어가는 나인도 많았다. 까만 눈동자로 임금을 올려보는 아이의 눈은 두려움을 비워낸 무수한 상처로 빛났다. 상처받을 용기로 살아남은 아이는 미각 하나로 세상을 바라봤다. 잃어버린 임금의 입맛을 찾아 나선 외로운 사투가 아이의 눈 속에 보였다. 아이의 어깻죽지에서 수라간의 위계와 무관한 가느다란 인연이 보였다.

유니크 안젤리나호

어명은 간단하지 않았다.

임금의 명에 숨통은 내걸 수 있어도 완벽은 기할 수 없었다. 명을 받는 자의 어려움은 집중하는 자리에서 명을 집행할 때 왔다. 비밀리에 손죽도에서 살아남은 해적을 추적하는 일은 생각보다 멀고 험했다. 유능할수록 누군가 죽어갈 것이고, 무능하면 무능한대로 또 누군가 죽어갈 수밖에 없는 것이 어명이었다.

삶이 유순한 자의 잠재된 죽음은 조용할 것이고, 삶이 두터운 자의 예정된 죽음은 어수선한 동선을 그리며 오래 남을 것이다. 어명이 품은 죽음의 치사량은 늘 선택과 집중 사이에서 여백이 없었다.

… 죽은 자가 살아나 산 자를 삼킨다. 거미 떼의 습격으

로 하루도 편할 날이 없다. 듣도 보도 못한 것들이 나라를 들쑤신다. 경각에 달린 나라를 생각하라. 사헌부 서고에 묻힌 기록을 찾아라. 기록을 들추어 갈 수 있는 곳까지 당도해 나를 부르라. 응답하마.

임금의 명을 받을 때 김인화의 눈에 짧은 가을이 보였다. 가을 너머 긴 날의 혹한이 밀려왔다. 뚜렷한 파랑으로 채색된 임금의 명은 가없는 난바다 같았다. 생을 걸고 일어서는 난바다의 파도는 높고 거칠었다.

무엇을 상상하든 상상 이상의 것이 기다리고 있을 것이고, 잎 지는 자리마다 바람 불고 외로워도 그 길은 가야할 길이었다. 마음으로 건너오는 임금의 수사는 절박했으나 몸에 닿을 때 얼마나 무거울지 알 수 없었다.

임금이 명을 내릴 때 김인화는 무엇도 입에 담지 않았다. 신분의 한계보다 거미를 둘러싼 무의미한 내용이 불안했고, 거미에 대한 불완전한 해석이 김인화에겐 부담이었다.

임금은 대안을 원했으나 사헌부 서고에서 김인화가 찾아낼 답안은 얼마가 될지 알 수 없었다. 홍련의 도움 없이 일을 마무리하기엔 이백년의 시간은 멀고 아득했다. 그 동안 쌓인 장서를 들추는 것도 근심이었다.

김인화가 다급히 물었다.

"언 송장은 어떻게 되었느냐? 살아나기라도 했단 말이냐?"

홍련의 눈은 정밀하고 확고했다.

"어의御醫와 의녀醫女들이 직접 빙고로 가서 송장을 확인했습니다."

"어의와 의녀들이 그곳까지 갔단 말이냐?"

"상비마를 내주었다고 합니다."

김인화는 놀라움을 감추지 못했다. 흔들리는 눈동자 안으로 가느다란 불꽃이 보였다. 눈을 감았다. 속에서 한 덩어리 파문이 일렁이며 밀려왔다. 소리 없이 읊조릴 때 바람은 동에서 서로 불어갔다.

갈급에 대비한 상비마를 내줄 정도였다면……

상비마 운용은 임금의 지시 없이 불가능한 일이었다. 은색 말이었을 것이고, 붉은 깃발을 달았을 것이다. 상비마의 질주본능은 박차를 찌르기도 전에 갈기아 무관한 바람을 거슬러 오래도록 달릴 때 왔다. 마방마다 최고의 마부가 훈육했다. 비상시 임금의 호출에 응하도록 운영됐다. 서열을 정해 오품에 해당하는 계와 직을 내려 양질의 관리를 받는 말은 상비마 뿐이었다.

머리는 순식간에 끓어올랐다. 추국할 수 없는 일이 임금으로부터 시작되고 있는 것을 직감했다. 내의원 어의와 혜민서 의녀들을 파견할 만큼 신중하고 급한 일이지 싶었다. 어의를 파견한 것은 임금의 질환을 차단하기 위해서일 것이다. 혜민서 의녀를 파견한 것은 나라의 전염을 예방하기 위해서일 것이다. 육품 의학교수醫學敎授와 구품 의학훈도醫學訓導를 제쳐둔 데는 비밀한 내용이 따로 존재하지 싶었다.

김인화는 미르나바의 나한羅漢 같은 어의를 생각했고, 아라阿羅의 보살 같은 어녀들의 손마디를 생각했다. 동굴 속에서 어의와 의녀들은 구슬과 피리 대신 의술의 관점으로 언 송장의 사의를 떠올렸을 것이고, 사인을 관찰했을 것이다. 정직한 눈매로 얼음 속에 누운 자를 바라보며 임금과 백성을 생각했을 것이다.

김인화의 이마에 땀방울이 맺혀 들었다. 갈수록 미궁으로 빠져드는 기분이 들었다.

"어의와 의녀에게 언 송장을 보게 했다면 이유가 있을 것이다. 어의들이 본 것이 있느냐? 어녀들은 무엇이라고 하더냐?"

"본 것은 그 다음입니다. 우선 상비마에 수레를 달아 언 송장을 밤사이 내의원으로 이송했다고 합니다."

임금이 상비마를 보낸 이유를 알 것 같았다. 장마가 지난 뒤 여름 볕이 언 송장을 그대로 두지 않았을 것이므로, 얼음이 녹기 전에 이송이 필요했을 것 같았다. 어의들이 모를 리 없지 싶었다.

"내의원이라고? 창덕궁 한 켠이다. 궁 안에 송장을 끌어들인 것 자체가 위험을 감행한 것 아니더냐?"

김인화의 어깨가 떨렸다. 불안한 표정으로 홍련을 바라봤다. 홍련은 두려움 없이 말을 이었다.

"절체절명의 순간이었을 것입니다."

"안다. 어명이 계셨을 것이고, 계통이 행동을 부른 것도……. 결국 언 송장을 궁으로 옮긴 것이 모두의 명을 재촉한 것일지도…….'

김인화의 생각은 임금의 자리까지 밀려갔다. 돌아올 때 불길한 예감을 깔고 왔다. 예감 속에 사대문 밖에서 천지도 모르고 날뛰는 거미들이 보였다. 뒤를 이어 풍속을 흔드는 흉흉한 바람이 건너왔다.

홍련의 말 속에 내의원 어의들의 놀라움이 보였다. 혜민서 어녀들의 다급한 손길이 보였다. 어의들에게 해적은 얼어붙은 몸으로 왔을 것이고, 어녀들에게 그 몸은 신기루처럼 왔을 것이다. 조선을 위협하는 온갖 질병의 종결을 위해 창덕궁 한곳으로 옮겨졌을 것이다.

"송장이 깨어난 것은 내의원에 당도한 뒤였다고 합니다. 시신을 해부하기 위해 수술대에 옮긴지 한 식경도 되지 않았다고 합니다."

"몇 시를 가리키고 있느냐?"

절대미각 **215**

"미시 전이었습니다."

해가 콧등을 지나 눈썹 높이로 오를 시간이었다. 밤사이 수레로 옮긴 송장은 녹은 상태로 내의원에 당도했을 것이다. 아무리 식었어도 여름 새벽은 겨울만 못했을 것이다. 수레 위에서 무수히 흔들리는 동안 송장 스스로 깨어날 준비를 한 것 같았다.

얼어붙은 해적은 어떤 모습이었을지, 눈을 뜨고 있었는지, 입을 다물고 심줄을 가다듬었는지, 그마저 알 수 없었다. 시간마저 얼어붙은 결빙의 시대를 해적은 삶도 죽음도 아닌 중간지대에서 맞이했을 것이다. 남의 땅을 짓밟은 기억마저 얼어붙은 곳에 버려두고 두 세기를 뜬 눈으로 기다렸을 것이다. 결빙은 해적에게 새로운 삶이었을지 몰랐다.

홍련의 눈 안쪽에 별처럼 흩어지는 두려움이 보였다. 지울 수 없는 공포가 홍련의 이마에 떠갔다. 김인화가 조용히 물었다.

"어의들이 알아낸 것은 없느냐?"

"해부하기 전에 깨어나는 바람에……. 이백년을 견딘 몸은 닥치는 대로 물고 뜯고 삼키었습니다."

수술대 위에 눕혀 녹기만 기다린 것이 잘못이었는지 몰랐다. 깨어난 해적은 파란 눈으로 발작 증세를 보였다. 살아 움직이는 것은 무엇이든 허기진 본능으로 물고 뜯었다.

그때 희생된 어의와 어녀의 숫자만 아홉이었다. 아홉이 스무 명의 거미로 불어나는 데는 한 식경도 걸리지 않았다. 스무 명의 거미가 삼백 명의 거미로 늘어나는 데 걸린 시간은 한나절도 되지 않았다. 뒤틀리고 찢긴 사지로 거미들은 천지가 제 가는 곳이었다.

"과거에도 이 같은 사례가 있었느냐?"

"임진란任辰亂이 끝나갈 무렵 바다 건너 이양선에 실려 온 흡혈귀가 있습니다."

유성용의 『징비록懲毖錄』은 전쟁이 끝난 뒤 임진년의 겨울을 얼어붙게 했다. 환란에 대한 참회와 백성을 생각하는 마음으로 『징비록』은 조선의 앞날을 근심하고 경고했다. 긴장과 전율을 안고 유성용은 엄한 자기 검열 아래 조선의 겨울을 내다봤다.

왜적으로 들끓을 때 폴란드 영해에서 출발한 유니크 안젤리나호는 조선 앞바다에 은밀히 닻을 내렸다. 양이洋夷의 상선엔 아흔아홉 개의 관이 실려 있었다. 관 속에 잠든 흡혈의 존재는 깨우지 않는 이상 천년을 갈 것이라고 했다. 양이의 말로는 뱀파이어라고 했는데, 이름 속에 흔한 물과 바람으론 잠재울 수 없는 불꽃이 보였다.

가을걷이 때 불어온 양이의 태풍은 거칠고 다급했다. 뒤집힌 상선에서 아흔아홉 개의 관이 파도에 휩쓸렸다. 대부분 바다

절대미각 217

멀리 떠내려갔으나 일부는 갯바위를 비켜 조선 땅에 상륙했다.
 관 뚜껑을 연 것이 잘못이었는지 몰라도 흡혈의 존재는 어둡고 과묵했다. 낮이면 관 속에 누워 해가 기울기를 기다렸다. 밤이면 관을 열고 밖으로 나와 박쥐와 함께 하늘을 날아다니며 산 사람의 목을 물어 피를 빨았다. 마늘과 쑥을 극도로 싫어한 존재들은 나무 막대로 엮은 십자가를 두려워했다. 피에 굶주린 흡혈 무리는 심장에 말뚝이 박힐 때만 죽었는데, 심장을 뚫지 않는 한 불멸의 삶을 살았다.
 김인화가 골을 찌르는 두통 끝에 말했다.
 "의금부 지하 감옥에 다섯 개의 관 속에 흡혈귀가 잠들어 있다고 들었다."
 홍련도 알았다. 산 것도 죽은 것도 아닌 침묵으로 봉인된 자들……. 홍련은 망설임 없이 대답했다.
 "남은 방법은 하나 밖에 없습니다. 잠든 흡혈귀를 풀어 거미와 대적하도록 해야 합니다."
 정확한 대안은 보이지 않았으나 적을 적으로 무마하는 신기루가 홍련의 입에서 들렸다. 어이가 없진 않았으나 맹랑하게도 들렸다. 어쩌면 홍련의 머리는 잠들지 않는 영토에 닻을 내리고 있는지 몰랐다.
 "그 방법이 먹히겠느냐?"
 "서로 본 적 없는 것들입니다. 거침없이 달려들 것입니다.

서로 물고 뜯어 세상에서 사라지도록 하는 것입니다."

흡혈의 존재로 거미를 잠재우고, 거미로 뱀파이어를 마멸하는 홍련의 제안은 모순을 모순으로 덮는 말임에도 신비롭게 들렸다. 실패의 확률이 높아도 홍련의 논리는 대안으로 그럴싸했다. 대책 없이 당하는 것보다 실행하다 죽어 가면 후회는 없을 것 같았다.

김인화는 실패의 확률보다 성공의 가능성을 생각했다. 모순으로 덮인 신비를 생각할 때 불꽃같은 희망은 보였다.

"날이 밝는 대로 전하께 고할 것이다."

"사활을 걸지 않는 청아한 마음으로 말하셔야 합니다. 부담을 내려놓으셔야 합니다."

홍련이 머리 숙이고 돌아갔다. 머릿속에 떠오른 생각은 하나 밖에 없었다. 단순하게 밀고나가야 하는 것도 알았다. 복잡할수록 불리할 것이고, 단순할수록 먹혀들 것이다. 두려움 없이 임금 앞에 말을 끄집어낼 수 있을지, 모순을 감추고 신비를 드러낼 수 있을지, 그 모두 순조로울지 알 수 없었다.

비척거리며 장고를 나왔다. 머리 위로 별들이 조붓이 떠올라 있었다. 북문 너머에서 거미들이 날뛰는 소리가 들렸다. 새벽 모서리에 들려온 대금소리는 허랑하고 가뭇없었다. 피곤한 새벽이었다.

최악의 수수께끼

　맛의 순도가 임금 앞에 깨끗해질 날이 올지 알 수 없었다. 거미와 다를 바 없는 비선들의 전횡은 언제까지 이어질지 알 수 없었다. 날이 궂었고, 인왕산 너머에서 젖은 이끼가 실린 바람이 불어왔다.
　거미들이 이끼만 먹고 지나가면 좋으련만 닥치는 대로 먹어치우느니 그런 골칫거리가 없었다. 식성은 까다롭지 않았으나 생목숨을 앗아가는 것들이라 두고 볼 수만도 없었다. 거미들에게 미각이 있는지 그마저 알 수 없었다. 뭐든 물고 뜯고 먹어치우는 것을 보면 도무지 염치가 없어 보였다.
　사헌부 감찰어사는 조용히 말하고 임금 앞에서 물러갔다. 물러간 뒤 최고상궁과 기미 나인이 곶감을 가져왔다. 그릇은 발색이 좋은 방자유기였다. 두드리면 맑은 소리를 낼 것 같았다. 방자유기는 곶감보다 나인의 손마디와 잘 어울렸다.

나인이 가까운 자리에 앉아 곶감을 기미했다. 곶감을 베어 물 때 아삭거리거나 물러터진 소리는 들리지 않았다. 입속에 펼쳐진 맛의 풍경은 달고 엄했다. 규장각 서고의 장서에 스민 시간이 곶감 속에 떠갔고, 가느다란 겨울 햇살이 속살마다 맺혀 있었다. 수라간 도마 위로 불어가던 바람이 곶감을 가로질러 뻗어갈 때, 처마 끝에 늦도록 맺혀 있던 빙화氷花가 보였다.
　아지랑이 같은 맛의 조화는 새롭고 찬란했다. 쓸쓸하거나 외롭거나 쑥스럽지 않은 맛의 순도를 놓고 나인은 미동조차 없었다. 곶감 속에 펼쳐진 풍경은 늦은 가을 들녘이었다. 잎 지는 가을 풍경을 안고 나인은 말했다.
　"떠난 자들의 공허가 밀려오는 맛이옵니다. 낡은 것을 견디다 저 홀로 무르익은 맛이옵니다. 늘 그랬듯 드셔도 되옵니다."
　임금에게 곶간을 내밀 때 멀리에서 소쩍새 울음이 들렸다. 곶감을 받아 쥔 임금의 손은 시름에 떨었으나 눈빛만큼은 총총했다. 임금이 곶감을 베어 물었다. 나인의 미각만큼이나 오묘하지 않았으나 풍성한 맛이 밀려오는 것을 알았다. 달달하고 쫄깃한 식감이 입속을 돌 때 감찰어사의 말이 떠올랐다. 감찰어사는 닭 모가지보다 못한 대안을 가져와 임금의 심기를 흔들었다.

… 의금부 지하 감옥에 봉인된 다섯 개의 관을 여소서. 흡혈귀를 풀어 거미들과 대적하게 하소서.
　… 그렇게 해서 어쩌자는 말이냐?
　… 놓아두면 아귀처럼 서로 물고 뜯고 다투다 함께 사라질 것이옵니다.
　… 그것이 사헌부에서 가져온 대안인가? 내 귀에는 최악으로 들린다.
　… 최선의 방법은 어디에도 없사옵니다. 최악의 조건이 최선의 대안이 될 수 있는 건 저문 뒤 세상이 말해줄 것이옵니다.

　악을 악으로 멸하는 감찰어사의 대안은 엉뚱하고도 절묘하게 들렸다. 광화문 지붕 위로 별이 떠오르는 시간에 임금은 거미를 생각했고 흡혈귀를 떠올렸다. 지하 감옥에 겨우 가두어 놓은 흡혈귀를 풀어 사대문 밖에서 날뛰는 거미를 몰살시키자는 말은 위험한 발상으로만 들렸다.
　감찰어사가 사지를 오므리며 아뢰던 대안의 단순함이, 단순함의 솔직함이, 솔직함의 어이없음이 무지와 몽매를 깨트려줄지 알 수 없었다. 생각의 적합과 사유의 사치를 놓고 임금은 갈등이 사라진 깨끗한 해석과 관점으로 감찰어사의 말을 들여다봤다. 말 속에 흡혈귀의 잔인성이 보였고, 그 너머 거미들의 주린 식성이 보였다. 무게가 다른 두 존재를 놓고 갈등하는 것은 무의미했으나 모순을 안고 갈 때 한 가닥 희망은 보였다.

임금은 감찰어사의 말을 곰곰이 곱씹었다. 생각할 수 없던 조건이 생각할수록 모호하지 않고 분명해지는 것은 생각의 차이가 될지 사유의 적합이 될지 알 수 없으나, 악으로 악을 무너뜨리자는 말은 쓸모 있게 들렸다. 감찰의사의 제안은 어디까지 진실이 되어줄지, 어디가 허상이 될지 이 밤에 알 수 없었다.

세상은 생각만으로 조율할 수 없다는 것은 누구나 알았다. 모두에게 세상은 한결 같았다. 수라간 나인들도 알았고, 저잣간 대장장이도 알았다. 천지를 떠도는 각설이도 알았고, 세상이 떠내려가든 말든 오음(五音-宮商角徵羽)으로 사방의 바람을 감별해서 길흉을 점치던 풍각쟁이도 알았다.

세상은 단 한번 임금의 생각대로 움직인 적이 없으나 신료와 백성을 끼고 기척하는 임금은 세상이 알아주었다. 아편쟁이 사대부와 휩쓸리던 마술사도 임금의 미덕을 알았고, 운석검을 빚던 대장간 장인도 아비 잃은 임금의 울분을 알았다. 외줄을 타고 세상을 건너가던 남산 아래 남사당패도 임금의 인후통을 알았고, 달빛을 머금고 천지를 떠돌던 연금술의 사제도 임금의 기다림을 알았다.

저녁나절 곶감을 딛고 밀려든 생각은 어디로 뻗어가 어디에서 멈출지 알 수 없었다. 감찰어사가 깊이 수그릴 때 임금은 뒷목이 일어서는 전율에 몸을 떨었다. 말끝에 들려온 거미의 이름은 가없고 허망했다.

… 서역에서 흘러든 말에 거미는 오래 전부터 존재했다 하옵니다. 죽었다 살아나 세상을 뒤엎고 풍속을 헤치며 천지를 헤매고 다닌다 하옵니다. 질긴 본능을 지닌 존재들이옵니다. 마귀 같은 자들은 좀비로 불리어진다 하옵니다.

좀비.
수수께끼 같은 존재의 이름은 가볍고 철없이 들려왔다. 느닷없고 갑작스러운 자들이 거미가 아닌 좀비로 불릴 때 그 존재는 더욱 사실적으로 들렸다. 거미는 관념으로 설명된 이름일 뿐이며, 좀비의 이름을 달 때 본성이 드러나는 것도 알았다. 하루가 멀게 평정심을 깨트리는 엉뚱한 존재가 어쩌다 생소한 조선까지 밀려왔는지…….
무엇이 됐든 감찰어사의 단순함과 솔직함과 어이없음에 관해 다시 생각해봐야 할 것 같았다. 용어의 적합성에서 거미의 이름은 쓸모 있을지 몰랐다. 그럼에도 그물 같은 촘촘한

집을 짓고 좁은 생을 이어가는 미생의 이름에 빗댄 것부터가 오류라는 생각이 들었다. 무엇을 결정하든 하루는 더 생각해 봐야할 것 같았다.

감찰어사 곁에 서 있던 아이의 눈빛은 잊히지 않았다. 많은 것을 머리에 담아 두고도 입을 열지 않는 아이는 임금의 사색과 무관한 곳에서 저만의 눈과 생각으로 세상을 바라보는 듯했다. 깨끗한 눈으로 어지러운 세상을 지나가는 눈은 흔하지 않았다. 무엇이든 처음을 바라보고 끝을 예감하는 눈은 어려웠으나 임금의 눈앞에 서 있는 이유만으로 몹시 끌렸다.

아마도 거미에 맞서 흡혈귀를 끌어들인 것도 그 아이의 머리에서 나온 것 같았다. 서로 물고 뜯으며 흡수하리라는 걸 알아낸 것도 그 아이의 생각에서 비롯된 것 같았다. 누구인지 물을 수 없어 답답했다.

답답한 마음을 아는지 모르는지 감찰어사의 마지막 말은 마른날 편전 박석에 꽂혀든 벼락같았다.

> … 귀신보다 무서운 게 곶감이옵니다. 정해년 손죽도에서 육지로 파고든 해적이 거미의 시작이옵니다. 비상시 대비한 금구 석빙고에서 이백년을 견디며 스스로 괴물의 모습으로 퇴화하였사옵니다. 더 가혹한 존재로 맞설 때 제거할 수 있사옵니다. 모든 건 시간이 해

절대미각

결해줄 것이고, 늦어도 한 달 안에 끝날 것이옵니다.

감찰어사가 말을 맺을 때 아이의 눈빛은 더 뚜렷해 보였다. 무엇을 생각하는지, 물을 수 없는 아이의 눈빛을 놓고 임금은 망설이고 망설였다. 아이의 눈동자는 뚜렷이 검고 깨끗한 하양으로 채워져 있었다. 귀신보다 무서운 곶감을 쥐고 아이는 임금 가까이 서 있었다. 아이의 이름은 홍련이라고 했다.

대관림

곶감을 넘긴 임금의 목에서 젖은 풀잎 소리가 들렸다. 가느다란 떨림을 안고 임금은 조용히 물었다.
"밝은 실, 밝은 실의 누오라고 했느냐?"
"흔한 이름이옵니다."
임금의 입맛을 데우는 기미 나인은 드물었다. 눈빛 하나로 임금의 식욕을 골라내는 나인도 흔치 않았다. 맛의 정성을 몰아 임금의 입속을 채우는 기미 나인은 본 적이 없었다. 손으로 가리키거나 말해주어야 알아듣는 기미 나인은 그때마다 번거로웠으므로, 눈빛만으로 알아듣는 아이는 특별하게 보였다. 까만 눈동자로 맛을 응시하면 수라간의 전통과 서열과 위계는 조용히 드러났다. 아이의 손마디에 절기마다 임금의 식성을 놓고 애태운 흔적이 보였다.
전각 위로 달은 무심히 차올랐다. 경회루 연못에 비쳐들 때

달빛은 부드러운 천을 물 위에 내리는 것 같았다. 서편 하늘 모서리까지 뻗어간 은하의 뱃길이 보였고, 밤사이 노를 저어 가는 사공은 외로워 보였다. 짓무른 날이 임금의 눈을 가로질러 갔다. 눈 속에 거친 눈보라가 보였다. 임금이 물었다.

"어디에서 왔느냐?"

"안의현감을 지낸 연암 어른 댁에서 밥의 아늑함을 짓다 왔습니다."

밥의 온기와 찬의 정성이 누오의 말 속에 밀려왔다. 국의 열기와 맛의 진실이 말 속에 들려왔다. 수라간에서 누오의 손과 입과 맛을 부른 이유를 알 것 같았다.

누오는 오랜 날 걸었을 것이고, 보낼 수밖에 없는 누오를 놓고 연암은 굵은 고뇌로 몇 날을 흘려보냈을 것 같았다. 연암과 헤어지는 대신 누오는 눈부신 인연을 버리고 외로운 미각을 택했을지 몰랐다. 임금과 가까이 찬란한 삶을 생각했을 것이고, 하루살이 같은 연명을 쥐고 궁에 들어왔을지 몰랐다.

북경을 다녀온 뒤 연암은 더 풍성해지고 더 영민해졌다. 『열하일기熱河日記』를 지은 뒤 더 밝아진 눈으로 세상을 바라봤다. 임자년(壬子年, 1792)에 안의현감으로 박지원을 내려 보낸 이유는 징검다리 같은 세상보다 한 줄로 무르익은 결실을 원한 때문이었다.

연암이 누구인가. 끓는 감성과 지평선 같은 시선으로 세상을 바라보는 자였다.『열하일기』를 지어 올리면서 연암은 세상의 중심을 조선으로 가져오고 싶어 했다. 연암의 북학(北學)은 청나라에 대한 적대감정으로 출렁거렸어도 조선의 현실을 개혁하는 꿈으로 눈부셨다. 대륙의 문명으로, 낙후한 조선을 개척하고 사대(事大)를 뒤엎는 일에 혁신이 몰아치길 기대해 마지않았다.

열하의 세계관은 끓는 가마솥 같았으나 배울 것이 많았다. 임금도 알았고, 중신들도 알았으며, 사대문을 휩쓸던 양반들도 알았다. 연암의『양반전(兩班傳)』과『허생전(許生傳)』은 조선의 혼탁을 쥐고 흔드는 참회의 서사이며 성찰의 이야기라는 것도 모두는 알았다.

임금이 눈을 감았다. 연암을 생각하는 것 같았다. 남산 아래에서 북학을 넘어 서학(西學)으로 생을 다져가는 연암은 이 밤에 누오와 무관한 세상에서 십자가를 쥐고 구름 같은 학과 달 속의 토끼와 목이 굵은 오리를 풀어놓고 그림 속 신선들과 어울릴지 몰랐다. 임금이 눈을 뜨고 조용히 물었다.

"안의라면 농월정(弄月亭) 있는 곳이 아니더냐?"

선조 선왕 때 관찰사와 예조 참판을 지낸 박명부가 관직에서 은퇴한 뒤 지은 누정(樓亭)이었다. 달을 희롱하는 풍광이 틈 없이 정교한 자리였다. 사계를 따라 비와 눈과 바람이 계곡을 거슬러 하염없이 불어 다니는 곳이었다.

절대미각 **229**

누오가 품은 맛의 비경은 농월에서 시작되는지 몰랐다. 세상 풍경을 닮은 아이의 눈은 비어 있는 듯했으나 빈자리의 공허로 허기를 채우면 좋을 것 같았다. 빈 곳의 풍요로 세상의 맛을 메우면 더 좋을 것 같았다. 누오가 대답했다.

"농월정이 달을 거느린 곳이라면, 대관림大館林은 해를 벗으로 삼은 곳이옵니다."

짧은 말 속에 긴 날의 풍상과 사연이 보였다. 숲의 위엄이 해를 동반할 정도면 짐작만으로 부족할지 몰랐다. 함양의 숲은 어떨지, 묻기 전에 누오가 덧붙였다.

"맑은 날 숲에 숨겨진 금호미와 금바구니가 부딪히는 소리를 내면 먼 곳의 바람을 타고 희디흰 고래 떼가 날아든다고 하옵니다."

신기루 같은 전설이 숲에 떠갔다. 숲 그늘 먼 곳에서 바다가 흔들리며 밀려왔다. 무성한 나무와 나무의 행렬을 건너가는 고래 떼가 보였다. 희디흰 은빛을 실어오는 고래는 멀고 아득했으나 환각보다 뚜렷한 숲의 사연은 임금의 머리에 조용히 돌았다.

십리에 걸친 대관림은 신라 때 재해를 방비하려던 최치원의 지혜를 머금은 지세로 이름을 알렸다. 전율과 사색으로 채워진 학사루學士樓가 숲과 멀지 않았고, 학림學林 숨결이 오래전부터 울창한 곳이었다. 수령 오백 년을 넘긴 활엽의 수목으로 채워진 숲은 신비롭고 아늑했다. 가본 자만이 볼 수 있는 숲의 비경은 천년을 넘어 다시 천년을 기약하는 것 같았다.

임금은 그늘진 숲을 생각했고, 햇살 같은 은고래를 생각했다. 고래 떼가 헤엄쳐다니는 숲은 누오에게 무엇이 되었을지. 누오의 말 속에 들려온 함양의 숲은 생각보다 강렬하고 선명했다.

임금이 숲으로 둘러싸인 맛의 풍경을 머릿속에 새겼다. 생각보다 풍성한 맛의 조화가 밀려왔다.

"맛이란 세상과 같은 것이다. 달고 맵고 짠 것이 세상이며, 시고 쓴 것이 세상이 보태는 맛의 간곡함이다. 결국 추억의 소산들이 맛을 애태우지 않더냐? 너는, 너는 말이다, 한 번이라도 세상의 맛을 보았느냐?"

임금은 맛의 조화와 융화를 원하는 것 같았다. 날카로운 직선으로 밀려오는 세상의 맛은 부담 그 이상이었다. 임금이 원하는 맛의 눈높이는 멀고 아득했으나 누오가 바라는 세상의 맛은 다른 것에 있을지 몰랐다.

"세상의 맛은 간절히 원할 때 오는 것이옵니다. 음식에 든 만 가지 바람이 될 수 있으며, 그래서 맛은 모두에게 평등하옵니다. 음식은 짓는 사람의 마음이 우주와 통할 때 완성되는 것이므로, 그 또한 평등한 것이옵니다."

누오의 말은 멀고 아득했으나 사람이 품어야할 마음만큼은 간절해 보였다. 이 밤에 외로운 아이와 어디까지 밀려갈지, 임금의 목에서 하루를 평생으로 살다간 하루살이의 짙은 여정이 보였다.

"맛이란 정직한 것이다. 신비를 감추고 맑고 투명함을 드러내는 것이 맛이다. 그래서 맛을 찾아가는 여정은 하루를 걸어도 멀고 험하지 않더냐?"

"가도 가도 끝이 없는 것이 맛의 길이옵니다."

함양을 떠나 한양으로 길을 잡은 누오의 뜻은 연암에게 있는지 몰라도, 누오가 지닌 고도의 미각은 연암을 벗어날 때 자유롭지 싶었다. 긴 날을 걸어 한양에 당도했을 누오의 걸음 속에 세상을 담은 맛의 진경이 보였다. 그 세상의 맛은 누오의 것이거나 모두의 것이 되지 싶었다.

"안다. 맛이란 연금술의 사제가 세상에 없던 금붙이를 빚어내는 것과 다르지 않아. 믿음과 안목과 손길 없이는 당도할 수 없는 것이 진실한 맛의 세계이다."

임금의 목소리가 차고 냉랭하게 들렸다. 세상의 맛을 삼킨 거미들의 출몰이 임금의 입을 돌아가게 만든 것도 결국 맛의 본성이 흐려진 때문이었다. 죽은 자가 깨어나는 역병이 사라지지 않는 한 임금은 입맛은 영영 어두운 곳을 헤맬 것도 내다봤다. 정성이 문제라면 바꿀 수 있고, 손끝이 서툴면 고쳐 나갈 수 있으나 거미 때문이라면 무엇도 소용없었다.

은숟가락

 떠오르는 것이 많았으나 상심의 임금 앞에 한없이 작아지는 심리를 누오는 알 수 없었다. 이 밤에 임금의 길은 누오의 길과 무관한 지점에서 세상의 맛을 찾아 나선 것 같았다.
 누오가 임금을 올려보며 말했다.
 "하오나, 저의 길은 여전히 미흡하고 갈 길은 멀기만 하옵니다."
 임금의 바람이 무엇인지, 임금이 원하는 맛의 가치와 내용은 무엇인지, 묻지 않아도 떠올랐다. 입속 어딘가에 무성한 이끼를 틔웠을 임금의 입맛은 거미로부터 시작되며 거미의 마멸로 이어져갔다. 짐작할 수 없는 맛의 영토에서 임금은 무르익은 대안을 원했다.
 "세상의 끝을 바라는 게 아니다. 맛의 궁극을 원하는 것 또한 아니다."

"하오면……."

임금이 말없이 눈짓했다. 곁에 무표정한 얼굴로 서 있던 상선이 내관에게 고개를 끄덕였다. 내관이 총총한 걸음으로 두 개의 사기그릇을 내왔다. 생김이 같은 그릇은 음식을 담기에 불편해 보였다.

뚜껑을 열자 독한 술 냄새가 풍겨왔다. 고도로 농축시킨 증류주는 최상의 밀도로 더 이상 발효할 수 없을 만큼 절정에 달해 있었다. 증류주 속에 붉은 생간이 보였다. 역병을 앓고 죽었거나 죽기 직전 누군가의 몸에서 떼어온 것 같았다. 내의원 어의들이 몸을 신중히 갈라 꺼낸 듯했다. 누구의 몸에 꺼냈는지 알 수 없으나 생간은 농도와 색깔을 잃지 않고 온전했다.

임금이 침착한 눈매로 물었다.

"기미할 수 있겠느냐?"

누오의 눈꺼풀이 떨렸다. 눈을 올려 뜨고 임금을 바라봤다. 임금은 시험을 원하는 것 같았다. 두 개의 사기그릇에 임금이 원하는 대답이 담겨 있는 것도 알았다. 누오가 이마를 들어 올리며 물었다.

"맛… 맛을 보라는 것이옵니까?"

"맛에 든 진실을 찾아야 한다. 꾸밈없이 사실 그대로 전하라."

임금의 목소리는 물기를 털어내고 건조한 바람을 싣고 왔다. 명을 받을 때 누오는 생간의 온도를 생각했다. 그릇 표면에 물방울이 맺혀 있는 걸 보면 차가운 곳에 저장되어 있다가 온 것 같았다.

  임금의 명은 헛것을 좇고 있으나 맛의 진실을 찾아 나선 눈빛만큼은 청명해 보였다. 삶을 염두에 둔 임금의 눈빛은 죽는 순간까지 잠들지 않을 것 같았다. 젊고 깨끗한 눈빛이 밀려올 때 누오는 세상 밖에 숨겨진 맛을 생각했다. 입속에 담은 적 없는 맛의 진실이 무엇을 말해줄지 알 수 없었다. 임금의 명은 숲에서 나무를 골라내는 것과 다르지 싶었다.

  누오가 그릇 앞으로 몸을 당겨 앉았다. 사기그릇마다 은숟가락이 옆에 놓여 있었다. 입을 헹굴 물그릇도 보였다. 누오가 숟가락을 쥐었다. 그릇에 꽂을 때, 찡— 쇠울음이 들려왔다. 쇠마저 죽을 때 색을 보였고, 소리를 냈다.

  증류주 속에 잠긴 생간은 지 죽은 몸의 근원을 숟가락에 드러냈다. 은숟가락 표면에 검은 그림자가 끼는 것이 보였다. 독성을 품고 있다고, 죽은 자의 간은 검게 변한 숟가락으로 말해 주었다. 생간과 숟가락 사이의 긴장은 틈이 없었다. 손끝이 떨렸다. 주저할수록 임금의 바람을 저버리는 것이므로, 망설임 없이 증류주를 숟가락에 담아 입에 넣었다.

  입속에 거친 회오리가 불어갔다. 바늘로 찌르는 고통이 혀끝에 실려 왔다. 맛을 지닌 적 없는 독성이 혀를 타고 입안에 돌았다. 넘겼다간 얼마가지 못할 독성은 혀를 찌르는 전율을 싣고 왔다. 독성은 까다롭지 않았다.

숟가락을 딛고 건너온 증류주 속에 사대문 밖에서 홀로 운석검을 빚던 늙은 도검장이 보였다. 어미의 뱃속부터 이어져 온 기나긴 생장의 경로가 생간에 저장되어 있었다. 말을 타고 거친 전장을 누비던 핏줄의 연대가 긴 사연을 싣고 밀려왔다. 도검장의 희비애락喜悲哀樂은 꽃피는 봄날에 와서 잎 지는 가을로 저물어갔다. 죽은 뒤 하루 만에 깨어나 비틀거리며 천지를 헤매었을 도검장을 생각하면 마음이 좋지 않았다. 평생 임금의 검을 만들던 도검장의 운명은 가없는 기러기만도 못해 보였다. 죽은 뒤 생간에 온전히 실린 도검장의 생은 임금의 눈물로도 모자랄 것 같았다.

머금은 증류주를 뱉고 입을 헹궜다. 입속에 찌꺼기가 사라질 때까지 헹구고 또 헹궜다. 다른 그릇에 담긴 생간을 바라볼 때 어깻죽지가 떨려왔다. 숟가락을 쥐고 손마디에 힘을 주었다. 그릇에 담글 때, 오래 묵은 바람이 증류주 속에서 불어왔다. 무겁게 떠서 가벼운 입에 넣었다. 밀도가 사라진 맛은 까다로웠다. 죽은 지 오래된 여인의 생은 안타깝고 불운해 보였다. 거친 회오리 대신 눈보라가 불어왔고, 바늘로 찌르는 고통 대신 대숲 바람이 입속 골짜기를 따라 불어갔다.

눈을 감을 때, 완강한 삶이 밀려왔다. 임금의 씨를 받은 젊은 상궁의 몸은 깊고 고요했다. 저 살아온 내력을 죽은 뒤 몸에서 떼어낸 생간으로 전했다. 오랫동안 의금부 지하 감옥에 봉인된 관 속에 갇혀 지낸 것도 보였다. 흡혈의 생리를 안고 광화문 안에 숨어 살다가 세자익위사世子翊衛司로부터 치명적인 상처를 입고 붙들린 것도 보였다. 젊은 상궁이 살았을 세상은 붉고 찬란했다. 그 세상의 젊은 상궁은 임금의 씨를 잉태하는 것보다 흡혈의 맛을 안고 가는 것이 전부였을 것이다.

눈을 뜨고 입을 헹궈냈다. 입속에 남은 찌꺼기를 씻어냈다. 그제야 환각에서 벗어나는 누오가 보였다. 어깨를 떠는 누오는 위험해 보였다. 생목숨을 걸고 임금의 바람을 견디는 누오의 미각은 외롭고 고단해 보였다.

누오가 임금을 올려 봤다. 임금의 눈은 무겁고 어두운 길목으로 뻗어갔다. 뜸을 들이지 않고 누오가 말했다.

"천적의 몸으로 서로를 겨누며 살아온 자들이옵니다. 서로에게 극단의 적이 될 자들이옵니다. 두 증류주가 부딪히면 불꽃 없이 허공에 흩어질 것이옵니다."

부딪히는 순간 아지랑이처럼 흩어질 두 존재에 관한 누오의 말은 사실이었다. 증거는 곧바로 임금의 귀에 닿았다. 감찰어사는 신중한 목으로 고했고, 임금이 무겁게 답했다.

… 끝까지 쫓아가 서로를 사라지게 할 것이옵니다.

… 마지막 검증이 필요한 시점이다. 괴물들의 생간을 도
　　려내 수라간 아이에게 맛을 보게 할 것이다. 죽든 살
　　든 내력만큼은 알아내지 않겠느냐?

　미온의 시험으로 임금이 얻고자 한 것은 결국 감찰어사의 말 속에 내재되어 있었다. 서로를 왕성히 죽임으로써 세상에서 사라지도록 하는 것, 그 이상 바랄 것이 없었다. 때문에 생간을 담은 증류주를 기미한 누오의 의견은 중요했다.
　임금이 안도의 빛을 떠올리며 말했다. 망설일 이유가 없었다.
　"절대미각에 의존할 날이 올 것이라 믿었다. 맛을 통찰한 자의 답변을 기다렸다."
　누오가 몸을 낮추었다.
　"맛에서 밀려오는 죽은 자들의 죽은 까닭과 살아온 날의 걸음을 보았을 뿐이옵니다."
　"그것이 전부가 아니다. 너의 의견을 끝으로 흡혈귀를 풀어 거미를 감당하게 할 것이다."
　임금의 눈에 젖은 물기가 보였다. 죽은 자의 생간을 걸고 임금은 난세를 건너갈 채비를 했다. 누오가 더듬거리며 말했다.
　"허면, 저의 미각으로……. 모두의 미각은 그늘진 자리에서 시작돼 정처 없이 흘러갈 뿐이옵니다."

임금의 시험은 가혹하고 쓰라렸으나 기미 나인에게 주어진 한 가지 일에 불과했다. 임금의 식단을 따라 흐르는 맛의 비경은 늘 하루에 소모될 질량을 싣고 왔으므로, 죽든 살든 맛의 시작과 끝을 가늠하는 일은 한낱 소임일 뿐이었다.

"어려운 자리인줄 알고 불렀다. 아깝지 않은 목숨이 있다고, 누구라도 말할 수 있느냐? 죽고 사는 건 그때의 일일 뿐, 맛의 최상에 닿거든 홀로 내게 임하라."

임금의 뒷말은 절박하게 들렸다. 임금에게 찾아줄 최상의 맛은 무엇이 될지 알 수 없었다. 그런 맛이 세상에 있기나 한지, 절대의 맛을 골라내는 미각이 있을지, 그마저 알 수 없었다.

임금이 덧붙였다. 궁금해서 묻는 것 같지는 않아 보였다.

"연암은 만나보았느냐?"

"아직 뵙지 못했사옵니다."

지금쯤 사직을 등에 지고 문맥을 찾아 나섰을 것이다. 바람이거나 물결이거나 나무가 되어 바삐 문장의 산맥을 걸어가고 있을 것이다. 찾아갈 수 없는 연암은 뜨거운 시대를 맹렬한 불꽃으로 지나고 있을지 몰랐다. 한줌 재로 사그라들 때까지 그 불꽃은 볼 수 없을 것 같았다. 등이 굽은 시간이 머릿속을 지나갔고, 목이 곧은 날이 멀리에서 무춤거리며 밀려왔다.

여름 장마 끝에 학사루 뒤뜰에서 만난 연암이 그리웠다. 눈 내리던 날 대관림 복판에서 만난 연암이 다시 그리웠다. 불향을 머금은 설하멱雪下覓은 많은 날이 흩어지고 부서져가도 잊히지 않았다. 눈부신 날 기별 없이 찾아올지, 비 내리는 날 추억처럼 찾아올지 알 수 없었다.

… 아프지 마라. 인연을 꿈꾸어도 좋은 날 다시 보자꾸나.

눈에서 멀어지던 연암은 바람 같고 구름 같았다. 기약한 날은 가물거리며 보이지 않았다. 밝은 날에도 볼 수 없을 것이고, 흐린 날에도 기별은 닿지 않을 것 같았다.
임금의 마지막 말은 누오를 쑥스럽게 했다.
"잠잠해지거든 보고오너라. 최고상궁에게 허락하라 전할 것이다."
저녁나절 곶감을 놓고 임금과 마주한 시간은 된장국에 풀어진 갈맷빛 노을보다 따스해 보였다. 임금이 몸을 일으켰다. 편전을 나설 때 멀리에서 부엉이가 울었다. 임금의 뒷모습은 피곤한 기색 없이 가벼워 보였다.
광화문 너머에서 거미들이 울부짖는 소리가 들렸다. 임금은 결정할 것이고, 세상은 한차례 폭풍을 맞이할 것이다. 폭풍이 지나면 밝은 세상이 올지 어두운 날이 올지 알 수 없었다. 저편의 날이 잃어버린 임금의 입맛을 돌아오게 할지 그마저 미지의 영토에 머물러 있었다. 임금이 내릴 결정을 머리에 떠올리는 일은 불경이 될 것이고, 입에 담는 것 또한 불온이 될 것이다. 기다릴 수 있으므로, 좋은 날이 오길 바랐다.

　머리 위로 떠오른 별이 무성했다. 저마다 한 가지 거룩한 사연을 품고 별은 반짝였다. 이 밤에 몇 개의 별이 사라지고, 몇 개의 별이 떠오를지 알 수 없었다. 길쓸별 하나가 가느다란 실선을 그리며 서편으로 기울어갔다. 함양 숲을 떠가던 은고래 떼가 하늘에 보였다. 빛이 순하고 고왔다.

낯선 곳에서 마지막 춤을

새벽 무렵 신전의 범종소리에 묻힌 슬픈 이미지가 떠오른다.
단 한번 가본 적 없는 달의 뒤편을 따라 생의 허랑한 길목을 지난다.

시간의 저편

"지식이란 너희같이 잘난 체 하는데 써먹는 게 아니야. 인생의 긴 그림자를 끌고 걸어가는 사람에게 한 가닥 희망이거나 사람들마다 불완전한 생을 다독이는 것이면 모를까……."
 어느 사석에서 나는 이렇게 말해놓고 후회했다. 이런 독설에는 약간의 용기가 필요했을 것이다. 딱히 누구를 향해 던진 말은 아니다. 약간의 동정심이었을 뿐 이지적인 상상력을 가지고 뱉은 말도 아니다. 어쩌면 이 말 때문에 상처 입었을 친구와 멀어진 이유가 지금은 무덤덤하다. 발을 동동거리며 훌쩍거렸던 일조차 가물거리는 것에 조금은 화가 난다.
 그날 기억에 남은 이름은 숙, 찬, 희, 석 친구들과, 희와 선본지 이틀밖에 되지 않는 남자가 말없이 앉아 있는 게 전부다. 영화배우라는 직업이 조금도 어울리지 않는 낯선 얼굴의 남자가, 자신은 결코 꾸어다놓은 보릿자루가 아님을, 또 그것이 결백하다는 걸 침묵으로 일관하며 숙과 희 사이에 앉아 있던 모습이 기억에 남아 있다. 옆모습이 가냘프면서도 예민하게 생긴 남자. 표정 없는 얼굴이 범상하지 않던 남자는, 청년도 중년도 아닌 모호한 골격을 가지고 있었다.

어두운 조명 아래 남자는 이따금 한숨짓곤 했다. 남자의 날숨 속에 뿜어 나오던 푸른 입김을 기억한다. 남자의 숨결이 살갗에 닿는 순간, 오래 전 내게서 멀어져간 것들을 떠올리며 손가락 마디를 오도독 소리 나게 꺾었다. 어릴 적 기르던 고양이와 강아지가 떠올랐고, 장수하늘소와 풍뎅이, 항라사마귀 같이 곤충들도 머리를 스쳐갔다. 남자의 숨결에 대한 나의 반응은 식물적이었던 것 같다. 피곤한 기색을 감추기 위해 다른 얼굴의 나를 생각하지는 않았다. 비지땀을 흘리며 그 순간을 모면하고 싶지도 않았다. 이유 없이 독설을 뱉은 그날, 좀 예민하고 서늘했던 것만은 지울 수 없다.

나는 안다. 관대하지 못한 성격으로 인해 많은 사람들을 등을 돌린다는 것을. 예민한 데는 이유가 있다는 것을. 사소한 것에도 때로는 노여워한다는 것을. 그러는 동안 세상 한곳엔 사유의 우물이 깊어가고, 그로부터 낭만이 죽은 사회를 살아가는 일이 얼마나 고단한가를.

그 즈음 내 인생에 찾아온 변화를 나는 어려워했던 것 같다. 단지 때가 되었을 거라는 짐작과 함께 인생은 바라보는 곳으로 흐르기 마련이라고, 생각했다. 낯선 남자에게서 푸르스름한 죽음의 그림자를 감지하고서야 나는 그것이 가까이 있음을 알아차렸다. 숙, 찬, 희, 석 친구들의 삭막한 대화를 멈출 수 없었고, 남자의 신호음을 감지하는 일을 나는 어려워했다. 나와 무관한 타인의 주파수가 머릿속을 스쳐가는 동안, 나는 남자의 무뚝뚝한 시선을 외면하지도 않았다.

 중요한 순간에 전화벨 소리가 울리는 것처럼, 인생도 한번은 반전이 찾아오는 법이다. 그날 나는 죽기를 각오하고 술을 마셨다. 어떤 암시의 그림자가 죽음을 작정하고 술을 마시는 사람에게 암시이상 무엇이 될지 알 수 없다. 마실수록 명백해지는 남자 앞에 그날 나는 마음껏 취했다. 숙, 찬, 희, 석 들은 실망하는 눈빛으로 오래 나를 바라봤다.

 그날 이후 많은 것이 변해 간다는 사실에 나는 조금도 놀라워하지 않았다. 상처 입은 친구를 걱정하느라 며칠 밤을 홀로 술을 마시며 허비하지도 않았다. 시간이 지날수록 친구가 입었을 상처보다 내가 받은 정신적 수모의 파장이 더 거세다는 것을 알았을 때, 노여움은 쉽게 사그라들지 않았다. 경멸하는 친구들의 눈빛 앞에, 나의 인생이, 내 앞에 펼쳐진 푸른 희망이 점점이 사라져가던 일을 나는 어려워했던 모양이다.

 어쩌면 나의 예감들이 주변 사람을 혼란케 하고, 그 혼란이 내게 힘든 상상을 요구했는지 모른다. 오직 나만의 눈과 귀를 멀게 한 그 일이 아직 내게 생생하다. 그날 내 주변에는 희망이니, 사랑이니 하는 삶과 친밀한 것들이 줄기를 뻗고 가지를 치며 무수히 자랐다. 그런 내 속을 다 아는 듯 남자는 무거운 눈으로 오래도록 나를 노려봤다. 그날 밤 나는 암전 같은 절망을 느끼며 얼어 있었다.

바다와 이방인

 방콕행 항공기에 오른다. 푹신한 의자에 몸을 기댄다. 객석 통로를 지나는 승무원이 커피를 건넨다. 보칼리즈 향이 맡아진다. 고개를 치켜들자 승무원의 흰 목덜미를 따라 가늘고 부드러운 등고선의 쇄골이 눈에 들어온다. 가슴 골짜기에 이르러 등고선은 함몰된다.
 자세를 고쳐 앉기 위해 나는 어깨를 들썩인다. 승무원이 불편하냐고 물어온다. 괜찮다고 말하곤 나는 얼굴이 붉어진다. 승무원이 지나간 후에도 보칼리즈 향은 여운을 남긴다. 유난히 희고 둥근 승무원의 목선을 생각하며 내 목덜미를 쓰다듬는다. 내 것과 다른 곡선의 목을 생각해본 적이 없는 것 같다.
 세상은 생각이나 예감만 가지고는 살아갈 수 없다. 세상은 크고 작은 일들이 깍지를 끼듯 연결되어 있고, 분명한 이유 없이 놀라운 일은 얼마든지 일어난다. 스물아홉 살이면 인생에 대해, 세상일에 관해 크고 작은 명분과 의미를 부여할 수 있는 나이다. 사람 사이에 소소한 연민을 품어도 무방한 나이다. 내가 예민한 성격의 소유자라는 것을 안다. 주변인들이 이미 알고 있는 것을 모르는 자와 공유하고픈 마음은 없다.

승무원을 바라보며 나는 혼잣말로 속삭인다.

"언젠가 나도 저런 걸 하고 싶었어."

그게 언제쯤 품은 꿈이었는지 막막하다. 색동 스카프를 착용한 스튜어디스에 관한 원대한 꿈은 고등학교 때부터 시작되었던 것 같다. 기억은 창밖을 바라보듯 텅 비어있다. 무한정 떠있는 구름과 이따금 구름 아래 까마득히 내려다보이는 인적의 소살거림이 이제는 정말 지겹다. 항공기만 간간이 눈에 띨 뿐 하늘엔 아무 것도 없다. 깊은 바닷속이 이렇듯 고요할지 알 수 없다. 인적이 사라진 쓸쓸한 유영. 넓은 하늘을 떠다니다보면 자신까지도 까맣게 잊어버릴 것만 같다.

항공기는 태평양 귀퉁이를 돌아 방콕 하늘에 당도한다. 엄청난 굉음을 내며 착륙할 줄 몰랐던 나는 서둘러 이어폰을 귀에 꽂는다. 하워드 쇼어의 〈Foundation of Stone〉을 듣는 동안 사람들이 비행기에서 내린다. 왠지 불안한 여행이 시작된다.

방콕 돈무앙 공항에서 크라비로 가기 위해 푸켓행 비행기를 갈아탄다. 1시간 20분을 비행기에서 보낸 뒤 푸켓에서 2시간

20분 동안 자동차로 달려 크라비에 도착한다. 크라비는 자연과 인공의 조경물이 뒤섞인 얼굴로 여행객을 맞는다.

가이드가 안내하는 소규모 리조트에 숙소를 정하자 먹물 같은 어둠이 찾아온다. 방갈로에 나가 야경을 바라본다. 저만큼 화려한 불빛이 반짝인다. 가이드는 이곳의 야경이 홍콩의 야경과 맞먹는다고 말한다. 묻기도 전에 맞은편에 지어진 궁전처럼 지어진 건축물이 라바야디 리조트와 메리타임호텔이라고 또박또박 일러준다. 고급스러운 데다 가격도 만만치 않다는 설명을 덧붙인다. 사방이 깎아지른 절벽이니 한 밤중엔 아무 데도 가지 말 것을 당부한다. 가이드는 자기가 맡은 임무를 완수했다는 듯이 10불짜리 지폐를 받아들고 돌아간다.

이른 아침 전화벨 소리에 잠을 깬다. 가이드가 갑자기 급한 일이 생겨 안내를 할 수 없다는 것이다. 어젯밤 팁까지 받아가지 않았냐며 따지고 들지 못하고 수화기를 내려놓는다. 부스스한 몸을 일으켜 세운다. 밤새 등이 굽은 새우처럼 웅크린 채 잠을 잤는지 관절이 깨어나는 소리를 낸다. 다시 잠을 청하기엔 늦은 듯싶다. 창밖에 내린 햇살이 청량하다. 일정으로 봐선 혼자라도 둘러봐야 할 것 같다.

크라비의 아침은 태고의 지상처럼 평화롭고 고요하다. 울창한 산림과 가파른 절벽 사이로 뻗은 길은 지상에만 붙어있지 않고 하늘과 바다로 이어진다. 해변을 따라 줄지어 선 가옥은 소박해 보인다. 그물을 손질하는 그을린 남자들은 완고하고 다부진 인상을 준다. 살림과 아기 보는 일에 바쁜 남국의 여인들은 이방인을 향해 가볍게 웃을 줄도 안다.

통나무 층계를 딛고 기암절벽을 내려와 배를 타고 바다로 나간다. 바다는 눈부시게 출렁인다. 때 묻지 않은 시골정취가 남아있는 육지와 달리 바다는 풍요롭고 해맑다. 수면 위로 솟아오른 이름 모를 석회 섬들이 하얀 빛을 뿌린다. 족히 백 개는 되어 보이는 군도는 잘 깎아 놓은 대리석 조각처럼 아름답다. 해가 들면 짙푸른 바다를 더욱 푸르게 물들이는 섬들이 이곳을 천혜의 군도로 만든다. 빠야, 해피, 메리골드, 코카이 등 낯선 이름의 섬들은 저마다 파도에 휩싸여 아슬아슬한 춤을 춘다. 설원을 걷듯 흰 모래밭과 옥빛 해변을 밟으면 사각거리는 소리가 들려온다. 산홋빛 바다와 어울리는 거대한 화강암은 단단하면서도 부드러운 인상을 준다. 이따금 탄성소리에 유창한 한국어가 들려온다.

라일레이 해변에 간결하게 만들어진 포구에 배가 정박한다. 울창한 숲과 뜨겁게 달구어진 바위들이 수려한 경치를 더한다. 몇 해 전, 섬 전체를 휩쓴 대규모 쓰나미를 잊은 듯 원시의 적막과 열대 산림은 조용히 늙어간다. 이따금 적막을 깨는 사람들의 탄성만이 문득 이곳을 깨어있게 한다. 서북쪽을 가로막고 선 바위산은 태고의 신비가 느껴진다. 지구상에서 가장 아름다운 해변.

언제까지나 시간이 멈춰있을 것 같은 크라비의 바다에도 석양이 물든다. 이곳의 노을과 어울릴만한 장소를 찾는다. 바위를 오르다 중절모를 쓴 남자 앞에 나는 쓰러질듯 흔들린다. 희와 선본 남자.

'이 남자가 왜 이곳에…….'

우연일 테지만, 이건 너무 뜻밖이고 의외의 일이다. 그때 그 일이 있은 뒤 레스토랑에서 마주친 남자는 무뚝뚝한 눈길로 말했다. 우연은 확률적 필연의 극소에 불과한 것이라고. 우연이라고 믿는 그것은 실현 가능한 필연에서 돌이키는 편견일 뿐이라고. 우연은 신성불가침이 아니라, 그저 그런 것이라고.

우연이 아니어도 상관없다. 누구든 사소하게 만났다가 사소하게 헤어질 수 있는 것 아닌가. 순전히 내 생각이겠지만, 어떤 사람을 만나면서 여러 가지를 동시에 떠올릴 수 있다는 건 불가사의하지 않다. 그것은 스물아홉 살이 되도록 단 한번 섹스를 하지 않은 나를 연구대상으로 삼는 숙, 찬, 희, 석 들의 생각과도 다르지 않다. 이따금 친구들의 진취적이며 불가항력적인 생각을 나는 따라잡을 수 없다. 처음의 섹스는 누구에게나 완강하고 생생한 거라고, 언젠가 희는 말했다. 희의 선험적 사고를 긍정한다. 내게도 완강하고 생생한 그 일이 찾아올지 알 수 없다. 그 일은 내게 완벽한 미지의 세계다. 문득 내 앞에 미지의 세계가 남아 있다는 것에 목이 메어온다.

어쨌거나 남자는 이런 인연도 있다는 걸 확인시켜준 셈이다. 남자는 거대한 야자수 잎 사이로 물든 석양을 바라보며 서 있다. 남자는 해가 지는 걸 보기 위해 이곳에 온 사람처럼 오래도록 표정을 지운 채 말이 없다. 옆모습이 이국적인 이미지를 남긴다. 해가 완전히 바다 너머로 사라지자 남자가 발을 돌리려다 나를 발견한다. 나이를 알 수 없는 얼굴. 표정보단 인상이 묘하게 끌리는 남자. 남자를 바라보며 나는 인생에 한번쯤 있을까 말까한 지독한 허기를 떠올린다. 어쩌면 이 남자라면 단 한번 생각해본 적 없는 허기를 채워줄 수 있을 것만 같다. 모순적인 생각을 떠올리며 나는 남자를 향해 놀라운 표정을 짓는다. 남자가 썬글라스를 벗으며 말한다.

"이곳에 오면 당신과 만나게 될 줄 알았습니다."

"내가 이곳에 있는 줄은 어떻게 알았죠?"

"학과 사무실에서 알려주었습니다."

남의 신상정보를 아무에게 발설하는 학과 조교에게 이번 여행에 대해 어떤 식으로 말을 남겼는지 생각나지 않는다. 조교를 비난할 마음은 없다. 오히려 그것을 캐묻고 다닌 남자가 더 의심스럽다.

"그렇다고 이곳까지 따라와요? 내가 목적이 아니죠?"

"결국 세상으로부터 저만큼 밀려나간 후에서야 당신을 운명 같은 존재라고 말하게 되는 군요."

운명. 가볍지만은 않게 들린다. 언젠가 레스토랑에서 불편하게만 들리던 반말조차 하지 않는다. 남자의 존대가 조금도 어색하지 않고 친근하기만 하다. 어쩌면 남자가 치밀하게 엮어놓은 각본에 맞아 떨어지는 기분마저 들자 약간은 흥분된다.

"여기서 아는 사람이라곤 당신뿐이군요. 어쨌든……."

어쨌든 반가워요, 라고 말하려다가 그만둔다. 말이 많으면 헤프게 보일지 모른다. 그것을 쑥스러워할 이유는 없지만, 남자에게 적극적인 인상을 심어줄 필요 또한 없다. 어젯밤 이어폰에서 흘러나오는 〈The King Of The Golden Hall〉을 들으며 남자를 생각했다. 맑은 눈과 시원스런 이마, 다부진 골격의 남자를 둘러싼 신산한 것들을 떠올리며 잠들기까지 했다. 언젠가 희가 말한, 완강하고 생생한 일은 생각하지 않았다.

남자에 관한 몇 가지 단서를 떠올리며 지금 내게 남자의 존재가 얼마만큼 중요한가를 생각한다. 어쩌면 남자로 인해 내 인생의 속도나 무게가 조금 변할 것 같은 기분이 든다. 그런 남자가 가까이 있다는 것에 나는 놀라워하지 않는다. 바다 저편으로 나아가 물속을 들여다보듯 남자를 바라본다. 크라비의 바다 위에 드러누운 남자의 질감, 앞이 캄캄하다.

알 수 없는 남자의 출현을 가지고 고루한 생각에 빠지는 건 아닌지 걱정이다. 남자가 잔잔한 눈길로 말한다.

"어차피 이곳은 지나는 길목의 하나일 뿐입니다. 잠시 머무는 기분으로 당신을 찾았습니다."

"멀리 떠날 사람처럼 들리는데요. 어디로 가세요?"

"티벳."

"결국 작별인사를 하기 위해 온 거로군요."

"세상을 살다보면 누군가와 헤어지는 것만큼 사람을 힘들게 하는 일도 드무니까요."

남자의 억양이 서운함 이상 불안함을 실어온다. 나는 예민하게 대꾸한다.

"대체 얼마나 많은 여자와 헤어져 봤길래……."

생각에 없는 말을 내뱉으면서 나는 남자에게 불필요한 죄의식을 느낀다.

'우리는 몇 번 만나지도 못했어요. 당신은 끝내 내 마음만 흔들어놓고 사라지는군요.'

내 기분을 알 리 없는 남자에게 따가운 눈길을 보내며 이렇게 말하지 못한다. 나는 입을 다문 채 남자의 표정을 살핀다. 남자가 무뚝뚝한 눈으로 나를 바라보며 말을 잇는다.

"당신이 이곳에 있어 준 것만으로도 다행입니다."

"어쨌든 금방 떠날 거잖아요."

"딴 뜻은 없습니다. 당신을 찾기 위해 며칠 동안 헤매고 다녔을 뿐입니다."

"그 말에 내 기분이 좋아질 거란 생각을 하는 건 아니죠? 당신의 위트에 속아 줄만큼 난 당신에게 협조적이지 않을 거고, 어디까지나 나는 당신에게 냉정한 타인일 뿐이니까."

진심으로 바란 말은 아니다. 적어도 남자에게 끌리는 인상을 심어줄 수 없다는 생각에서다. 그것을 일일이 남자에게 허락받거나 설명하고 싶은 마음도 없다. 그런 내 기분을 알 리 없는 남자에게 자조적인 표정을 보여줄 생각도 없다. 내가 던진 말에 통증을 느끼는지 남자가 소리를 높인다.

"이 모든 일이 당신이기 때문에 가능한 것을 나더러 어쩌란 말입니까?"

테너의 질감. 남자의 고음에 적잖이 놀란다. 남자의 숨소리가 귓속으로 날아든다. 귓속이 뜨거워진다. 남자와 함께 천정을 보고 나란히 눕고 싶다는 생각을 한다. 약간 어두운 곳이면 좋을 듯싶다. 자전거 페달 밟는 소리와 하교 길 아이들의 재잘대는 소리도 아무렇지 않은 곳. 그곳이 다소 부적합한 장소일지라도 간결한 말소리에 섞여 잠시 현실 이편의 것들을 잊고 싶은 충동을 느낀다. 남녀가 함께 누워 있는 게 꼭 완강하고 생생한 제스처를 의미하는 건 아니지 않은가. 위험천만한 상상을 하며 나는 거칠게 내뱉는다.

"나는 당신이 말하는 확률적 우연에 관한 마인드를 가지고 만날 수 있는 그런 대상이 아니에요."

"그것을 아는 당신과, 그것을 말하는 나와의 우연적 확률은 희박해서가 아니라, 절박해서 안타까운 것뿐입니다."

"그렇다고 당신과 절박한 감정을 나누고 싶은 마음은 조금도 없어요."

그렇게 말해놓고 나는 숨을 돌린다. 무언가 급작스럽고 냉랭하다. 사실 이런 식의 밑도 끝도 없는 대화를 좋아하지 않는다. 무언가 시작되었다면 끝내야하는 시점도 있는 것이다. 남자가 내 눈빛을 맞받으며 낮게 말한다. 여전히 테너의 질감으로.

"시간이 지나면 반드시 변하는 것도 있지만, 그렇지 않은 것도 있다는 이야깁니다. 내게 당신은 불모의 개척지이며, 세상의 끝이라는 겁니다."

세상의 끝.

한쪽 이마가 얼얼해진다. 남자의 눈을 바라보며 나는 안도한다. 남자가 침묵하는 동안 숨이 차오른다. 태국을 지나 네팔로, 네팔에서 티벳으로, 티벳에서 히말라야로. 지난번 레스토랑에서도 남자는 세상을 등지는 암시를 보냈다. 그날 남자는 곤혹스러울 정도로 차가웠다.

남자가 무뚝뚝한 눈으로 말한다.

"이곳은 해가 지면 곤란한 곳입니다. 곧 소나기도 내릴 겁니다."

그러고 보니 주위에 사람이라곤 나와 남자뿐이다. 머릿속이 아득해진다. 순순히 사그라들 것 같지 않던 사위가 어느새 어둑해진다. 남자가 나타나면서 다른 세계에 빠진 듯 이곳이 낯설다. 나무와 바위와 구릉들조차 낯선 색조로 물들어 내게서 멀어진다. 남자를 따라 걷자 곧바로 비가 내린다. 차츰 거세어지는 빗줄기는 소나기로 바뀐다. 나무 아래에서 빗줄기를 바라보며 침묵한다. 우리라는 말, 이런 때 사용해도 무방하지 싶다. 우리만 남겨두고 사람들은 죄다 어디로 사라진 것일까.

시간의 황량함

　수숫대 사이로 드러누운 캄캄한 저녁.
　낯선 이방인들의 우렁우렁한 목소리가 나와 이웃의 경계를 허문다. 저녁식사를 마친 후 경비견이 보초를 서고 있는 통나무 숙소로 돌아온다. 잠자리만한 모기떼의 무차별적인 침공을 막기 위해 모기장을 내린다. 푹신한 침대에 드러누워 TV 리모컨을 누른다. 내셔널지오그래픽 채널에 맞춘다. 인류화석에 관한 다큐멘터리가 방영 중이다. 히말라야에서 발견된 화석은 얼음 속에 잠겨 있다. 호모 사피엔스 이후 가장 낭만적으로 생긴 인류라고, 호주 출신 영화배우 샘 닐은 말한다.
　화석인류는 알몸으로 유리관 속에 누워 있다. 남자의 성징을 보인다. 수정처럼 맑은 유리관 속에 들어가 영원히 썩지 않는 사실이 믿기지 않는다. 옷이 될 만한 것이라곤 하나도 걸치지 않은 데도 보존 상태가 깨끗하다. 피부 위로 드러난 선명한 핏줄이 마치 살아있는 것처럼 보인다. 다부진 골격이 당시 인류의 삶을 짐작하게 한다. 청년도 중년도 아닌 애매한 골격이 무명 배우 남자와 닮아 있다. 목덜미에 생긴 두 개의 치명적인 상처는 화석인류의 직접적인 사인을 말해준다. 늘 그렇듯 최후의 순간엔 무언가 극에 달함을 말하려는지 인류의 성기는 꼿꼿이 발기된 채 천정을 가리킨다. 어떤 자세보다 단순하면서도 간결한 자세가 야자수 앞에서 석양을 바라보며 숨을 죽이던 남자를 떠올리게 한다. 리모컨을 눌러 TV를 끈다.

 침대에 길게 드러누워 남자를 생각한다. 비밀스러울 것 없는 남자를 생각하면서 희에게 죄의식을 느껴야하는 이유를 찾지 못한다. 세상을 살다보면 명료한 답변을 해야 하고, 강인한 인상을 심어주어야 하며, 증명하는 것이 달갑지 않을 때가 있다. 가령 책상 서랍이 잡동사니로 가득하다고 해서 그것을 무질서라고 단정할 수는 없는 것과 마찬가지다.

 인생이, 뜻하지 않은 방향에서 시작되어 알 수 없는 곳으로 떠밀려가는 사례를 허다하게 보아왔다. 그것을 일일이 설명하는 일은 피곤하다. 사람들 사이 교감 역시 질서와 무질서의 연속이지 싶다.

방콕으로 떠나기 한 달 전쯤 희와 선본 남자를 만났다. 친구와 선봐서 깨진 남자를 무엇 때문에 만났는지, 그 부분에 대한 기억은 분분하고 희미하다. 만나지 않으면 안 될 중요한 이유가 있었던 건 아니다. 남자에 대해, 어떤 사람인지, 전공과 취미 따위의 사소한 것들에 대해 머리카락이 빠지지 않을 만큼 고민했던 것 같다.
　궁금한 것을 못 참을 정도로 급하지 않은 내가, 그런 결정을 내리기에는 이유가 있지 싶다. 그날, 남자는 간단한 목례를 하고 희의 안부를 물었다. 촬영장으로 불쑥 찾아온 나를 조금도 이상하게 바라보지 않는 게 이상할 정도로 남자는 내게 친절했다. 오히려 내가 찾아오리라는 걸 알고 있던 듯 나를 당혹스럽게 했다. 희에게 미안한 마음이 들었으나 부담은 느끼지 않았다. 내게도 살아가는 데 필요한 최소한의 예의와 죄의식이 있다는 생각을 그때 했던 것 같다.
　남자 앞에 태연할 수 있다는 게 처음엔 덤덤하고 아무렇지 않았다. 남자가 사무적인 태도로 용무를 묻지 않은 것에 안도하기도 했다. 희와 만난 지 일주일 만에 어떻게 끝이 났는지 우물거리면서 묻지 않은 내게 남자는 불편한 눈빛도 보내지 않았다. 세상의 번잡을 다 아는 듯 남자의 태도는 조금 서늘했지만, 나는 그마저 드러내지 않았다.
　남자를 본 순간 나만큼 그를 좋아하게 될 사람은 없을 거라고 단정 지었다. 게다가 희에 대해 한마디도 입에 올리지 않음으로써 남자에 대한 나의 감정이나 예감을 기정사실로 받아들였다. 그것을 알아차리지 못한 남자가 문제라면 문제였다. 어쩌면 남자가 뛰어나게 머리가 좋은 사람 같지 않은 것이 오히려 나를 안도하게 했는지 모른다.

그때 남자가 조용히 물었다.

"당신 이름이 뭐지?"

서른 조금 넘었을 나이. 그때 남자는 반말이었다. 남자의 반말이 불쾌했다면 찾아가지 않았어야 할 이유를 찾는 게 더 빨라 보였다. 남자의 반말 따위가 쉽지 않은 자리를 무르고 싶을 정도로 이례적인 것도 아니었다. 오히려 남자의 어투에서 묻어나는 데데함 때문에 나는 평생을 두고 후회할 일은 절대 만들지 않겠다고 다짐했던 것 같다. 엉겁결에 대답하고서야 남자에게 끌리고 있다는 것을 알아차렸다.

"희원이에요, 정,희,원."

내 이름이 짧고 단순한 것도 그때 알았다. 내 이름에 담긴 정밀하고 압축적인 이미지는 어디다 버렸는지 모르지만, 그때 내 이름이 조금 촌스럽다고 생각했다.

내 이름에 전혀 어울리지 않는 화려한 톤으로 남자가 대꾸했다.

"감격적인 이름이군."

남자의 음성에서 머릿속이 뜨거워지는 기분을 느꼈다. 햇빛 희曦에 강이름 원洹자가 합쳐진 내 이름은 잔잔한 강기슭을 오르는 연어를 떠올리게 한다. 붉은 연어 등짝 위로 따사롭게 내리쬐는 부드러운 햇볕도 한줌 만져지는 이름이다.

이름에 담긴 정밀한 이미지를 떠올린 후에서야 나는 남자의 말에 발끈해서 대들었던 모양이다.

"당신이 좋아할 만한 이름이 될지도 모르죠. 근데 왜 반말이죠? 몇 번이나 봤다고……."

"기분 상했나 보군?"

"당연하지 않겠어요."

"어차피 당신이 자처한 일이니 끝까지 가보도록 하지."

"그러지요, 꾸어다놓은 보릿자루씨."

남자가 바람 빠지는 소리를 내며 가볍게 웃었다. 보릿자루란 말이 싫지만은 않은 모양이었다. 그 이상 값진 인상을 심어주지 못한 것은 전적으로 남자 잘못이지 내 탓이 아니라고, 우길 태세를 갖추며 나는 남자를 노려봤다. 남자의 눈 속에서 낯선 여인이 나를 노려보는 통에 나는 조금 놀라긴 했다. 그 여인이 나 자신일 거라는 뻔한 생각조차 하지 못한 나는 거의 노골적으로 남자를 바라봤다.

"당신 눈 속에 내가 보이는군."

남자가 말하고서야 남자의 눈 속에 비친 여자가 나 자신이라는 것을 알아차렸다. 사람과 사람의 관계를 정의 내릴 수 없는 순간이 있다면 바로 그때였다. 설명할 수 없는 일을 오래 가져 갈 마음은 없었다. 미묘한 상황을 어렵게 생각할 마음도 없었다. 다만 남자가 끌어당기는 힘만은 어찌할 수 없었다. 그것은 일종의 느낌이거나 제스처였다.
 뒤이어 남자는 아주 먼 옛날 사람처럼 말했다.
 "오늘밤 나는 미토콘드리아 이브의 오천만 세대 저편의 처녀와 조우한다. 구천구백억 분의 일에 해당하는 확률적 필연을 가지고……. 당신과 만나는 일이 이렇게 어려울 줄 몰랐어."
 남자의 말에서 친구들과 나누던 한심하기 그지없는 수다가 아니라, 까마득한 태고의 소리가 들려왔다. 세상 어디에도 없던 바람이 한 순간에 몰아쳐오는 거센 파장이기도 했다. 숨소리를 죽이며 남자를 바라봤다. 이윽고 숨을 깊이 들이 킨 후 물었다.
 "당신과 앉아 있는 게 구천구백억 분의 일의 확률에 해당하는 우연이란 말인가요?"
 구천구백억 분의 일에 대한 확률은 손에 잡히지 않았다. 눈에 보이지도 않았다. 로또 당첨 확률보다 더 낮은 확률이었다. 있으나 마나한 확률은 차라리 없는 것이 낫지 않을까요, 라고 나는 말하지 못했다. 그 순간 나는 자궁과 허파 속에서 출렁이는 오래된 유전자의 항해를 돌아보느라 거의 숨을 쉴 수 없었다.

남자는 끝까지 자신의 확률을 고수하기 위해 눈에 힘을 주었다. 목소리에서 테너의 질감이 흘러 나왔다.

"살아가는 동안 모든 우연은 필연이 가져다주는 극소의 확률에 불과하지. 우연이라고 믿는 것부터가 필연의 선상에서 돌이키는 편견일 뿐이야."

사람 대 사람의 소통이 언어만 가지고는 불편함을 느끼게 만드는 사람. 어려운 상황을 어렵게 말하는 남자의 말투가 왠지 청량하게 들려온 것은 말하고 싶지 않다. 남자의 말에서 나는 핵세포 분열 이후 가장 극명한 유전자의 행로를 짐작할 뿐이다. 디옥시리보오스 핵산 조각이 먼 태고로 밀려나가는 것을 바라보는 것도 그때는 황망했다.

남자의 눈빛이 무엇을 말하든 나는 곧이곧대로 알아듣지 않기 위해 눈과 콧구멍에다 힘을 주었다. 막상 남자의 말에 대꾸하려다보니 정작 내 유전자의 출처에 대한 궁금증을 해소하는 게 중요한 것이 아니라, 하필 꾸어다놓은 보릿자루 같은 남자와 레스토랑에 앉아 값비싼 와인을 홀짝거리며 이런 한심한 이야기를 나누고 있는가, 하는 나 자신에 대한 환멸과 한심스러움이었다. 그것을 견디고 있는 나 자신의 미덥지 못한 생각 때문에 나는 숨을 참아가며 남자에게 말대꾸를 했다.

"혹시 내가 살아온 과거를 들추거나 내 인생을 쥐고 흔들 음모를 꾸미는 이야기라면 그만두면 안 될까요? 나는 내 인생 전부를 콤플렉스로 여기고 있거든요."

말해놓고 보니 조금 야박한 생각이 들기도 했다. 사실 보잘 것 없는 과거에 관한 이야기라면 순순히 말해주지 않을 거라는 생각과 함께, 인생의 오류나 허점 따위를 떠올리며 이 시간을 견디는 게 전부가 아님을 남자의 팔뚝에 이빨자국을 남기며 알리고 싶었다.

내 기분을 알 리 없는 남자가 젖은 목소리로 말했다.

"당신의 유전자와 나의 유전자가 만날 수 있는 확률적이면서도 통상적인 이야기일 뿐이야."

"어쨌거나 암컷 호모 사피엔스 이전의 세포덩어리를 내 어머니의 어머니, 그 어머니의 할머니의 할머니, 더 아득한 할머니의 할머니로 단정하기엔 우리의 줄기세포 과학이 영영 가망 없어진 것 아닌가요?"

"누구의 것이든 유전자는 속이지 않아."

남자의 느려터진 말에, 나는 벌컥 목소리를 높였다.

"당신에게 내 디엔에이 출처를 부탁하려고 지금 여기 앉아 있는 게 아니잖아요."

불손한 태도에도 남자는 당황하지 않고 찬찬히 나를 바라봤다. 남자의 시선은 차갑지도 따사롭지도 않았는데, 눈 속에 비친 내 모습이 조금은 처량했다.

　나를 사로잡게 될 줄 몰랐던 이 남자, 거기다 아주 먼 옛날 사람처럼 말할 수 있는 남자가 가까이 있다는 것에 나는 잠시잠깐 행복했다. 평범하지 않다는 것은 굳이 말하지 않아도 비범할 수 있다는 증거이다. 내 심정을 아는지 모르는지 남자가 더 낮은 음성으로 말을 이어갔다.

　"사람 사이의 일은 번민과 고뇌의 기나긴 사유가 없이도 어느 순간에 결정될 수 있어. 그것이 우리의 삶을 견디게 하는 한 가닥 희망이 될지 모르지."

　남자의 말에 나는 바늘구멍보다 작은 세월의 구멍을 들여다봐야했다. 까마득히 먼 기어이 풍경 속에다 버려두고 온 블랙홀의 이미지 같은 것. 어쩌면 빛깔마저 바랜 검푸른 구멍에서, 기억의 저수지를 힘겹게 건너오는 뱃사공의 환영을 봤는지 모른다.

　나는 무심결에 남자의 말에 고개를 끄덕였다.

　"하지만 나는 인생을 오래 살아온 것도 아니고, 그렇다고 다 산 것도 아니에요."

　"아직 다 살아보지 않은 인생이 더 무서운 법이지. 당신, 정말 누구를 닮았어."

　"그가 누구죠?"

"그건 별로 중요하지 않아. 당신과 나, 지금 이렇게 이야기를 나눌 수 있다는 건 분명 행운이야."

"사람과 사람 사이의 관계가 우연, 혹은 필연적 요소가 필요한 건 아니잖아요."

"극소의 우연과 우연 사이에서 당신과 나는 한줄기로 이어져 있어. 그 극간의 이유를 설명하기 위해 지금 나는 당신의 인연을 이야기 하고 있어."

나와 남자의 인연이 의외일 수 있다는 생각을 했던 것 같다. 남자의 말에 탐탁찮게 반응을 하고서야 나는 의외의 인연을 사실로 받아들였다. 그때 내가 할 수 있는 말은 고작 이것뿐이었다.

"그것이 미토콘드리아 시대를 거슬러 올라가 당신과 나의 유전자적 근원을 이야기 할 정도로 중요한가요?"

분자 생물학적 마이크로 세계에 함몰된 나노의 풍경 속에, 남자와 나는 어떤 기호로 연결되어 되어 있는지 알 수 없다. 이미 세상에서 지워진 DNA 지도를 찾아 그것을 그리고 규명하는 일은 단순한 말로써 추론할 일도 아니다. 그 시간 나와 결부된 운명적인 요소가 지나가고 있다는 섬뜩한 생각이 들었고, 빨아들일 듯이 나를 바라보는 남자의 눈빛을 나는 어려워했다.

어쩌면 내가 알지 못하는 인생의 중요한 사건이었을지 모르는 일에 대해, 정말 아무 것도 떠오르지 않는 일에 대해, 남자는 얼마나 많이 알고 있는지 나는 의심하지 않았다. 남자 말대로 순간은 사람의 일을 결정짓는 중요한 요소가 될지 몰랐다. 남자대 여자의 운명은 때로 양은냄비를 밟아 찌그러뜨린 것처럼 아주 사소한 일로 시작되지 않던가.

신전에서

 낮은 바람에 창문 삐꺽거리는 소리가 들린다. 낯선 땅에도 아침이 밝아온다. 햇살의 주름들이 땅에 내려앉는다. 엷은 베이지색 커튼 사이로 펼쳐진 하늘은 파랗게 물들어 있다. 간밤에 내린 소나기는 없던 듯 바람마저 선하게 불어온다.
 숙소를 나와 남자가 기다리기로 한 곳에 도착한다. 주위를 돌아보며 남자를 찾는다. 거대한 대리석 암반 사이로 남자가 보인다. 남자는 테가 넓은 정글모자에 헐렁한 남방과 무릎까지 내려온 반바지 차림으로 서 있다. 어울리지 않는 짙은 썬글라스를 굳이 써야 하는지, 묻지 않는다. 참 촌스러운 것 같기도 하고, 달리 보면 다리 긴 유랑자처럼 보인다.
 사람들은 무의식을 내면을 떠도는 세계로만 인식하지만, 우리 가까이 항상 새로운 전조를 형성하고 있는 게 무의식이다. 나는 어느 면에선가 남자의 무의식을 본 것 같다. 자세히 설명할 수는 없지만, 그것은 뜻하지 않은 상황에서 조심스럽게 다가와 나를 흔들어놓는다. 어쩌면 이번 여행도 무의식의 본성과 무관하지 않은 듯하다. 단지 예감만 가지고 시작한 여행이 아니므로, 학과 조교에게 말하지 않은 최소한의 명분은 있을 것이다. 그게 무어가 됐든.

아침부터 남자는 어두운 얼굴이다. 남자가 말한다.

"타인에 대해 부정적인 면만을 들추어내는 것을 안티라고 하지만, 그 부정성으로 인해 타인이 발견하지 못한 진지함이나 아름다움도 긍정되는 것 아닐까요?"

힘이 배어들지 않는 남자의 음성에서 카카오 향이 떠돈다. 나는 남자를 똑바로 바라보며 한숨을 내쉰다.

"그때 당신에게 안티라고 말한 건 실수였어요. 그것 때문에 나를 실수투성이로 보는 건 아니죠?"

"중요한 건 그 뒤부터 기분 나쁠 정도로 당신이 나를 흡수하고 있다는 겁니다. 결국 당신을 만나기 위해 인천에서 이곳까지 날아오고 말았지만 말입니다."

멀미하듯 불안한 얼굴이다. 알 수 없는 남자. 썬글라스 너머 다크 써클을 하고 나를 바라보는 건 아닌지 걱정이다. 그런 눈빛으로 바라보면 어쩌란 말인가.

나는 남자에게 진심이냐고 묻지 못하고 말을 돌린다.

"여기까지 날아오는데 얼마나 걸린다고 그러세요? 내가 와 달라고 부탁한 것도 아니고……. 연어처럼 헤엄쳐 오거나 도보 여행자처럼 걸어왔으면 모를까?"

"어쨌거나 당신을 찾는 일은 무척 힘겨웠습니다."

남자가 정말 피곤한 사람처럼 말한다. 발바닥에 잡힌 물집을 얼굴까지 치켜 올려가며 들이대지 않은 게 다행이다. 아무리 쳐다봐도 이 남자에게서 나를 찾으려 애쓴 흔적이 보이지 않는다. 나는 눈을 동그랗게 뜨고는 바락 대들지 못한다.

"우리는 한 달 전 레스토랑에서 만났고, 그 다음날 아무 이유 없이 전화 통화까지 했어요. 그거면 된 것 아닌가요?"

"당신과 통화하고 얼마나 후회했는지 알아요? 할 일이 산더미 같아서 만날 수 없다고 말한 사람이 누굽니까? 그리고선 정확히 한달 후 당신은 아무 말 없이 여행을 떠났습니다."

남자가 하도 진지하게 말하는 통에, 나 아닌 다른 사람이 더 있는 기분이다. 나는 남자의 말에 단순하게 대꾸한다.

"그래서 뭐 어쨌다고요? 내가 당신한테 아무 말하지 않고 이곳으로 온들 화낼 이유는 없는 것 아닌가요? 어차피 이곳은 지나쳐갈 길이라면서……."

남자가 웃는다. 남자가 웃자 이번 여행이 얼마나 평화롭고 풍요로운지 알게 된다. 남자의 표정이 도무지 거짓말이라고 말할 수 없는 것에 조금은 어이가 없다. 나로서는 남자의 아둔함을 탓하는 것 말고는 달리 눈에 힘줄 일이 없다.

남자가 굳은 얼굴을 풀고 낮은 톤으로 말한다.

"자유로울 수 있는 존재야말로 삶을 호전적으로 사는 게 아닐까 싶어요?"

남자가 함축적인 눈길로 먼 바다를 바라본다. 빌렌도르프의 비너스를 깎던 젊은 원주민의 표정이 저랬을까. 남자의 호전성에 끌린다. 머릿속은 미세한 선들이 그어진다. 남자의 미간이 깊어지는 시간, 남자의 중요성과 남자로부터의 나의 중요성을 생각한다. 특별하지 않은 생각은 늘 거기서 거기다. 특별한 생각도 늘 거기서 끝을 맺는다.

남자의 눈빛을 받으며 나는 잠긴 목소리로 말한다.

"모두로부터 떠나오는 것부터가 자유가 아닐까요? 그 자유, 죄짓는 기분이 들면 안 되는 거잖아요."

남자가 내 속을 다 아는 듯 어두운 표정으로 나를 바라본다. 낮은 테너의 질감이 밀려온다.

"죄와 벌을 판관하는 여신 테미스는 눈을 가리고 있습니다. 눈감은 자의 절대성, 눈을 가린 채 누군가 지은 죄를 판단하겠다는 뜻이 담겨 있습니다. 하지만 신의 냉혹함은 때로 인간적인 관점을 벗어날 수 있다는 겁니다. 죄와 벌의 기준, 돌과 머리칼의 무게는 누가 봐도 명백하지만, 신의 시각에선 충분히 왜곡될 수 있지 않을까요?"

차갑고 미묘하게 들려온다. 지지 않기 위해 목에 힘을 주고 대꾸한다.

"중요한 것은 의식과 무의식을 가르는 치밀하게 계산된 어떤 정점에 있지 않을까요? 의식도 무의식도 인지되지 않는, 간혹 삶을 주눅 들게 하는 것이 있다면 그것 역시 무의식 세계가 가져다주는 서늘함이지 않겠어요?"

남자가 내 말을 알아들었는지 용케 고개를 끄덕인다. 남자의 입에서 삭지 않은 코코아 향이 밀려온다. 무엇을 알고 그러는지 알 수 없도록 만드는 힘, 남자에게서 느껴진다.

"나의 존재가 당신 앞에 마땅한가를 생각합니다. 그것 하나만이라도 끝까지 가져 갈 수 있으면 됩니다."

남자의 말에 나는 절박한 심정으로 대답한다.

"난 당신에 대해 아무 것도 몰라요. 대체 내게 뭘 원해서 이러는 지도……."

내 목소리가 다소 거칠어진다. 오목 가슴이 두근거려오고, 목 관절 정맥이 부풀어 오르는 기분을 느낀다. 남자의 얼굴이 햇살을 받아 부드러운 윤곽을 드러낸다. 햇볕 한줌이 남자의 이마에서 증발한다. 남자가 들릴 듯 말 듯 낮게 속삭인다.

"멀리하려 하지 않아도 당신과 나는 곧 헤어지게 됩니다. 그 동안만이라도 편안한 시간을 갖고 싶습니다. 당신만의 관능과 기호만으로 나는 충분합니다."

남자의 말에 나의 이상은 관념으로 새겨든다. 남자의 표정에서 죽음과 연관된 서늘한 기운을 느낄 때, 언젠가 다가올 선험적 체험에 관한 생각을 해본 적이 없다. 우울한 감정의 기복에서 남자는 슬픔을 인내하는 모양이다.

난간 없는 계단을 딛고 선 남자의 직립이 불편해 보인다. 남자에게 다가서는 내가 조급한 걸까. 이 순간 내가 할 수 있는 일이란 남자의 등판을 감싸는 것뿐이다. 남자의 입술이 이마에 와서 부딪힌다. 놀라울 만큼 차가움이 느껴진다. 밤 사이 낯선 이국땅에서 이마가 시리도록 걸어온 듯 남자의 체온은 뚝 떨어져 있다.

세상을 바라보기 위해 혹은 남자를 이해하기 위해 이러한 자세가 필요한 것은 아닐 것이다. 남자와 나 사이에 이보다 더 편안한 자세가 없다는 것을 안다. 남자의 등 뒤로 가물거리는 안티코로나를 바라보며 오래 전 이곳에 서 있던 환영을 건져 올린다. 목이 메어오고, 꿈결 같은 연민이 밀려온다. 바다 위에선 눈부신 빛의 치어들이 뛰어오른다.

남자가 나직이 속삭인다.

"당신과 나, 저 아득히 먼 날에 하나의 줄로 닿아 있습니다. 볼 수 없는 전생에서든, 구천구백 억 분의 일의 확률이든, 당신을 오래 기억하고 싶습니다."

남자와 나는 어디쯤 닿아 있을까. 어쩌다 생면부지의 남자에게 나는 눈이 멀게 되었는가를 생각한다. 체온 없이 휘청거리는 남자를 바라본다. 바위에 새겨진 듯 굳은 표정이 나를 어렵게 한다. 누군가의 태몽에서 떨어지던 과일처럼 남자의 눈빛이 내 가슴에 무거운 소리를 남긴다. 나는 신음한다.

까마득히 지나온 생을 어루만진다고 해서 그것이 되돌아오지 않으리란 것을 아는 내가, 지금 이 순간 할 수 있는 일은 없다. 남자가 우울한 얼굴로 웃는다. 알 수 없는 물기가 남자의 눈에 고여 있다. 체념이란 저런 눈빛을 하고 타인을 바라보는 것인지 모른다. 남자의 등판을 감싼 손에다 힘을 준다.

남자의 목소리에 젖어드는 나를 나는 이해시키지 못한다. 이해시킬 수 없는 나를 남자에게 이해받고 싶은 마음도 없다. 그런 남자와 함께 꿈인지 생시인지 알 수 없는 모호한 시간을 지난다. 보이지 않는 남자와 나의 인연은 우연과 필연의 경계를 허물고 사라진다.

시간이 사라진 시간 속에 우리는 서 있다. 그러고 보니 이 남자 다분히 신파적이다. 어쩌자고 인생을 영화처럼 살아가는 걸까. 적어도 나는 신파를 꿈꾼 적이 없다. 냉정하면서도 발랄한 인생을 원한다. 모호한 것은 질색이다. 구체적이며 사실적인 대화를 좋아한다. 함축적인 스토리텔링보다 정연한 설명을 의심하지 않는다. 더러 남자의 신파가 귀에 거슬린다고 해서 나를 부정하는 일은 없다.

풀죽은 남자의 귀에 대고 나직이 말한다.

"내 인생은 내 것일 뿐 당신하고 아무 상관없지 않겠어요. 그것보다 이 낯선 땅에서 나를 찾아 헤맨 당신을 이해할 수 없어요. 간밤에 난 한숨도 잘 수 없었다구요."

남자가 다시 우울한 표정을 떠올린다. 인연에 관한 불확실성의 원인을 남자에게 전가시키지 못한 내가 할 수 있는 일은 없다. 남자의 표정 뒤에 감추어진 굳은 얼굴을 아직 읽을 수 없다.

해가 중천을 타고 넘어선다. 크라비의 햇살이 금빛으로 물든다. 지붕들이 줄지어 금빛을 튕겨낸다. 고흐의 캔버스에 흐르던 영롱함과 다르지 않은 빛깔이다. 자기만의 색채로 남은 이국의 화가는 무엇을 꿈꾸었을까. 붓 자국이 금빛으로 물들 때, 수많은 염세주의자들은 세상을 돌아보았을 것이고, 고흐는 자신을 겨냥해 피스톨을 장전하였을 것이다.

남자가 공허한 메아리를 남긴다.

"누구든 이유 없이 이러지는 않습니다. 당신의 생에 관한 것입니다. 그리고 그것은 내 인생이기도 합니다. 인생에 대한 모두를 보여주지 않았어도 이미 당신은 스스로의 인생을 몇 편의 논문에서 보여주었습니다."

오목 가슴이 못에 찔린 듯 아파온다. 절박한 심정이란 어느 순간 가슴을 에이는 아픔과 함께 찾아오는 법이다. 남자가 무슨 흉계라도 꾸미고 있는 것은 아닌지. 분명하게 알지 않으면 안 될 중요한 무언가가 감지된다. 이런 남자는 처음이다.

별로 돌아다니지 않은 것 같은데 하루가 시든다. 붉은 노을 속으로 크라비의 풍경이 저문다. 정말 피곤한 하루다.

떠도는 향

베아트리체 달.

아늑한 카페다. 영화 〈베티 블루〉의 주인공 이름을 따왔다. 한쪽 벽면에는 대형 포스터가 걸려 있다. 전체적으로 우울한 포스가 느껴진다. 포스터의 베아트리체 달은 우물 같은 눈매를 보인다. 입술을 모으고 두 손으로 턱을 괴고 앉아 어느 곳을 하염없이 응시한다. 예측할 수 없는 눈빛이 인상적이다.

베넥스 감독은 '37.2 Degrees Morning'라는 부제를 걸었다. '37.2'가 가리키는 숫자개념이 낯설다. 남부 프랑스 휴양지 낮 기온이지 싶다. 어쩌면 남녀가 만났을 때 가장 이상적인 체온을 의미할지도 모른다. 희가 말한 완강하고 생생한 경험이 없는 나로서는 쉽게 공감할 수 없는 숫자다.

좋은 에스프레소가 기대되는 까페이긴 하다. 남자가 손짓하자 젊은 바텐더가 메뉴판을 건넨다. 남자에게 '37.2'라는 숫자가 무엇을 뜻하는지 물어보려다 그만둔다. 남자가 내 무지에 대해 파격의 눈빛을 보내면 그것만큼 겁나는 것도 없다.

한때 영화배우가 되기 위해 많은 노력을 기울였다는 남자의 이야기는 신뢰감을 준다. 영화에 관한 이야기를 할 때면 옆에서 누가 실려 나가도 모를 정도로 적극적인 것에 조금은 끌린다.

남자는 나보다 '베아트리체 달'을 신뢰하는 모양이다. 감각적이면서도 강렬한 외모의 베아트리체는 내가 봐도 아름답다. 그러니 이 남자가 얼마나 애태우고 있는지 안 봐도 뻔하다. 그런 남자가 나의 무지를 알게 되면 얼마만큼 노골적인 눈으로 경멸할지 눈에 선하다. 가끔 남자의 파격적인 눈매가 주는 이상한 기분을 두려워하면서도 즐긴다. 남자가 내 마음을 알 리 없기 때문에 유리한 고지에 서서 나는 그 모두를 바라본다. 가끔, 아주 드물게, 남자를 응시하는 눈빛이 사실적이고도 만족스러울 때.

바텐더가 가져온 뜨거운 에스프레소를 입에 댄다. 입 안에서 얼마간 식은 커피는 식도를 타고 내려간다. 냅킨으로 입가에 묻은 커피를 닦아낸다.

나는 남자의 잔잔한 눈빛을 바라보며 묻는다. 목소리가 조금 부어 있다.

"까베르네쇼비뇽 한 잔 어때요?"

내 말에 남자의 표정이 복잡해진다. 까베르네쇼비뇽은 잘 익은 블랙베리에 자두와 허브향을 가미한 칠레산 와인이다. 블랙체리와 나무딸기 맛이 나고, 여기에 담배맛을 더한 맛이 특징이다. 게다가 멜롯종을 15% 가량 섞어 그 조화가 무슨 천상의 와인 맛을 자랑한다는데, 나는 전혀 그런 맛을 느낀 적이 없다.
　남자가 눈에 힘을 주며 바라본다. 노려보는 것에 가깝지만, 나는 만족감을 느낀다. 눈빛도 예상한 대로 강렬하다. 네발 달린 짐승은 저런 눈빛을 보내지 않는다. 그가 두 발 달린 짐승이기 때문에 가능한 눈빛이라고는 말하지 싶지 않다. 여자에게 지는 것을 죽기보다 싫어하는 남자들의 권위와 무관한 이 남자만의 파격이지 싶다.
　남자가 바텐더에게 와인을 주문한다. 바텐더가 의외의 표정을 짓는다. 와인이 준비되어 있지 않은 암시를 바텐더는 저런 식으로 하는 모양이다. 남자의 눈빛이 약간 겸손해진 느낌이다.
　"어쩌죠? 안티구아스 레세르바스 까베르네쇼비뇽과 멜롯 레세르바가 있다고 말하는데, 같은 칠레산이랍니다."
　이름만 거창하게 길어빠졌지, 그 맛이 그 맛이다. 나는 베아트리체 달처럼 입술을 동그랗게 모으고는 남자의 눈빛을 맞받는다.

"그럼 멜롯 레세르바, 그거라도 마셔요."

남자가 와인을 주문한다. 저녁나절 전체적으로 푸른 포스가 지배하는 이층 카페에서, 누가 업어 가도 모를 정도로만 마시지 않는다면 와인 정도는 좋을 것 같다.

잠시 후 얼음을 잰 메탈 용기에 담아낸 칠레산 와인은 귀족을 위한 술로 보인다. 파카 글라스 잔 두 개와 얼마나 얇은지 종이 같은 푸른 크리스털 접시에 치즈와 햄 조각으로 모양을 낸 앙증맞은 안주도 마음에 든다. 바텐더가 접시를 내려놓고는 금박 알루미늄 자켓을 벗긴 후 코르크마개를 뽑는다. 맑은 퉁소 소리를 내며 코르크마개가 병목에서 빠져 나온다.

나는 글라스의 가늘어빠진 목 부분을 검지와 장지 사이에 끼고 가볍게 치켜든다. 남자가 소리 나지 않게 와인을 붓는다. 금세 손가락 사이가 차가워진다. 글라스를 가볍게 돌린 후 입가에 댄다. 향이 은은하고 좋은 것이 중국산 와인과는 완전 다르다.

나머지 빈 잔에 와인을 부어 남자에게 건넨다. 남자와 술을 마실 땐 친절한 것보다 정직한 것을 선호하는 편이다. 남자가 한층 순박한 눈빛으로 잔을 받는다. 잔을 부딪치며 남자가 말한다.

"사실 나는 영화배우보다는 바리스타가 되고 싶었습니다."

"영화우가 어때서요. 그 정도 개성 있는 얼굴이면 대개 좋아할 것 같은데……."
"영화는 얼굴로 하는 게 아니니까……."
마땅히 갈 데가 없어 들어오기는 했지만 지금 하는 짓이 잘하는 건지 알 수가 없다. 결코 요령 있다고는 볼 수 없겠지만, 불필요한 제스처 같지는 않아 보인다.
석 잔째 와인을 들이킨다. 남자는 아직 한 잔을 비우지 못한다. 남자에게 와인을 권하며 조용히 묻는다.
"와인을 좋아하지 않는가 보죠?"
"술보다는 커피가 좋습니다. 커피는 감동이지만, 술은 감정으로 마시니까요."
"술은 나도 잘 몰라요. 하지만 바리스타도 아무나 할 수 있는 직업은 아니지 않겠어요?"
"술과 커피의 차이를 안다면 바리스타로서 절반의 자질을 깆춘 거라고 생각하면 됩니다."
어딘가 모르게 뛰어난 적응력을 보이는 남자에게 와인 이상의 향기가 전해온다. 내게 매혹되는 남자보다 나를 성찰하도록 하는 남자가 좋다. 친구 희처럼 무턱대고 커피 맛이 좋다고 말할 이유가 있듯, 내가 느끼는 맛에 솔직할 이유도 있는 것이다. 남자가 잔잔한 웃음을 머금고 나를 바라본다. 남자가 말을 이어간다. 테너의 질감이 머리를 데운다.
"커피는 술보다 예민한 속성을 지녔습니다. 원두를 볶을 때, 불의 정도와 프라이팬의 재질, 시간도 무척 중요합니다. 술은 마실수록 술에서 가까워지지만, 커피는 알면 알수록 새롭고 어려워집니다. 중요한 건 까베르네쇼비뇽이나 멜롯 레세르바가 칠레산 와인인 것처럼 커피도 재배된 자연환경을 고려하지 않고서는 말할 수 없다는 겁니다."

"사람이든 커피든 술이든 태생이 중요하다는 말이군요."

"실례로 안데스 산악에서 재배되는 콜롬비아 커피는 남성적인 맛이 강하고, 아프리카 케냐의 커피는 화사한 여성적인 맛이 특징입니다. 싸한 맛이 곁들여져 있는 과테말라 커피는 그곳의 풍토를 빼닮았습니다."

'빼닮았습니다'라고 말할 때, 남자의 쌍비읍 발음에서 신산한 느낌이 전해온다. 세상을 향한 야유와 적개심은 조금도 보이지 않고 세상 속으로 푸근히 깃드는 순례자의 목소리 같은 느낌이다.

남자의 말에 동의하듯 조금 떨리는 목소리로 대꾸한다.

"커피는 동적인 요소보다 정적인 요소가 강하다는 생각이 들어요. 처음부터 생존의 푸른 욕구가 자기암시적인 향 하나만 가지고 태어나 그것으로 생을 마감하고 말겠다는 비장함 같은 거 말에요. 색깔만 봐도 짐작할 수 없는 그 무엇을 감추고 있거나 가라앉혀 놓은 것 같아요. 그건 정직하지 않은 것이 아니라, 세상 앞에 드러내지 않으려는 완고함 같은 것이겠지만 말예요. 이를테면 출신 성분이랄지, 생장조건에 알맞은 습도, 강수량, 햇볕, 산소비율, 노동자들의 땀과 피…….

'피'에서 말을 멈춘다. 남자의 눈빛이 흔들린다. '피'는 내게 어렵고 낯선 어휘다. '피'라는 단어가 죽음과 직결된 것은 아니지만, 직관적으로 피와 죽음은 동질한 이미지를 남긴다.

내 머릿속에 떠도는 붉은 색조의 이미지를 읽는 남자의 눈빛이 조심스럽다. 내 속을 훤히 들여다보듯, 남자의 표정이 어렵고 낯설다. 되도록 굳은 얼굴을 풀고 남자를 바라본다. 다시 남자의 목소리에서 테너의 음색이 새어나온다.

"커피의 절정은 콜롬비아나 케냐, 과테말라보다 에티오피아에서 찾을 수 있습니다. 진정한 바리스타는 좋은 원두를 찾아 세계 여러 나라로 발품을 아끼지 않죠."

7세기경 칼디라는 에티오피아 목동이 발견한 붉은 열매가 커피의 시초라는 건 대개가 아는 사실이다. 천 년 넘도록 인류와 함께해온 커피의 역사가 남자의 눈과 귀와 눈빛에서 문득 새롭게 밀려온다.

나는 와인에 기대어 비음을 흘린다.

"그렇게 많이 돌아다녔다가 언제 무명에서 벗어날 수 있겠어요?"

"그만큼 시간과 비용을 아끼지 않는 건, 영화와 다른 무언가가 나를 사로잡았기 때문일 겁니다. 에티오피아는 그야말로 커피 원두의 천혜를 입은 곳이었습니다. 그곳의 원두는 기후, 공기, 토양, 이 세 가지 요소의 극적인 조우와 화음으로 탄생한 커피의 귀족이었습니다. 가장 척박하고 낮은 곳에서 그토록 훌륭한 원두를 생산해낼 수 있다는 건 천혜 그 이상이 될지 모릅니다. 세 요소가 맞아 떨어질 때, 금빛 원두의 결정은 바리스타가 꿈꾸는 안성맞춤의 원두라고 생각했습니다."

 남자의 눈에서 알 수 없는 물기가 비친다. 파카 글라스를 든 손가락의 미세한 진동을 감지하며, 나도 모르게 짧은 신음을 흘린다.

 와인을 한 모금 들이 킨 다음 글라스를 내려놓고 두 손으로 턱을 괸다. 말똥거리는 눈으로 남자를 바라본다. 취기가 없는 밝은 목소리로 나는 말한다.

 "멋지네요. 그 정도 안목이라면 좋은 영화배우도 될 것 같은데……."

 아무렇지 않게 던진 말이 남자만의 추억을 불러오는 건 아닌지, 남자의 파격적인 눈빛이 잔잔한 홍분으로 다가온다. 잠시 말을 잃은 남자가 문득 생각난 듯 말을 이어간다.

 "나는 태생이 중요한 배우보다 누구에게나 향기로운 에스프레소 같은 배우를 선호합니다. 세상에서 버려지는 무명배우일지라도, 한순간 불꽃처럼 자신을 던질 수 있는 배우는 몇 명 안 되니까……."

지금까지 얼마나 많은 배우들이 스크린을 데우며 사라져갔는지 나로서는 알 수 없다. 그 중에는 이름을 얻지 못한 무명의 배우도 숱하다. 나는 남자에게 이름이 무엇이냐고, 묻지 못한다. 남자의 눈빛과 목소리에서 이미 이름을 넘어선 배우의 인생을 읽는다. 짙은 눈썹의 떨림과 콧등을 타고 미끄러져 내리는 한 방울의 땀과 입술의 윤곽에서도 무명 배우 그 이상의 것을 감지한다.

한 무더기 관광객이 카페로 들어선다. 한국어가 들려오자 남자가 반사적으로 몸을 일으킨다.

"늦었습니다. 그만 숙소로 돌아갑시다."

남자가 일어선다. 조바심을 느끼지만 나는 남자를 붙잡지 못한다. 살다보면 이런 순간도 있는 것이라고, 나를 위로하지 못한다.

관광객 티를 벗지 못한 동포들을 바라보며 한 숨을 푹 내쉰다. 나와 마찬가지로 인생을 겉돌아 온 사람들 같지는 않다. 이 사람들에게선 남자에게서 풍겨오는 위험한 독소도 느껴지지 않는다. 파격적인 눈매도 읽을 수 없다. 일상의 범주에서 눈을 마주쳐도 누구인지 하나 생각나지 않을, 그저 스쳐가는 주변인에 불과한 사람들이다.

내 생각이지만, 바리스타와 영화배우는 어딘가 어울린다. 카메라 앞에서 언어의 유희를 풀어가는 고도의 퍼포먼스는 바리스타의 모험심과 다르지 않을 것이다. 낯선 커피 원두의 생산지에 발을 딛고는 생의 안타까움을 발견하는 집중력은 영화배우의 열정과 매우 닮아 있다.

  혹시 모를 일이다. 나와 같은 생각을 가지고 스물아홉 살의 한 계절을 이어가는 누군가 또 있을지. 카페를 나온 남자가 말없이 숙소를 향한다. 세상 한곳이 천천히 가라앉는다.

이국의 아침

 눈을 감고 몸을 누인다. 뼛가루 날리는 화장터를 떠올린다. 무수한 안티와 악플에 견디지 못한 배우들의 숙명은, 그 모두 가엽거나 불우해 보인다. 생의 어려움을 죽음으로 건너야 하는 이유야말로, 생의 모순을 모순으로 대처하는 방식이 이 닐까.
 모든 삶은 아득한 저편까지 죽음을 유예해야 하는 것이라고, 삶과 죽음이 겹쳐진 사유의 바다에서 나는 고개를 묻는다. 죽음에 이르는 생을 돌아보는 일은 언제나 어렵고 황망할 뿐이다.
 남자와 방갈로에서 밤늦게까지 술을 마신 기억이 남아 있다. 이야기 중간 중간 남자의 우울한 표정이 겹쳐진다. 대롱을 입에 물고 오래도록 남자를 바라보았던 것 같다. 느린 원충처럼 머리칼을 감아올리던 남자의 손길이 떠오르자 얼굴이 달아오른다. 가물거리는 기억 속에서 내가 헤프게 웃는다. 가뜬함도 끈적거림도 없는 낯선 기분이다.

 밤이 깊어가면서 남자는 줄곧 생애의 흔적을 지운 듯 무덤덤한 표정으로 일관했다. 낯선 사막을 건너 에메랄드빛 새벽 으스름을 뚫고 어느 먼 곳을 다녀온 듯 남자는, 연민에 찬 눈으로 나를 바라봤다. 나의 꿈과 남자의 꿈이 만나는 지점에서 나는 숨이 차오르도록 남자를 갈구한 모양이다.

 모든 인연의 근원마다 겹치는 우연한 그때, 친구 희가 선본 다음다음 날 레스토랑만 데려오지 않았어도, 남자가 꾸어다 놓은 보릿자루처럼 앉아 있지만 않았어도, 죽을 때까지 단 한 번 만나지 않아도 될 남자와 간밤에 아무 일 없이 잠만 잤다는 것에 화가 난다.

 만에 하나 있을 가능성을 가지고 남자와 완강하고 생생한 무엇을 상상해보지만, 생각할수록 우스꽝스럽다. 머릿속을 달구는 풍성한 기분도 없이, 희망이 전제되지 않은 그것은 내내 불편하고 우울해 보인다. 섹스는 기나긴 연민과 인내 끝에 얻어지는 소산이라는, 오래전 희의 조언은 아무런 위안이 되지 못한다.

 계획에 없던 남자의 출현을 가지고 나는 오래 고민하지 않는다. 기념할 것 없는 날들 가운데 남자는 기념하고 싶지 않은 부류 중 하나일 뿐이다. 속옷을 새로 살 이유를 찾지 못하고 여러 날 백화점을 기웃거리던 끝에 단순한 이유로 속옷을 산 것과 같다. 생크림 케이크 따위는 사지 않아도 되고, 샴페인도 준비할 이유가 없는 남자의 깔끔한 성격에 마음이 놓인다. 〈Chariot of Fire〉가 흘러나오고, 내가 바라던 건 거기까지다. 잠에서 깬 아침에 미지근한 욕조에 몸을 담근 후 모닝커피를 함께 마시면 되는 정도.

생각은 거칠게 밀려가지만 남자에 대한 감정까진 다스리지 못한다. 나뿐만 아니라 남자를 둘러싼 환경까지 고려해야 하는 단순한 생각도 할 줄 모른다. 느리게 생각하면 남자와 연관된 무언가 떠오르는 것도 같다. 시간을 거슬러 어느 시점에 서면 남자와 나는 동일한 윤회의 기슭을 방황하고 있을지 모른다.

아침나절 남자를 만나기 위해 식당으로 들어선다. 태국 음식을 먹다보면 머릿속이 온통 매운 것으로 들어차는 기분이 든다. '팍치'라는 양념이 든 태국 전통음식을 입안에 밀어 넣고 맛을 음미한다. 우적우적 씹어보고 굴려보고 각질의 야문 것을 깨물어 본다. 간혹 비위를 상하게 하는 것도 있다. 팍치는 우리나라 마늘처럼 톡 쏘는 맛이 특징이다. 태국 음식을 처음 먹는 사람에게는 좀 강렬하다. 팍치만 건져내면 마음껏 즐길 수 있는 게 이 음식의 장점이지 싶다.

남자는 입맛이 별로 없는지 태국 음식에 빠져있는 나를 물끄러미 바라본다. 먹는데 누군가 쳐다보는 것만큼 불쾌한 것도 드물다. 나는 잠깐 남자를 노려본 다음 이내 먹는 일에 심취한다. 국자같이 생긴 자그마한 수저를 들고 자기 취향대로 덜어 먹는 태국의 식사법이 낯설다. 새우를 주재료로 요리한 '똠양쿵'을 먹은 뒤의 기분은 포만감 이상 훈훈한 맛이 느껴진다.

남자는 겨우 한 수저 뜨고는 숟가락을 내려놓는다. 입이 짧은 사람과 식사는 아무래도 불편하다. 기다려줄 것을 부탁한 적 없는 일에 공연한 죄의식을 느낀다. 입안에 든 후끈함을 학학 불어내며 자리에서 일어선다. 계산을 마친 남자가 앞서 걷기 시작한다. 미식거리는 속을 겨우 달래고 남자를 따라 나선다. 남자를 흘겨보는 것으로 아침나절 나른한 포만감을 달랜다.

바다 한복판에 떠있는 순백의 대리석 섬들이 파도에 흔들린다. 해변을 따라 화강암으로 이루어진 산을 1시간 남짓 남자와 오른다. 정상에 오르자 백두산 천지보다 훨씬 작아 보이는 천연호수가 펼쳐진다. 사람들은 이곳에서 수영을 즐긴다고 말했지만, 인종과 국적, 언어와 유전자를 떠나 누구도 이곳에서 수영을 즐길 만큼 한가해 보이지 않는다. 거기다 산정의 호수는 식사를 마치기 바쁘게 기를 쓰고 올만한 곳이 아니라는 기분까지 들자 은근히 화가 치민다. 기를 쓰고 가는 곳엔 으레 있음직한, 특별한 구경거리조차 없다는 것에 맥이 탁 풀린다. 이따금 사람들의 환호성을 자아내기에 적합한 비경과 수면에 비친 짙은 에메랄드빛 하늘이 전부인 이곳에서 내가 할 수 있는 일이란 실망스러운 표정을 감추지 못하고 남자를 노려보는 것뿐이다.

거기다 기암절벽 사이로 버섯처럼 숨어있는 방갈로를 오르기 위해 거의 기다시피 한 모험은 막상 당도한 순간 허망하기 그지없다. 암반을 뚫어 골격을 세운 건축물로 인해 훼손된 자연경관은 안타까울 지경이다. 정상의 호수와 방갈로를 기어 다니면서도 어디로 갈 것인지 묻지도 않고, 바위를 오르는 힘든 상황에도 손 한번 잡아주지 않는 남자의 냉담함을 보고 나는 기어이 화를 내고 만다.

"언제까지 걷기만 할 거예요?"

"거의 다 왔습니다."

나는 남자에게 한번만이라도 좋으니 제발 씩씩한 모습으로 산을 오르라고 말한 적이 없다. 강인한 다리를 가졌다는 것에 탄복할 만큼 남자의 남자다움에 반할 용의도 없다. 더욱이 그가 정상에 오르자 가슴을 한껏 젖히고 메아리를 반복하자 슬그머니 산을 내려가고 싶은 충동이 인다.

내 기분을 조금도 알아주지 않는 남자에게 한껏 투덜거리며 남자의 기분을 건드린다.

"좀 쉬었다 가지 그래요."

남자가 내 표정을 읽었는지 그제야 널찍한 바위에 걸터앉는다. 속에서 주먹을 움켜쥐고 올라오는 화를 누르며 남자를 이 세상에서 가장 멍청하고 한심하게 바라본다. 그렇게라도 하지 않으면 남자가 끝까지 멍청하고 한심한 짓을 할 것 같은 기분이 들어서다.

남자가 배낭에서 수통을 꺼내 건넨다. 수통을 받아 물이 넘치도록 들이킨다.

"그러게 조금만 먹지 그랬습니까?"

"치사하게, 남 먹는데 계속 인상만 쓰고 있던 사람이 누군데요?"

"식당에 있던 사람들이 죄다 우리 쪽만 쳐다보는 거 몰랐습니까?"

"그럼 다 먹지도 않은 음식을 버려요?"

대들고 싶은 기분이 아닌데도 바락 악을 쓴다. 내 심정을 알아주었으면 하는 바람일 테지만, 그것도 순전히 내 생각이라는 데 더 억울한 기분이 든다.

"화가 단단히 나셨네."

"내가 당신한테 아무것도 아니란 건 알지만, 이렇게 막 대해도 좋을 만큼 만만한 사람도 아니란 거 알아주었으면 좋겠어요, 앞뒤 꽉 막힌 보릿자루씨."

"괴롭힐 마음은 없으니 그만 풀어요."

사위가 무척 고요하다. 주변엔 남자와 나 외엔 누구도 보이지 않는다. 바닷바람이 얼굴을 스치고 지난다. 말없이 남자를 바라본다. 이 남자, 오랜 세월 어둡게만 살아온 표정이 가슴에 돌을 던진다. 파란 턱수염의 청년 같은 멍청한 표정이 가슴에 멍 자국을 낸다.

남자가 내 속을 읽은 듯 나직이 말한다.

"우리가 사는 세계는 불완전하기 때문에 고통스러운 겁니다."

"……."

나는 아무 대꾸도 하지 않는다. 남자가 너무 조용히 말하는 통에 숨소리까지 죽인다.

"매미는 7년 동안 땅속 생활을 견딘 후에서야 비로소 여름 며칠을 울다 갑니다. 사람의 시간으로 고작 일주일에 지나지 않는 짧은 시간이 매미들에겐 평생에 해당할지 모릅니다. 날개를 달기 위해 생의 99퍼센트를 땅속에서 소모하는 것에 감탄하지만, 날개 끄트머리로 생의 1퍼센트를 울고 가는 것에 절망합니다."

남자의 목소리가 가슴 한곳에 파동을 일으킨다. 남자의 슬픈 표정을 휘젓듯 나는 밝게 대꾸한다.

"생이 절박하기 때문에 그럴 거예요. 매미만큼 짧은 생애를 화려하게 울고 가는 것도 드무니까."

"매미 울음이야말로 무명배우들에겐 자신의 존재를 깨우는 각성의 소리가 되곤 합니다."

남자가 침착한 목소리로 말한다. 매미의 생물학적 변이와 매미울음의 각성효과뿐 아니라, 무명배우의 절박한 생애에 관해 나는 잘 알지 못한다. 매미의 생애가 일반적이라고 말한 적이 없듯이, 무명배우의 생에 대해서도 나만의 색깔을 가지고 우긴 적이 없다.

남자는 자기의 가설에 심취하는 것 같다. 가설을 증명하는 걸로 푸른 청춘의 절반을 허비했으며, 이제 노쇠해가는 청춘의 절반을 물오른 가설을 재로 만드는 데 헌신할 것처럼 보인다. 세상을 등진 자의 절규를 나는 단순한 논리로 묻는다.

"몇 편의 영화에 출연해 보셨어요?"

남자의 표정이 무거워진다. 무명배우에 생에 개입하고 싶은 마음은 없다. 다만 남자의 생이 그려내는 무늬가 궁금할 뿐이다. 남자가 신랄한 인상을 남긴다.

"열다섯 편. 하지만 배우에겐 숫자가 중요하진 않습니다. 한 편의 영화에서라도 자신의 존재를 드러낼 줄 아는 외로운 무명배우야말로, 죽을 때가 되어서야 드러나는 매미와 울음을 나눠가질 수 있습니다."

남자의 말이 허랑하게 들려온다. 그런 남자의 말에 대꾸할 말을 찾지 못한다. 매미의 생애를 빌어 무명배우의 삶을 정형화는 하는 남자의 가설조차 내 것으로 받아들이지 못한다. 결국 남자 자신의 이야기를 하고 있는 놀라움조차 무뚝뚝한 눈으로 바라볼 뿐이다.
  머릿속이 젖은 종이처럼 무겁다. 남자의 삶에 닿지 않는 생각 때문에 화가 나지만 참을 줄도 안다. 생각이란 한없이 팽창하는 우주의 속성과 같다. 별과 별 사이 무한대로 뻗어나간 무중력 공간에서 사유는 공간을 뛰어넘지 못한다. 공간에 갇힌 사유란, 단지 사기그릇에 담긴 한방울 물에 불과할 뿐이다.

  대기권 밖을 바라보는 남자의 무표정을 어떤 식으로 받아들여야할지 아직 알 수 없다. 생각은 거칠고 멀다. 종잡을 수 없는 생각은 늘 거기서 거기다. 흔들리는 눈으로 남자를 바라본다. 혼신의 힘으로 다가오는 남자에게 기가 눌린다.
  절망도 희망도 아닌 무소속의 감정 앞에 무방비한 자세가 된다. 푸른 호숫가 나루터에 발을 담그는 내 모습을 떠올린다. 형장에 홀로 서 있는 듯한 남자를 응시한다. 남자를 바라보는 나는 어떤 얼굴을 하고 있는지 알 수 없다. 어깨와 머리카락에 와서 꽂히는 남자의 시선에 전율한다. 흔들리지 않는 남자의 눈 속에 직립한 내가 보인다. 남자와 나를 둘러싼 세상이 저 만큼 밀려나가는 것에 황홀하다.

　이 순간 내가 할 수 있는 일이란 남자를 바라보는 것뿐이다. 남자의 눈 속에 비친 나를 바라보며 숨을 죽인다. 눈두덩이 뜨거워진다. 희와 선본지 이틀 만에 꾸어다놓은 보릿자루처럼 앉아있던 모습은 어디가고 이토록 무겁고 어려워지는지 알 수 없다. 어려운 말만 하지 않으면 이 남자의 제스처는 내게 이상적이다.

　때로 침묵은 말보다 깊은 교감을 가져다준다. 삶이 모든 순서를 밟아가는 것도 어느 한쪽이 침묵함으로써 그 길을 발견하는데 데 있다. 슬픔이나 행복, 고통, 감동, 격정처럼 삶에 관여하는 순간을 더욱 명징하게 바라보도록 하는 것이 있다면 그것 역시 침묵의 힘이다. 침묵함으로써 드러나는 순도 높은 삶의 내밀성이나 자양분도 어느 관점에서 바라보느냐에 따라 불안이 될 수 있다는 생각을 한다.

　오래된 신전이 눈에 들어온다. 비가 오려는지 수평선 너머에서 흙빛 구름이 몰려온다. 남자를 혼자 두고 갈 수 없어 팔을 붙든다. 더운 시선으로 남자를 응시한다. 남자가 신전을 향해 합장한다.

생의 푸른 자국

　야자수 잎사귀 마다 볕이 내려앉는다. 먼 산들의 사위가 하얗게 채색된다. 산마루 중턱에 꽂힌 송전탑을 뚫고 한 떼의 새들이 날아오른다. 무수한 점들의 곡예가 시공을 넘어 세속으로 건너온다.
　남자가 카페에 들어선다. 바텐더가 원두에 뜨거운 물을 내리다 말고 남자에게 눈을 돌린다. 누구에게도 시선을 주지 않고 남자가 내 앞에 와서 앉는다. 시둘러 숙소를 나왔는지 이마에 땀방울이 맺혀 있다.
　남자에게 냅킨을 건네며 밝은 표정으로 말한다.
　"이곳 에스프레소, 생각보다 괜찮은 것 같아요."
　남자가 냅킨으로 이마에 묻은 땀을 닦아내며 잔잔한 목소리를 흘린다.
　"커피는 환경에 맞게 스스로 맛을 정화하는 속성이 있습니다."

 내 물음은 그게 아닌데……. 테이블에 놓인 커피 잔을 바라보며 남자가 표정을 지운다. 커피에 대해 단순하게 밀어붙이지 못하는 남자에게 커피의 원초적 생기를 감지한다. 나는 커피에 대한 남자의 포괄적 해석을 단순하게 밀고나간다.

 "환경은 감정을 지배할 수 없어요. 커피 자체를 자연이랄지 환경으로 받아들이는 것도 모순이겠지만……."

 "커피는 사람보다 솔직합니다. 이론적으로 고찰할 필요 없이 있는 그대로를 느끼면 되는 겁니다. 커피는 감정적인 맛보다 개성적이며 감각적인 성찰에서 올 수 있는 거니까요."

 남자가 뒤를 돌아본다. 바텐더가 표정 없는 얼굴로 원두를 내린다. 바텐더를 돌아보는 남자의 시선이 내 가슴에 날카로운 유리의 단면을 들이댄다. 옆모습이 예민한 남자를 바라보며 말한다.

 "새삼 그것을 알기 위해 이곳까지 오진 않았어요."

 "커피의 학문적 이데아란 원두의 태생을 추적하고, 좋은 원두를 고르고, 로스팅의 순도를 확인하는 것이 아니라, 일상의 생활로 살아 있어야 됩니다. 우리 언어를 모국어라고 부르는 것과 같이 커피의 본산을 기억하는 건 태생과 함께 그 자체로 역사이자 감정이기 때문입니다."

 "당연하게 들리는 않아요. 내가 말하고자 하는 건 커피보다 당신에 관한 의구심이에요. 그건 커피에 관한 감정이나 환경과 엄연히 다른 일이지 않겠어요?"

나는 남자의 무엇을 보고 있을까. 내면의 반응을 알기까지 너무 많은 시간을 허비하고 있는 건 아닌지. 알 수 없는 피곤을 느낀다. 남자가 나를 피곤하게 하는 일이 한두 번 아니었지만, 오늘은 조금 다르다.

남자를 배경으로 푸른 색조가 밀려든다. 포스터의 베아트리체 달은 가냘프게 보이면서 도도하다. 무언가 갈구하는 인상. 위태로울 만큼 도발적인 눈매와 입술이 누군가를 닮았다. 희 아니면 숙일 테지만, 여자의 얼굴은 눈빛과 입술만으로도 쉽게 닮아가는 모양이다.

남자가 우울한 목소리로 말한다.

"당신은 내게 첫 여자입니다."

침을 삼키지 못하고 기침을 한다. 내 생각을 벗어나지 못하는 남자 앞에 완강하고 생생한 무늬를 떠올리며 나는 어깨를 떤다. 남자에게 발끈하지 못하는 스물아홉 살의 인생이 언제부턴가 세상 앞에 조금도 쑥스럽지 않다.

"또 쓸 데 없이 솔직해지는군요. 그런 건 말하지 않는 게 좋아요."

산마루에 내려선 햇볕 속으로 빛의 치어들이 떠간다. 잎사귀마다 팔랑거리며 바람이 지난다. 고요한 산과 숲으로 바람이 퉁소를 불며 태고로 밀려간다. 산마다 파란 음각의 무늬를 털어내는 봄빛이 무성하다. 서편 하늘에서 동편 하늘로 뻗어가는 송전탑 고압선은 가닥가닥 검은 빛을 튕겨낸다.

커피 잔을 입술 끝에 댄다. 뒷맛이 청량하다. 표정 없이 쿠키 조각을 입에 문다. 남자가 커피를 한 모금 홀짝인다. 쿠키는 손대지 않는다. 남자를 앞에 앉혀놓고 대화보다 식탐을 보이는 내 모습이 어떨지 궁금하다. 먹는 것에 열중하는 나를 남자는 말없이 바라본 다음 희미하게 웃는다. 냅킨으로 입가를 닦아내고는 남자의 표정을 읽는다. 어쩌다 나 같은 여자를 만나게 되었는지, 남자는 후회하고 있을지 모른다. 남자의 표정이 그것을 말하는 것은 아니지만, 정작 후회하는 쪽은 남자가 아니라 나 자신이라는 것에 화가 난다.

남자가 침묵 뒤에 말을 걸어온다. 입에서 카카오 향이 밀려온다.

"첫사랑이란 그런 거라고 생각했습니다. 처음 봤을 때, 이 사람과 가까워질 수 있을까, 하고……."

남자의 목소리에서 반다이크 브라운 색채의 질감을 듣는다. 이 색깔은 미드나이트 블루와 상반되는 이미지를 불러온다. 정적인 배경이나 포근한 인상을 주기 위해 사용하는 계통이다. 남자의 목소리에서 색깔을 구분하는 일이 조금도 어색하지 않다. 눈에 힘을 주며 남자를 바라본다.

"처음부터 강렬한 인상을 주는 사람은 싫어요. 분명 얼마가지 못할 거니까?"

"나는 내 기억을 신뢰합니다. 운명은 신뢰를 바탕으로 하는 거니까……."

"희와 헤어진 뒤 나와 만날 수 있을 거란, 확률적 마인드를 숨기고 있었던 건 아니죠?"

"그것은 확률적 계산을 뛰어넘는 확신이었습니다. 더 이상 나를 숨기고 싶지도 않았고요."

머릿속이 뜨거워진다. 떨리는 가슴을 진정시키기 위해 이를 악물지 않고 눈을 감는다. 할 수만 있다면 이 남자 내 소유로 만들고 싶다는 생각을 한다. 소극적이지만, 이 정도의 느낌과 제스처만 가지고도 나는 행복해진다.

사위가 죽은 듯 고요하다. 푸른 바닷속 돌고래가 다가와 조용히 말을 거는 기분이다. 커피 잔 속으로 작은 해파리 떼가 헤엄쳐간다. 머리를 치켜들고 내 눈 속을 걸어오는 남자를 나는 밀어내지 못하고 바라볼 뿐이다.

남자의 눈을 바라보며 숨을 멈춘다. 이 남자, 우물 같은 가슴을 지닌 모양이다. 이렇게 가슴 떨리는 순간이 다시 올까. 결국 나를 찾아내기 위해 여기까지 왔다는 말, 이제는 믿어진다. 불가능을 넘어 확신에 찬 그의 눈빛과 말투에서 이미 나는 그의 소유가 된다. 하지만 오버하지 않아야 한다.

숨을 가다듬으며 남자를 바라본다.

"나 같은 스타일을 좋아하세요?"

"당신을 존중하는 건 준비가 되었다는 말입니다. 내 머리는 당신만을 기억하라고 말하고 있습니다."

스물아홉 살의 인생을 살아오면서 이렇게 가슴 떨리는 순간은 처음이다. 어쩌면 이 남자야말로 내 인생의 새로운 대상이 되어줄 것 같은 기분이다.

"하지만, 난 아무 것도 준비되지 않았어요. 운명은 말처럼 쉬운 게 아니잖아요."

운명을 정하지 못한 내 가슴은 뜨겁지 않고 차갑다. 운명이란 보이지 않는 끈이다. 직면하지 않고서야 말할 수 없는 그 무엇의 결정이며, 그 어떤 것의 결과이다.

새벽마다 짖어대는 개들의 슬픈 이미지가 떠오른다. 가본 적이 없는 달의 뒤편을 생각하며 눈이 시리도록 허랑한 기분에 젖어든다. 남자가 눈을 들어 창밖 먼 곳을 바라보다 내게 시선을 멈춘다. 남자의 눈빛을 따라 가볍지 않은 생의 무늬가 떠다닌다. 인생에 꼭 한 번은 다가올 사랑을 떠올리며 나는 울먹이지 않는다.

다시 반다이크 브라운 색조의 목소리가 들려온다.

"우리는 어느 정점에서 겹치고 있습니다. 그 한 가지 이유만으로 당신을 사랑할 이유는 충분합니다."

시간은 많아요. 좀 더 생각할 시간을 가져요, 라고 나는 촌스럽게 말하지 않는다. 지금 이 순간 내가 할 수 있는 유일한 수단은 침묵뿐…….

카페 안으로 코발트블루의 빛이 밀려온다. 희비가 엇갈린 눈으로 남자를 바라본다. 오랫동안 나를 찾아 헤맨 그만의 향수를 느낀다. 이제야 찾아낸 연인과 헤어져야 하는 스물아홉 살의 서글픈 마음을 나는 어찌하지 못한다.

돌고래 같은 눈으로 나를 한참이나 바라보던 남자가 자리에서 몸을 일으킨다. 내 가슴에다 깊은 우물을 파놓는 남자가 등을 보인다. 남자의 등짝이란 이럴 때 불필요하리만큼 쓸쓸해 보인다. 푸른 바닷속을 걸어가듯 남자가 카페를 나선다.

카페 문을 열고는 이쪽을 물끄러미 바라본 후 남자는 시야에서 사라진다. 문이 닫히자 세상의 빗장을 걸어 잠그는 기분이 든다. 깊은 숨을 내쉰다. 끝이 간결한 남자. 술을 마시지 않고도 속에 든 것을 깊게 말할 수 있는 남자가 세상에 몇이나 될까.

어려운 상황을 어렵게 받아들이는 나는 희와 분명 다르다. 나와 교차하는 수많은 사람 사이 미세한 틈을 비집고 들어가는 것에서부터, 누군가와 눈을 맞대고 거기에 응답하는 일에 나는 여전히 서툴다. 모든 상황을 빠짐없이 목격하고도 무엇도 할 수 없다는 것에 화가 난다.

남자를 긍정하기엔 많은 것이 부족하다. 나이, 생각, 식성, 관념, 헤어스타일 등등. 스물아홉 살 머리 꼭대기에서 출렁이는 남자의 실루엣을 어찌하지 못한다. 달의 뒤편처럼 머릿속 어딘가를 헤엄쳐가는 남자가 있다는 것에 안도할 뿐이다.
　잔잔한 눈빛의 남자가 내 인생 가까이 완강하고 생생한 무늬를 남긴다. 남자는 내게 어떤 존재일까. 그가 살아왔을 고단하고도 음울한 삶의 질감들이 내 인생과 닿아 있다면, 나는 그의 존재를 증명해주어야 한다. 스물아홉 살 내 인생과 겹치는 그 무엇을 떠올리며 나는 지금 행복한지 알 수 없다.
　해가 기울도록 남자는 나타나지 않는다. 동편 하늘에 떠오른 초승달이 가슴 한곳을 서늘하게 파고드는 저녁이다. 강물에 비친 달이 내게 묻지도 않고 따라나선다. 물비늘이 뒤채일 때마다 새로운 달이 태어나고, 새로 태어난 달이 물살 아래 가라앉는다.

나무에 관한 상상

 멀리 라바야디 리조트의 불빛이 반짝인다. 사파이어블루, 크림슨레드, 라임그린 사이에서 네온은 명멸한다.
 영화 속 장면처럼 느린 걸음으로 다가온 남자가 조바심 가득한 눈으로 말한다.
 "물방울 같은 나날이었습니다. 세상 밖으로 밀려나가는 나를 바라보는 일은 별로 유쾌하지 않았습니다."
 가느나란 생의 끈이 끊어지지 않을까 애가 타는 목소리다. 남자를 바라보며 나무에 관한 상상을 한다. 나무만큼 사람의 일에 깊이 관여하는 것도 드물다. 남자를 떠올리는 매순간 목관절의 파란 정맥에서 나뭇가지가 자라는 것을 느낀다.
 미간에 힘을 주며 남자에게 말한다.
 "어떤 소설에서 보았어요. 순결을 상징하는 하얀 자전거를 이야기하던 처녀가, 낯선 남자에게 순결을 바치고 아침에 일어나니 변한 것이라곤 하나도 없는 거예요. 처녀는 상심에 찬 눈으로 세상을 바라봤어요. 정말 쓸쓸하다는 걸 느꼈지요."

젖은 빨래 같은 표정으로 남자가 대꾸한다. 목소리가 가라앉아 있다.

"지금까지 누구와도 자본 적 없는 내 기분을 알 수 있습니까? 그것은 날마다 나 자신을 향해 야유하는 것과 같습니다. 오랫동안 동어반복의 에코를 듣게 되면 나 자신의 사회적 불임을 느끼게 됩니다. 그것은 절망보다 깊은 고립입니다."

남자의 말투가 무겁게 들린다. 무뚝뚝한 시선 너머 물기를 머금은 남자가 가까이 있다는 것에 문득 숨이 차오른다. 어쩌다 이 남자에게 사랑의 신호를 감지하게 되었는지 알 수 없다. 더께 내려앉는 운명의 요소가 내겐 무척 조심스럽다. 다시 올 것 같지 않은 운명 앞에 통속적인 표정으로 남자에게 묻는다.

"혹시 내 순결이 궁금하세요?"

"당신이 내게 유효한가를 생각합니다. 당신을 가져서 안 되는 나를 이해할 수 없습니다. 하지만……."

"가끔, 아니 아주 조금 당신을 운명처럼 생각했어요. 당신의 이해를 도울 수 없다면 나는 당신에게 아무 것도 아니겠죠?"

내 말에 남자가 눈을 감는다. 내게서 무엇을 읽고 있는지 아직 알 수 없다. 많은 것이 유예되고, 많은 것이 지체되는 이 밤에, 남자의 목소리는 어느 때보다 어눌하게 들린다.

"당신을 이해시킬 수 없다는 것을 압니다. 그런 내게 당신의 무엇도 바랄 수 없는 사실 앞에 절망합니다."

남자의 손을 잡는다. 자판기에서 막 꺼낸 캔 음료처럼 차가움이 느껴진다. 물끄러미 남자를 응시하며 나는 백치 같은 얼굴로 속삭인다.

"매번 등짐을 지고 건너오는 당신의 무거운 언어를 감당하기 버거워요. 멀미가 날 지경이라고요. 당신을 읽는 데 시간이 필요해요. 정말 어려운 거 알아요, 당신."

"나로서는 최선을 다하고 있습니다. 나 때문에 화났다면 정말 미안합니다."

남자가 손에 힘을 준다. 동시에 어떤 방향으로 이끄는 것을 느낀다. 내 손을 움켜쥐고 남자가 달린다. 서치라이트가 사라진 신전 앞에 멈추어 선다. 남자의 눈 속에 잠긴 불빛들이 침몰한다. 마른 풀냄새가 밀려오고, 남자의 입술이 목덜미에 닿는다. 반다이크 브라운 색조의 비음이 들려온다.

"당신은, 당신을 잊어야 하는 것만으로 나를 사무치게 합니다."

남자의 눈가에 차오르는 물기를 바라본다. 남자의 얼굴을 감싸 안는다. 남자의 어깻죽지 안으로 빨려 들어간다. 남자의 입술이 얼굴에 닿고 가슴팍에 몸을 기댄다. 더 이상 남자에게 냉정할 이유를 찾지 못한다. 남자가 아닌들 이 낯선 곳에서 나를 찾아올 누구도 없다는 것에 신음한다.

"미안해요. 당신과 오늘이 마지막이 될 거라는 걸 알아요. 내일이면 다른 누군가와 눈이 따갑도록 웃고 있을 테죠? 이럴 수도 저럴 수도 없는 나를, 나는 어떻게 할 수 없어요."

남자의 시선이 젖어든다. 눈을 뜬 채 남자를 응시한다. 남자가 내 이마에 입술을 묻고 나직하게 속삭인다.

"당신을 만나기 위해 얼마나 오랜 시간을 견뎌왔는지 모릅니다. 돌고래처럼……"

오래전 자신의 유전자를 버리고 바닷속으로 들어간 돌고래의 진화에 대해 나는 확신하지 못한다. 헤엄칠 수 없는 육지는 더 이상 돌고래에게 낙원이 되지 못했다. 돌고래는 5백만 년에 이르는 생물학적 진화를 인내할 줄 알았고, 바다는 돌고래에게 무한한 비상의 유전자를 넘겨주었다.

무려 5백만 년 저편의 세월을 건너간 후에서야 남자로부터 가혹한 기다림의 고도를 읽는다. 남자의 마음을 읽는 내 마음은 찡한 것이 아니라 고통에 사무친다.

"내겐 당신이나 돌고래처럼 기다림의 유전자가 전해지지 않았나 봐요. 다만 나를 가진다고 해서 달라질 게 없다는 거예요."

가야할 곳을 정하지 못한 이방인의 걸음은 언제나 무겁다.

남자가 눈을 들어 먼 곳을 휘 둘러보곤 내게 시선을 멈춘다. 운명이란 보이지 않는 끈과 같아서 직면하지 않고서야 말할 수 없는 것 아닌가. 새벽 무렵 신전의 범종소리에 묻힌 슬픈 이미지가 떠오른다. 단 한번 가본 적 없는 달의 뒤편을 따라 생의 허랑한 길목을 지난다.

남자의 눈동자 아래 짙은 다크 써클이 피어오른다. 콧속 부비동 어딘가에 고여 있는 생의 찌꺼기가 빠져나가지 못한 증거이다. 불현듯 남자의 어깨가 피곤해 보인다. 달빛을 받은 야자수 아래 자리를 잡고 앉는다. 건조한 밤이 지나간다. 몸을 누이고 싶은 생각을 한다. 동편 하늘에 달이 차오른다.

모든 사랑은 대상을 지우는 데 더 많은 시련과 상처를 입기 마련이다. 사랑은 불변하지 않다는 이론만으로 남자와의 관계를 끝낼 수 없다는 것을 안다. 코발트블루의 저녁빛 너머 태어난 곳을 떠나온 지의 향수가 밀려온다. 어쩌면 이제 막 마주한 연인과 헤어져야 하는, 이별에 약한 자의 서글픈 마음을 나는 어찌하지 못한다.

"내일 날이 밝는 대로 이곳을 떠날 겁니다."

남자의 일방적인 통보에 조금도 놀라지 않는다. 오래 고심하고 뱉은 때문인지 남자는 겸연쩍게 웃는다. 흔들리는 내 마음을 알아차리기도 전에 나는 비아냥거리듯 남자에게 말을 던진다.

"잘됐네요. 이젠 영영 안 봐도 되는 거죠?"

"더 이상 볼 수 없게 되는 겁니다. 그 동안 내가 많이 지겨웠나 봅니다."

"당연하죠. 툭하면 어려운 말이나 하고, 뭐든 당신 중심이니 사실 불만이 없는 건 아니었어요."

마음에 없는 말을 하면서도 안타까운 시선을 보낼 수 있다는 게 새삼 놀랍다. 이별에 약한 모습을 보이기 싫어서일 테지만, 그마저 부정하는 내 마음을 이해할 수 없다. 남자가 정말 안타까운 얼굴로 물어온다.

"그렇게 내가 지겹고 싫었습니까?"

"……."

참을성 없는 남자가 따져오자 그동안 내가 얼마나 유치하게 굴었는지 알 것 같다. 이럴 때 침묵은 심지 약한 여자들이나 할 짓이다. 그런들 남자의 말에 대답을 찾지 못한 나를 비난하고 싶은 마음은 없다. 남자 말대로 지겹고 싫었던 것은 아니다. 처음부터 나는 남자에게 끌렸다. 청년도 중년도 아닌 애매한 골격의 남자에 대해, 옆모습이 예민한 남자로부터 전해오는 신호음도 내 쪽에서 먼저 감지했다. 그날 레스토랑에서 차가운 입김의 날숨이 살갗에 닿는 순간, 나는 운명의 긴 터널을 보았다.

나는 조급증을 누르고 다감하게 속삭인다.

"그럼 예정대로 히말라야로 가는가 보죠?"

"먼저 거쳐야 할 곳이 있습니다. 태국을 지나 네팔로, 네팔에서 다시 티벳으로. 그 다음 히말라야로……."

언젠가 레스토랑에서 말하던 우울한 목소리다. 이젠 정말 히말라야로 갈 거라는 말에 나는 한숨을 몰아쉰다. 그곳을 가면 무명배우에서 탈출할 수 있나요, 라고 야박하게 묻지 못한다. 대신 간단하게 말한다.

"말 속에 당신의 삶을 건 오체투지가 느껴져요."

남자가 소리 없이 웃는다.

"생의 의무감일 뿐입니다."

아득한 설원의 도보와 만행 같은 산행을 앞둔 남자의 목소리가 애틋하다.

순백과 무구의 히말라야.

까마득힌 설원을 걸어가다 보면 드넓은 세상과 기나긴 인생은 제로가 된다. 만년설에 나를 묻고 침묵하는 인생으로 돌아가는 것. 그것은 세상과 단절이 아니라 소란한 세상과의 화해이다.

짙은 해거름이 내린 능선을 따라 끈질긴 생명력이 태고로 불어가는 거기, 푸른 몽환으로 차오르는 안나푸르나의 만년설. 그곳을 오르면 세상의 절반을 가진 것과 같다고, 남자는 귀가 시리게 말한다.

 이 남자, 세상과 무슨 원한을 쌓고 있는 걸까. 그것이 무엇이든 인생의 모험을 앞둔 남자가 아직 눈앞에 있다는 것에 나는 행복하다. 내가 그토록 찾았으나 단 한번 내 앞에 모습을 드러내지 않던 대상. 느린 속도로 밀려오는 감정의 기복을 느낀다. 살다보면 일변 두렵기도 한 인생의 어느 정점에 서서 사람의 감정 이상 간절한 게 없다. 사랑이라느니, 믿음이라느니, 약속이라느니 하는, 그것만큼 쉽게 변하는 것도 드물다. 그 이유가 아닌들, 안타까운 인연을 바라보는 자들의 인생에 간간이 떠오르는 귀한 색채를 나는 저버리지 못한다.

 "당신과 함께 지낸 며칠은 잊지 못할 거예요. 당신이 가진 지적 소유물이나 비밀보다 나를 더 사랑하였다면 그것으로 만족해요. 사회에 대한 그 어떤 제약과 색채를 가지고 있지 않은 당신에게 묻고 싶어요. 그 모두를 가슴에 묻고 떠나기엔 나에 대해, 세상에 대해 야박하지 않을까요?"

 세상 뒤편으로 떠밀려가는 남자가 쓸쓸하게 웃는다. 어두운 눈으로 나를 바라본다. 떨리는 남자의 목소리만큼이나 내 마음은 출렁인다.

 "당신만큼 나를 어렵게 만드는 사람도 드뭅니다. 내 머리는 당신의 편에서 기억하고, 당신이 내게 남긴 것을 기쁜 마음으로 새기겠습니다."

남자의 차가운 숨소리가 귓가를 스쳐간다. 입술이 파래지도록 남자의 눈을 바라본다. 남자가 신전을 향해 눈을 치켜든다. 청년도 중년도 아닌 애매한 골격의 남자는 순간 세상 너머 태고의 바람 속으로 밀려간다.

　신전을 둘러싼 자비와 은총이 B.C 5세기 무렵에서 불어온다. 석축의 균열 속으로 기원전 물고기 떼가 헤엄쳐 건너간다. 부처를 닮은 신상들이 부조된 돌기둥 앞에서 남자는 고개 숙이며 침묵한다. 수세기 동안 풍상을 견디어 온 신상들이 남자의 합장을 무겁게 받아들인다.

　한 무리 새들이 어두운 하늘을 헤엄쳐간다. 오래전 세상에서 지워진 소리를 불러오듯 제 이름을 부르며 날아오르는 새들의 고도가 순조롭다.

　비가 내린다. 이곳의 소나기는 예고 없이 급습하는 게릴라식이다. 소나기는 낮 동안 달구어진 기암절벽과 화강암 지층과 열대 식물들의 온기마저 빼앗고 중요한 순간까지 훼방을 놓는다.

　바다가 내려다보이는 오두막으로 피신하기 바쁘게 남자의 품을 파고든다. 사라 맥클라란의 노래가 들려온다. 적막하다. 안개 자욱한 날에 세상을 떠돌던 빛과 소리가 떠오른다.

그해, 1975

우예된 건 없다.
고마 공무원은 자고로 목을 숙일 줄 알아야 한다. 이 말이라.
그 말이 뭔고 알고들 있제? 겸손해야 된다, 이 말인기라.

　저녁식사를 마친 후에서야 아버지는 귀가했다. 느지막한 시간에 아버지는 사남매를 불러 모았다. 어머니가 소금에 절인 배추를 뒤섞어 놓으며 한숨을 뽀옥 내쉬었고, 처마에선 무장무장 자란 고드름이 떨어져 내렸다. 마루 밑에 늘어진 복순이가 끄응 잠꼬대를 했다.

　어머니는 김장 준비에 한창이었다. 그러든 말든 아버지는 술에 흠뻑 취해 기다시피 들어왔다. 술을 마신 것까지는 좋았는데, 빙판길에 미끄러졌는지 옷자락에 흙 칠갑을 하고 방바닥에 주저앉았다.

　어머니가 흘끔 아버지를 쳐다보며 혀끝을 찼다. 어머니는 손에 들고 있던 질그릇을 소리 나게 살강에 내려놓으며 아버지에게서 일어난 사태를 짐작했다.

　뜨듯한 방에 한동안 멍하니 앉아있던 아버지는 사남매가 줄

줄이 앉은 줄도 모르고 절인 배추마냥 늘어져갔다.
"아버지!"
큰누나가 아버지를 불렀다. 늙은 장닭처럼 눈을 껌뻑이며 졸던 아버지는 퍼뜩 고개를 치켜들었다. 사남매가 아버지를 빤히 바라봤다. 크릉, 하고 아버지가 가래를 끌어올렸다. 바짓가랑이에 묻은 흙덩이를 한심하게 바라본 작은누나가 씩씩하게 목소리를 높였다.
"다 모였심더."
슥, 자리를 훑어본 아버지가 고개를 주억거리며 물었다.
"니 어메 어디갔노?"
밖에서 지켜보던 어머니가 대답했다.
"고마, 김장 당글라고 배추 절이고 있다 안 하나."
배추를 절이고 있다는 말에 아버지는 관심이라곤 조금도 없었고, 언제쯤 김장을 하는 게 좋은지 자상하게 알려주기는커녕 어떻게 담그는 것도 알지 못했다.
아버지가 주문했다.
"백김치하고 총각김치도 꼭 담가라."
"고마, 알았다. 콩자반하고 박나물은 우야꼬?"
"긋도 담가라."
작은누나가 아버지의 말꼬리를 물고 나섰다.
"콩자반하고 박나물이 무신 김치라도 되나?"

큰누나가 거들었다.

"아버지, 콩자반하고 박나물은 담그는기 아이고, 고마 무치는 거라예."

아버지가 성의 없이 대답했다.

"내도 안다."

작은누나가 한심한 듯 대꾸했다.

"아는 사람이 와 그랍니꺼?"

사실 김장을 담그면서 콩자반까지 준비하기란 만만치 않은 일이었다. 박나물은 더 손이 많이 가는 찬거리였다. 어머니는 뒤주 속에 넣어 둔 검정콩을 한 움큼 꺼내 물에 불리는 중이었다. 지난 가을에 거두어 두었다가 얇게 썰어 말려둔 박절편도 물에 불리고 있었다.

아버지가 눈을 가누지 못하고 말했다.

"고마 살다보면 헷갈릴 때도 있는 기라."

"맨날 술만 묵었다하면 헷갈리니까 하는 말 아닙니꺼."

작은누나가 잠이 쏟아지는 눈으로 대꾸를 했지만, 아버지는 사남매를 붙들고 밤을 새울 작정인 듯했다.

큰누나가 꾸어다놓은 보릿자루처럼 말없이 앉아 있는 형과 나를 바라보며 아버지를 불렀다.

"아버지요"

"큰아 말해 보거라."

"요, 꼬맹이들 낼 학교 가야하니까 고마 퍼뜩 할 말 하이소."

아버지가 알았다는 듯 무릎을 내리쳤다. 가랑이에 묻은 흙이 후드득 떨어져 내렸다.

"글치. 근데 우예됐든 오늘은 봉택이 글마가 잘못해서 고마 이래 된기라."

봉택이 아저씨는 병국이라는 아이의 아버지다. 병국이는 내 또래 동네 친구다. 병국이나 그 아버지는 인근에서 이름만 가지고도 악명 높다. 둘 다 욕쟁이에다 싸움의 명수이기 때문이다.

작은누나가 물었다.

"그래서 봉택이 아재랑 한판 붙었습니꺼?"

"아이다 고마. 내가 어디 싸움박질이나 해쌓는 깡패가?"

아버지는 공무원이기 때문에 싸움 같은 것은 절대 해서는 안 되는 사람이다. 당신도 싸움에 소질에 없다는 걸 알았는지, 싸움은 절대 해서는 안 되는 것으로 믿었다. 아버지 뜻대로 되는 일은 별로 없었지만, 열 번 술 마시면 두세 번은 꼭 싸운 흔적을 인고 귀가하는 세 일이었다.

아버지는 나라의 녹을 먹는 사람이다. 청렴을 당연한 몸가짐으로 알았다. 으레 아버지에게 있을 법한 꼬깃꼬깃한 청자가 주머니에서 나왔다. 아버지는 금빛 사자가 그려져 있는 비사표 성냥에 불을 붙이면서도 계속 공무원 타령을 이어갔다.

불붙은 성냥은 짧은 시간 제 몸을 태우는 걸로 아버지의 처신을 기다리다 스르르 꺼졌다. 아버지가 다시 성냥에 불을 당겼다. 담배에 불을 붙이자 대번 콧구멍과 입 가장자리로 연기가 흘러나왔다.

아버지의 주특기는 주제와 상관없이 이 말 저 말 아무렇게 던져놓고 시작하는 거였다. 무슨 말을 하든 큰누나와 작은누나는 요령껏 고개를 끄덕이며 씩씩하게 대답하는 게 일이었다. 작은누나가 물었다.

"그래갖고 우예됐습니꺼?"

"우예된 건 없다. 고마 공무원은 자고로 목을 숙일 줄 알아야 한다, 이 말이라. 그 말이 뭔고 알고들 있제? 겸손해야 된다, 이 말인기라."

사남매의 대답 소리가 담벼락을 타고 동네 어귀 무당집까지 밀려갔다. 대답을 한 뒤 작은누나는 그제야 아버지의 말이 이상했던지 고개를 갸우뚱거리며 물었다. 아버지가 답답하게 보이는 건 큰누나와 형도 마찬가지인 듯했다.

"뼝국이 아버지가 뭐로 월매나 잘못했길래 아버지가 이 모양 이 꼴인가 이 말입니더."

아버지가 옳거니, 하고 쩍 소리 나게 허벅지를 내리쳤다. 바짓가랑이에 달라붙어 있던 흙덩이가 다시 후두둑, 하고 장판 위로 떨어져 내렸다. 아버지는 공무원의 청렴과 겸손을 이야기 하다 말고 다시 병국이 아버지 쪽으로 화제를 돌렸다.

"봉택이 글마가, 지 아들 자랑을 해쌓는데 고마 말도 마라."

형이 물었다.

"와예?"

"벵국이가 태권도 좀 한다고 고만 난링기라. 머리통은 돌팍보다 더 딴딴함스나."

큰누나가 대답했다.

"그러니까네 태권도라도 잘 해야하는 거 아입니꺼?"

"긋도 맞는 말이긴 한데……."

아버지가 큰누나를 지그시 바라보다가 크릉, 하고 가래를 끓어 올렸다. 입안에 한 주먹 들어앉은 가래를 뱉지도 않고 아버지는 계속 머리타령이었다.

"그라몬 우리 민호는 물렁탱이 머린데 와 공부는 죽어라 못하노?"

작은누나가 대답했다.

"거기사 지가 맨날 놀로 댕기니까 그렇지예? 민호 니가 말해봐라. 긋니, 안 긋나? 니가 생각해도 솜 글체'?"

형은 졸리는 상황에도 대답했다.

"내가 언제예? 저는 벵국이 글마랑은 차원이 다른 데예."

아버지가 바락 소리를 질렀다.

"그니까 이 누무 짜슥아. 니는 벵국이보다 머리도 좋으면서 와 그리 공부를 못하노, 그 말이다."

괜한 어른 싸움에 형만 코피 터지는 꼴이었다. 형 얼굴이 붉어지는 게 보였다. 작은누나 말이 맞기는 했지만, 맞장구를 쳐가며 좋아할 일은 아닌 듯했다. 형이 억울했는지 볼멘소리로 작은누나에게 물었다.

"작은 누야, 니 같으면 이럴 때 뭐라 대답하겠노?"

"와, 내 질문이 좀 어렵더나?"

"그기 아이고, 벵국이 글마 돌팍 머리하고 나하고는 아무 상관도 없다 아이가."

"벵국이 머리와 상관없이 니가 공부를 못하는 게 문제 아이가?"

작은누나가 동그랗게 눈을 뜨고 말했다. 형이 따지듯 되물었다.

"그걸 지금 말이라고 하나? 그러고도 누야 맞나?"

"그라몬 내가 니 동생이가?"

"우예됐든, 누야면 누야답게 처신하는 기라, 고만."

큰누나가 형의 편을 들며 말했다.

"민호 말이 맞다. 문정이 니가 잘못한기라. 야는 지금 얼마나 놀로 댕기고 싶겠노? 그만할 때다. 우예됐든 공부가 인생의 전부는 아잉기라."

말이사 바른 말이지 가만히 있던 형을 걸고넘어진 건 작은누나였다. 공부 못하는 게 큰 죄라도 되는 양 형을 몰아세운 건 심사가 틀어질 만도 했다.

어쨌거나 아버지 말대로라면 공부는 인생의 전부다. 큰누나는 인생의 전부가 공부 말고도 다른 것도 있다고 했다. 이를테면 운동 같은 것이다. 짐바리도 잘만 타도 훌륭한 사람이 될 수 있다고 했다. 큰누나는 동네에서 이름난 수재다. 공부도 전교에서 1,2등을 다툰다.

작은누나가 빙긋이 웃으며 말했다.

"듣고 보니 쪼매 긋네. 민호야, 미안타, 고만."

작은누나가 형과 나를 부드러운 눈길로 바라봤다. 아버지가 카악 퉷, 하고 목을 돋우어 가래를 끓어 올려 뱉었다. 재떨이 안에 물컹하고도 까만 게 떨어져 내렸다.

아버지가 나직이 말했다. 여전히 술에 절은 목소리였다.

"모도 다 시끄럽다. 할 말이 있으면 인자부터 손들고 해라, 알겠제?"

아버지의 굵고 탁한 목소리 뒤편으로 찹쌀떡 장수 소리가 들려왔다. '찹싸알~'하고 소리친 다음 호랑이가 방귀를 뀌고 나서야 '떡'하고 들려오는 이 소리는 겨울밤을 무르익게 하는 소리였다. 우리집은 단 한번 찹쌀떡을 사 먹은 적이 없었다. 그 때문에 나는 찹쌀떡이 어떻게 생겨 먹었는지도 알지 못했다. 그닥 먹고 싶은 것도 아니었지만, 간혹 오줌이 마려워 잠에서 깨면 몽환처럼 귀가에 들려오던 소리이기도 했다. 이따금 새벽을 건너가는 목탁새 울음처럼 그리운 소리이기도 했다.

큰누나부터 열 맞춰 앉은 사남매는 사뭇 진지했다. 한편으론 궁금하기도 했다. 오늘은 또 무슨 이야기를 할까, 무슨 기발한 이야기로 자식들을 감동시킬까, 하는 이유에서였다. 매번 감동보다는 식상하거나 한심하기 그지없는 결론이 더 많았던 건 사실이다.

들창 너머로 함박눈이 내리고 있었다. 교회 종소리가 들려왔고, 길을 지나는 아녀자와 아이들의 발자국 소리가 가까운 데서 멀리 밀려갔다. 크리스마스 시즌이었는지 찬송가가 들려왔고, 함박눈을 뚫고 멀리에서 무적소리가 밀려왔다. 지리산 줄기에 닿은 함양 땅에 무적소리라니. 그때는 고깃배가 만선을 하고 정박을 알리는 소리가 들려왔는데, 아마도 환청이었을 것이다.

* * *

아버지가 기침을 뱉은 뒤 입을 오물거린 다음 이야기를 시작했다.

"지금으로부터 한 백년은 족히 됐을 기라."

1875년의 일이었다. 아버지의 삶과 무관한 이야기였지만, 사남매 중 누구도 아버지에게 그 시대를 살아봤냐고 묻지는 않았다. 궁핍한 시대였고, 혼란스러운 풍경이 그려졌지만, 나는 아무 말 하지 않았다.

먼저 큰누나가 아버지의 말을 받아 되물었다.

"백년 전에 살던 사람을 아버지가 우예 아는지 모르겠지만, 그래갖고 우예됐심니꺼?"

아버지가 말을 이어갔다.

"우예된 건 없다. 백년 전에 가난한 농부와 아들이 있었제. 그 사람들에겐 애지중지 키우는 노새가 한 마리 살고 있었느니라."

아버지가 말끝에 크릉, 하고 기침을 받고는 입안을 우물거리며 무언가를 삼켰다. 형이 질색을 하며 물었다.

"노새라 카몬 말과 당나귀 중간이라 카던데……. 근데 우예 노새를 데리고 살았답니꺼?"

"낸들 알겄냐?"

작은누나가 끼어들었다.

"말도 아니고 나귀두 아닌, 노새를 뭐에 쓸라고 같이 살았는데예?"

"굿도 내는 모른다."

형이 다시 물었다.

"그라몬 아버지가 백년 전에 노새를 봤습니꺼?"

"안 봐도 척하면 삼천리다."

아버지가 지리산 계곡에서 도를 닦고 나온 사람처럼 말했다.
"아버지, 삼천리는 자전거포 상혼데예."
"아, 긋나? 자전거는 무조건 삼천리 자전거제. 잘했다 이 누무 짜슥아."
"아, 그기 아이고예."
"아이긴, 이 누무 짜슥. 내 말을 그리 못 알아듣나?"
"알았심더."
형이 고개를 묻고 대답했다. 아버지 말에 끼어들기 좋아하는 작은누나가 다시 물었다.
"아버지, 근데 아버지가 우예 백년 전에 일어난 일을 알고 있습니까? 아버지가 점쟁이라도 됩니꺼?"
작은누나의 말을 듣던 아버지가 골똘히 생각에 잠겼다. 당신 스스로 점쟁인가 해서였다. 혹시 지리산 중턱에서 도를 닦은 노인을 만난 적이 있었는지 생각하는 눈치였다. 아버지의 얼굴은 점쟁이와 무관한 표정이다. 아무리 머릿속을 뒤져봐도 지리산 계곡에서는 복날 술 마신 기억 밖에는 없었다. 술 마신 기억 밖에 없는 게 한심했던지 아버지가 이마를 찌푸리며 말했다.
"내가 와 점쟁이고? 나는 너희들 아버지일 뿐이다. 인자부터 꼭 필요한 것 말고는 쓸데없는 질문은 삼가해라. 알겠제?"
아버지가 말하자 사남매는 일제히 대답했다. 큰누나는 입을 꾹 닫고 있는 나를 뚫어지게 바라보는 걸로 더욱 내 입을 다물게 했다.

"작은 아는 알고 있을 거로. 문정이 대답하거라. 노새가 뭐꼬?"

작은누나가 당황하는 눈치였다. 대답을 못하고 있자 아버지가 나를 바라봤다. 나는 노새라는 동물이 세상에 있다는 것조차 금시초문이었다. 노새라는 이름도 처음 들었으므로 나는 아무 기척 없이 큰누나를 바라봤다.

아버지가 다시 큰기침을 하고 입안을 오물거린 다음 재떨이에 가래를 뱉었다.

"와, 크다."

까만 덩어리의 가래가 거품을 일으키며 불룩 솟아오르자 형이 소리를 질렀다. 대답을 못하고 머뭇거리던 작은누나가 형의 머리통을 쥐어박았다. 형이 머리통을 쓰다듬으며 작은누나를 흘겨봤다.

아버지가 버럭 소리 질렀다.

"고만, 모두 입 나물고 큰아가 말하거라."

큰누나가 아무 감정 없이 대답했다.

"노새라 카는 아는, 암컷 말과 수컷 당나귀 사이에 태어난 잡종이라예. 기원은 유럽이라 카지만, 구약성서에 나오는 걸 보면 노아의 방주에서 살아난 동물인 것만은 분명합니더."

아버지가 흡족한 듯 큰누나의 머리를 쓰다듬었다. 작은누나는 알고 있었다는 듯이 무릎을 치며 억울해 했다. 형이 큰누나를 바라봤다. 존경과 질투의 눈빛이었다. 형이 내 귀에다 낮게 속삭였다. '내도 쪼매 더 커면 큰누야처럼 될거라', 하고.
　큰누나의 대답에 기분이 좋아진 아버지가 우렁차게 말했다.
　"그렇다. 노새는 말과 당나귀가 흘레붙어서 낳기다. 큰아는 역시 나를 닮아 똑똑타."
　누가 들으면 정말인줄 알겠지만, 가능성이 희박해 보이는 말이다. 일가친척 중엔 누구도 큰누나가 술 좋아하는 아버지를 닮았다는 소리를 한 사람이 없었다. 동네 사람들도 마찬가지였다.
　'흘레'는 이따금 동네 어귀에서 민망하게 벌어지던 짐승 간의 교미를 뜻했다. 언젠가 우리집 복순이가 명수네 잡종과 그랬다가 동네 아이들로부터 물세례를 받은 적이 있었다.
　잠자코 있던 형이 아버지 말이 어림없는 소리라는 걸 용케 알아차리고 물었다.
　"그라면 아버지, 머리 좋은 큰누야가 아버지 닮았으면, 공부 못하는 작은누야하고 진호는 누구 닮았습니꺼?"
　아버지가 조금도 긴장하는 기색 없이 대답했다.
　"거기사 척 보면 모르겠나? 니 어메 어데 갔노? 이런 중요한 이야기가 오가는데, 지금 김장이 문제가? 진호 니 가서 니 어메 데꼬 온나. 이기 모두 다 니 어메 닮아서 그런 기다. 알겠제?"
　김장 때문에 정신없이 바쁘기 망정이지 어머니가 들었으면 기절초풍할 말이다. 큰누나를 제외한 삼남매는 아버지를 뚫어져라 바라봤다. 나는 정말 어머니를 데려오려다 큰누나가 은근히 노려보는 통에 그만두었다.

"큰아, 듣거라. 세상이 많이 바뀌었다."

큰누나가 눈을 동그랗게 치켜뜨며 물었다.

"예, 언제예?"

"인자는 너무 착해도 탈인기라. 적당히 착해라 알겄제. 문정이하고 민호, 진호는 앞으로도 계속 착해야 된다. 알겄나?"

크릉,하고 가래를 모은 뒤 아버지는 입을 오물거렸다. 이야기를 듣던 작은누나는 화가 난 표정으로 아버지에게 말했다.

"아버지는 이야기 하다 자꾸 미꾸락지 빠지듯 하지 말고, 고만 할라 카는 이야기나 퍼뜩 하이소. 그래갔고 우예됐십니꺼?"

아버지가 다시 크흠, 하고 기침을 뱉었다. 그 바람에 입안에 있던 것이 입술 사이로 비집고 나와 바짓가랑이에 착 달라붙었다. 종종 있는 일이었다. 대부분 아버지는 가래를 뱉지 않고도 말을 할 수 있었다. 이쩌다 입안의 것을 흘릴 때는 코가 삐뚤어지도록 과음했을 경우다.

형이 아버지의 바짓단에 묻은 걸 바라보다 오줌이 지릴 때처럼 몸을 부르르 떨었다. 아버지가 입을 오물거릴 때마다 형과 나는 물컹한 것이 몸에 묻을까봐 소름이 돋았다.

"노새가 뭔고는 인자 알겄제?"

사남매는 일제히 대답을 하고는 다음 이야기를 기다렸다. 아버지는 좀체 이야기를 끝낼 기색이 없어 보였다. 자정을 넘길 게 분명했다. 지그시 눈을 감은 아버지가 입을 열었다.

"가난한 농부와 아들, 그리고 노새가 평화롭게 살고 있었느니라. 대처에서 닷새마다 장이 열렸제. 하루는 아버지와 아들이 노새를 끌고 시장을 나갔느니라. 벽촌에 살다보면 자숩고 싶은 것도 많았을 거로."

느려터진 아버지의 이야기는 사남매를 무척 갑갑하게 만들었다. 재촉할 수도 없었다. 사남매는 인내심을 갖고 아버지의 이야기에 귀 기울이느라 사지가 쑤셔왔다. 아버지는 한여름 뙤약볕아래 되새김질하는 늙은 소처럼 이야기를 느릿느릿 이어갔다.

"한 백리 길은 족히 걸었을 거라. 얼매나 걸었는지 젊은 아들은 무척 힘들었지. 노새 등짝에 올라 탄 늙은 아버지는 기분이 몹시 상쾌했느니라. 그러니까네 젊은 아들은 어땟겠노?"

형이 재빨리 대답했다.

"숨이 차서 뒤로 넘어졌을 깁니더."

작은누나가 덧붙여 대답했다.

"그래도 쪼매 편안했을 거라예."

아버지가 물었다.

"와?"

"아들 대신 아버지가 노새 등에 올라 탔으니까예."

철썩, 아버지의 바짓단에서 다시 후두둑, 하고 흙이 쏟아져 내렸다.

"니, 어짠 일고? 그걸 다 알고? 참말로 용타."

작은누나의 입이 벙그러졌다. 작은누나는 형과 나를 은근히 노려보며 그 보라는 듯 이죽거렸다.

"거 봐라. 내 말이 맞다 안 카나?"

"척보면 아는 거로, 데기 잘난체 해쌓네, 고만."

형이 뻔한 작은누나의 말에 대꾸했다.

"우예됐든 문정이 말이 맞다. 요런 건 점쟁이가 아이라 캐도 척 보면 아는 기라."

형이 물었다.

"그래 갖고 우예됐는데예?"

"우예된 건 없다. 늙은 아버지가 말했느니라. 아들아, 고마 걷기 힘들면 내 뒤에라도 올라타려무나, 하고 말이라."

갑자기 형이 기분이 상했는지 목소리를 높였다.

"그래 갖고 노새 한 마리에 늙은 아버지 하고 젊은 아들하고 둘 다 올라탔십니꺼?"

"와? 노새 한 마리에 두 명이 타면 안 되는 법이라도 있다 카더나? 아들이 힘들어 보이니까 늙은 아버지로서는 당연한 거로."

"노새가 무슨 짐바리닙꺼?"

"짐바리 아이라, 세발자전거라 캐도 탈라 카몬 탄다."

작은누나가 아버지를 거들고 나섰다. 형이 은근히 부아가 치밀어 오르는지 벌컥 소리를 질렀다.

"우예됐든 노새 아이가, 그 말이라예."

"고만 시끄럽다."

작은누나와 형이 다투는 것을 보자 아버지가 버럭 소리를 질렀다. 형이 한숨을 내쉬며 되물었다.

"고마, 불쌍한 노새라 안 카나. 아버지, 이야기 끝날라 카먼 아직 멀어십니꺼?"

"아직 반도 안 왔느니라."

형과 작은누나의 입이 쩍 벌어졌다. 처음부터 여름날 쇠불알처럼 늘어지는 말투를 알아봤어야 했다는 표정이었다. 큰누나는 희미하게 웃는 것으로 사태를 짐작했다. 늘 그렇듯 수재다운 면모는 표정부터 달랐다. 어쨌거나 아버지는 이야기를 대충 끝맺은 적이 없었다.

"그라몬 퍼뜩 퍼뜩 좀 하라 카이소, 고만."

"이 누무 짜슥 어따 대고 짜증이고? 가만 있어 보그래이. 니 어메 어데 갔노?"

"어무이는 배추 절인다 캐동, 귀는 돗다가 어따 써묵을라요."

형이 입이 찢어져라 하품 끝에 대답했다. 아버지는 이야기를 늘리는 것이 결코 이롭지 않다는 것을 알았는지 서둘러 이야기를 이어갔다.

"장에 가는 도중에 동네 사람들이 쯧쯧, 혀를 찼느니라."
"와예?"
"하룻강아지만한 말 새끼 등짝에다 사람이 둘씩이나 올라탔냐며, 요 누마가 불쌍하지도 않냐고, 말이라."
"거 차암, 잘한 거로."
형이 배시시 웃으며 방바닥을 내리쳤다.
"이 누무 짜슥이, 잘 하긴 머로 잘 해?"
"노새가 불쌍하니까 그렇지예."
아버지의 표정이 단번에 바뀌었다. 당신은 절대 노새가 불쌍하지 않은 표정이었다.
"그래서 늙은 아버지가 자초지종을 설명했느니라. 이 늙은 말 새끼가 아니고 원래 자그마한 노새 종자라고. 말 어메하고 당나귀 아부지 사이에 몰래 흘레 붙어서 낳기라고. 그래서 글타고, 고만."
"그러니까네 고마 불쌍한 기 아이라 캐동."
작은누나가 무딕내고 아버지를 두둔하고 나섰다. 큰누나는 긍정도 부정도 아닌 애매한 표정으로 이야기를 경청했다. 형이 재차 물었다.
"그래 갖고 우예됐심니꺼?"
"우예된 건 없다. 쓸데없이 남의 일에 참견하던 동네 사람들만 애먼 사람 잡은 격이었제."

"그래도 노새가 불쌍한 거로."

"그래, 니 말도 맞다."

아버지가 쩍, 허벅지를 내리치자 다시 바짓가랑이에 말라붙은 흙덩이가 후두둑 떨어져 내렸다. 어머니가 봤으면 그냥 넘어가지 않았을 일이었다.

형이 재촉하듯 물었다.

"고마 그래 갖고 우예됐심니꺼?"

"늙은 아버지는 아무 캐도 동네사람들 입방아가 신경 쓰이는 기라. 그래 갖고 노새 등짝에서 훌쩍 뛰어 내렸제."

형이 다시 물었다.

"젊은 아들은 우예됐는데예?"

"아들도 같이 뛰어 내렸느니."

"와예?"

"저번 장날에 아들만 노새 등짝에 태웠다가 동네 사람들이 아들보고 쌍통머리 없는 놈이라고 그랬거등. 저저번 장날에는 늙은 아버지만 노새 등짝에 태웠다고 동네 사람들이 얼마나 성화를 부렸다고. 그래 갖고 새로운 방도를 떠올렸느니라."

형을 비롯한 작은누나, 큰누나까지 눈이 동그랗게 치켜 올라갔다. 나는 별스런 이야기가 아닌 것으로 짐작했다. 짐작과는 달리 표정들이 너무 심각해 어쩔 수 없이 눈에 힘을 주고 아버지를 바라봐야 했다.

"노새에서 내린 늙은 아버지와 젊은 아들은 둘이 합세해 노새를 번쩍 들어 올렸느니라."

"와, 그래 갖고예?"

"아버지와 아들 등짝에다 노새를 얹었느니라."

작은누나가 눈을 반짝이며 물었다.

"노새가 얼매나 놀랬을 거로?"

아버지가 맞장구치며 대답했다.

"글치. 처음엔 노새도 억수로 놀랬다 안 카나. 그런데 가만 보니 노새도 기분이 좋은 기라."

형이 물었다.

"노새가 어찌 기분이 좋았는데예?"

"이 누무 짜슥, 그기 글타 고만. 니 자꾸 말대꾸 해쌀래?"

"알겠심더. 그래 갖고 우예됐심니꺼?"

"우예된 건 없다. 사람 등에 올라 탄 노새는 내동 가만 있었제. 우예됐든 마을이 생기고 나서 처음 있는 일이었느니라."

"근데, 어디서 많은 들어본 이야기 아이가?"

작은누나가 의심쩍은 눈으로 아버지를 바라보곤 낮게 말했다. 큰누나는 처음부터 아버지와 아들과 노새가 등장하는 이야기를 아는 표정이었다. 나로서는 처음 듣는 이야기였지만, 그러든 말든 밀려오는 잠을 견디느라 눈알만 빨개져 갔다.

한 무더기 사람들 발자국 소리가 들려왔다. 마루 밑에서 자고 있던 복순이가 잠꼬대를 하는지 끄응-, 소리를 내곤 이내 잠잠해졌다.

다시 아버지가 기침을 뱉으며 이야기를 이어갔다.

"이를 본 동네 사람 몇 명은 뒤로 넘어졌제. 아무리 봐도 가관잉기라. 사람들은 고만 입을 다물었다 안 카나. 무슨 말이 있을 거로. 아버지와 아들이 도통 제대로 된 사람으로 보일 리 있겠나?"

"그래 갖고 우예됐심니꺼?"

"우예된 건 없다, 고만. 내 이야기가 뜻하는 게 뭔고만 알면 된다. 큰아부터 말해 보거라."

아버지가 짐짓 심상하게 물었다.

"주제가 있어야 한다 이깁니더. 누가 머라 캐도 흔들리지 않는 곧은 심지 말이라예. 역사적으로는 정몽주 같은……."

큰누나가 눈을 반짝이며 말했다. 이어 물어보지도 않은 형이 하얀 바둑돌 같은 치아를 드러내며 말했다.

"동물을 사랑하자, 이깅가?"

"도덕선생 같은 말만 해쌓네, 고만."

작은누나가 형의 말을 가로막고 나섰다. 형은 지지 않고 작은누나 말을 되받았다.

"쪼다 아이가? 동물을 사랑하자는 도덕선생이 아니라 고마 자연선생이라 캐도. 육학년이 되어 갖고 긋도 모르나?"

"아아, 고만. 모도 다 맞다. 자고로 동물도 사랑하고, 대쪽 같은 심지도 있어야 되고, 곧은 양심도 있어야 된다. 이 말잉기라. 알겠제?"

사남매가 일제히 대답했다. 아버지의 이야기가 끝나자 큰누나와 작은누나, 형과 나는 박수를 쳤다. 박수소리에 재미있는 놀이라도 하는 줄 알고 어머니가 쪽문으로 살그머니 동태를 살폈다. 고작 애들 불러다놓고 사설이나 풀어놓는 아버지가 미웠는지, 어머니는 눈을 흘기며 쪽문을 소리 나게 닫아버렸다. 마루 밑의 복순이가 문 닫는 소리에 놀랐는지 캉캉 짖어댔다.

*   *   *

한여름 뙤약볕에 늘어진 쇠불알 같은 이야기가 대단원의 막을 내리는 와중에도 아버지는 끝까지 할 일을 잊지 않았다. 박수소리에 탄복한 아버지는 사남매의 가장답게 오른손을 치켜드는 걸로 박수소리를 멎게 하는 법도 알았다. 사남매는 아버지의 신호에 맞춰 일제히 박수를 멈추었다.

아버지가 흡족한 표정을 지었다. 사남매는 눈을 반짝였다. 아버지가 오른손을 들고 박수를 멎게 한 것은 중대한 발표를 하겠다는 일단의 조짐이기도 했다. 예의 아버지는 크룽, 하고 가래를 끓어 올린 다음 입을 오물거린 후 말했다. 입을 오물거리 땐 꼭 자식들 몰래 무언가를 먹어치우는 듯해 나는 가슴이 조마조마 했다.

"인자부터 박수는 두 손으로 치지 않아도 좋다."

사남매는 서로의 얼굴을 바라보았다. 정말 의외의 발언이었다. 눈에 띄게 형의 입술이 벙그러지는 게 보였다.

"한 손으론 박수를 칠 수 없는 거라예, 아버지."

작은누나의 항변이었다. 모두 눈을 동그랗게 뜨고는 아버지의 마법 같은 말을 기다렸다.

"물론 한 손으론 박수를 칠 수 없다. 다른 도구를 사용하란 말이다."

다른 도구라, 큰누나가 알았다는 듯 방바닥을 찰싹 내리쳤다.

"옳거니."

아버지의 바지춤에서 그나마 남아 있던 흙이 후두둑 떨어져 내렸다. 그제서야 작은누나와 형은 고개를 끄덕이며 방바닥을 두드렸다. 집안이 두둥, 하고 울리는 것까지는 말릴 수 없었다.

형이 아무 생각 없이 아버지에게 물었다.

"그라몬 방문이나 밥상을 쳐도 된다, 이깅가예?"

"방문은 되는 동, 밥상을 절대 안 된다."

"와예?"

"니는 척 보면 모르겠나? 이 누무 짜슥아. 복 달아난다, 이 말 잉기라. 고만."

"그라면 발바닥은 쳐도 됩니꺼?"

눈치라곤 도통 없는 형이 또박또박 말대꾸를 해댔다. 잠시 생각에 잠긴 아버지는 사뭇 진지하게 말했다.

"긋도 안되는 거로."

작은누나가 잠 오는 눈으로 물었다.

"와예?"

"발바닥은 우리 몸에서 가장 아래에 있느니라. 종세 발 안 봤나? 새까매가지고 보기 좋더나?"

"아버지 말이 맞는 거로. 접때 갈때도 보니까 발가락이 새까매가지고 놀라서 기절하는 줄로 알았다 안 카나."

종세와 깔때는 함양에서 알아주는 사람들이다. 사람들은 종세를 거지라고 했지만, 한 때는 박사라고 불릴 만큼 똑똑했다고 했다. 너무 똑똑한 나머지 머리가 이상해졌다는 말을 사람들은 거의 신뢰했는데, 그러든 말든 동네 집집마다 돌며 빌어먹는 건 사실이었다.

깔때는 처녀의 몸으로 어쩌다 동네 사람들 모두가 알아주는 거지가 되었는지 알 길이 없었다. 들려오는 말에는, 씨비정거리에서 허우적대는 아이를 구하다 물을 너무 마신 나머지 머리가 이상해졌다고 했는데, 그때부터 거지로 살았으며, 누구도 돌봐

주지 않아도 해가 맑은 날 머리에 꽃을 꽂고 치마를 펄럭이며 천지를 헤매고 돌아다니는 통에 모두가 측은히 여겼다고 했다. 어떤 사람은 깔때가 미르나바에 흘러온 영험한 처녀 보살이라고도 했는데, 누구도 그 말을 신뢰하는 사람은 없었다.

거지 중에 상거지는 따로 있었는데, 바로 쇠돌이였다. 쇠돌이의 진짜 이름은 혓바닥이 보통 사람하고는 달라서 쎄돌이라고도 했으나, 쇠돌이든 쎄돌이든 거지다운 흉폭한 기질이 사람들에게 혐오와 두려움을 안겨줄 정도로 거셌다. 특히 장날이면 쇠돌이는 어김없이 장터를 누비곤 했는데, 종세나 깔때처럼 혼자가 아닌, 떼거리로 몰려다니는 통에 모두에게 두려움의 대상이기도 했다. 게다가 손잡이에 날렵한 꼬챙이가 달린 등산용 지팡이를 지니고 다녀 누구도 쉽게 쇠돌이에게 접근하지 못할 정도였다. 어쨌든 종세의 때 낀 발에서 시작된 거지 이야기는 너나 할 것 없이 누구든 말이 막힐라치면 어김없이 나오는 이야기 거리였다.

아버지는 계속 말을 이어갔다.

"종세뿐 아니라 깔때하고 쇠돌이만 봐도 알 수 있듯이 아래는 무조건 안 좋은 기다. 따라서 발바닥은 치지 않는 게 고만 신상에 좋다."

형이 눈살을 찌푸리며 역정 섞인 투로 말했다.

"아, 안 되는기 와이리 쎘노?"

형의 불만을 뒤로 하고 작은누나가 물었다.

"그라몬 아버지, 나머지 한 손은 어따 씁니꺼?"

"좋은 질문이라. 그건 너희들 손인 거로 너희들이 결정할 일이다."

"우리가 무얼 결정할까예?"

"긋도 너희들이 결정할 일이라."

큰누나가 약간 볼멘소리로 말했다.

"우린 아직 무엇을 결정할 만큼 자라지 못했심니더."

"꼭 그렇게 단정할 수만은 없다. 어떤 때는 배우지 않아도 스스로 터득하고 깨우칠 수 있어야 한다, 이 말이라, 알겠제?"

사남매는 씩씩하게 대답부터 했다. 큰누나는 아버지의 말이 무슨 뜻인지 아는 표정이었다. 작은누나는 조금 알겠는지 힘없이 고개를 주억거렸고, 형은 졸음에 겨운 눈두덩을 주먹으로 후비느라 도무지 알 수 없는 표정이었다. 그랬음에도 형은 우렁차게 대답하는 걸로 아버지를 안심시켰다.

겨울밤은 조용히 깊어갔다. 집집이 굴뚝마다 무럭무럭 연기를 게워내며 멀리서부터 밤은 무르익어갔다. 이따금 목탁새 소리가 들려왔다. 간절한 것은 이루어지는 법이었다.

"밤이 깊었느니, 고만 자기 방으로 가서 자거라."

아버지의 밤늦은 이야기는 금호미와 금바구니 전설처럼 소록소록 여물어갔다. 금호미와 금바구니는 상림에서 전해오는 전설이었다. 상림에는 뱀과 개미가 살지 않았다. 사람들은 그렇게 믿었다. 그만큼 신성시 하던 곳이 바로 상림이었다.

필봉산에서 내려다보면 상림은 울창한 숲으로 우거진 원시림에 가까웠다. 길게 드러누운 숲은 굽은 계곡을 따라 하염없이 흘러가곤 했다. 활처럼 휜 곡선이 아름다웠고, 그 속에는 터널처럼 울창한 숲이 조성되어 있었다. 숲으로 만들어진 터널은 사시장철 사람들과 함께 했다.

아버지의 이야기가 끝나기 무섭게 사남매는 자리에서 일어섰다. 나는 큰누나를 따라 방으로 들어갔다. 큰누나 방은 내게 별천지처럼 여겨졌다. 낡은 책장에는 〈어린왕자〉와 〈좁은문〉, 〈폭풍의 언덕〉과 같은 문고판 책, 4B연필과 스케치북, 붓과 화선지가 자리 잡았고, 이따금 〈헤이 주드〉가 흘러나오는 트랜지스터 라디오가 놓여 있었다. 책장에는 해 지난 달력을 접어 깔끔하게 옷을 입힌 중학교 교과서가 꽂혀 있었다.

큰누나 방에서는 좋은 냄새가 났는데, 봄날 꽃향기가 그랬지 싶다. 깊은 겨울날 어디서 꺾어올 리 만무한 꽃무지는 보이지 않았지만, 낯설고도 감미로운 향기에 취해 아득한 기분에 빠져드는 게 좋았다. 큰누나는 책상에 앉아 낮은 조도의 스탠드를 밝힌 채 다시 공부에 열중이었다.

한 달째 메주 익는 냄새가 진동하는 내 방은, 형과 함께 생활했다. 삼촌이 고시공부를 하기 위해 손수 만들었다는 책상은 형이 사용했다. 반질반질한 것이 오래 사용한 흔적이 남아 있었다. 앉은뱅이 책상에는 교과서와 공책, 어린이 정기간행물 어깨동무가 몇 권 세워져 있었다.

벽에는 작은누나가 그려준 저고리 모양의 색동옷을 입힌 시간표가 붙어 있었다. 시간표에 맞춰 가방에 책을 넣고는 나는 두꺼운 솜이불 속으로 파고 들었다. 이불 속은 누군가의 발 냄새와 이따금 소리 없이 뀌어댄 방귀 냄새가 뒤섞여 금방이라도 질식할 것 같았다.

나는 이불 밖으로 머리를 내밀고 큰 숨을 몰아 쉬었다. 형은 언제 잠들었는지 쇠쇠거리며 코를 골았다. 쉬이 잠이 오지 않았다. 부엌에는 아직 어머니의 손길이 남았는지 달그락대는 소리가 들려왔다. 마루 밑의 복순이는 잠꼬대를 하는지 이따금 끙끙거렸다. 신작로 쪽에선 예배를 마치고 돌아가는 사람들의 도란거리는 소리가 들려왔다. 1975년의 겨울이었다.

* * *

이후로는 약간의 동요가 일었다. 양손으로 치는 박수 대신 한 손과 다른 도구를 사용하는 바람에 소리의 통일이 이루어지지 않았다. 퍽, 탁, 쫘악, 틱, 쿵, 하는 소리가 듣기 좋을 리 없었다. 점차 사남매의 박수소리도 줄어들었다. 나중에는 아버지의 이야기에 귀 기울이는 일도 거의 없어졌다.

사남매는 자라 성인이 되었고, 제 각각 인생을 찾아갔다. 아버지는 늙어갔다. 어머니는 빠진 치아 대신 틀니를 해 넣었다. 큰누나부터 사남매는 줄줄이 손주를 안겨다 주었다. 아버지는 더 이상 밤늦도록 이야기를 하지 않았다. 대신 아버지는 손주 녀석들을 데리고 이야기를 했다. 녀석들은 할아버지의 이야기를 제대로 들어주지 않았다. 듣기 싫으면 즉각 자리에서 일어나 딴 방으로 가거나 장난감을 가져와 할아버지의 이야기를 흐트러놓기 일쑤였다. 저들 끼리 속살거리거나 키득거렸고, 저들만의 놀이에 심취하는 걸로 아버지를 외롭게 했다.

사남매의 어린 시절에는 저들만의 놀이라는 게 없었다. 손주 녀석들은 오랫동안 저려오는 다리를 움켜쥐며 인내하는 법도 몰랐다. 게다가 녀석들은 할아버지의 이야기가 끝났음에도 불구하고 박수를 치지 않았다. 따라서 아버지는 박수를 멎도록 하기 위해 오른손을 들어 올릴 필요가 없었다. 예전에 비해 그닥 쓸모가 없어진 아버지의 오른손은 나무처럼 앙상하게 늙어갔다.

사남매 중에는 세상을 놀라게 할 사상가는 나타나지 않았다. 사람들의 심금을 울릴 예술가도 나오지 않았다. 아버지는 날 때부터 예술하고 담을 쌓은 양반이었다. 내가 어렸을 적 그림을 배우고 싶다고 말했을 때 아버지는 콧방귀도 뀌지 않았다. 더욱이 아버지가 바랐을 학자나 번성한 사업가와도 거리가 멀었다. 그래도 아버지는 화를 내지 않았다.

가끔 술을 마시게 되면 형을 남의 자식처럼 여기기는 했다. 형은 대학 졸업 후 사업을 한답시고 여시코빼기만큼 남은 전답을 용의주도하게 말아먹은 걸로 사업 실패의 본보기로 삼았다. 누가 봐도 한물간 사업을 형은 뒤늦게 노다지라도 발견한 것처럼 대단한 열의를 보였던 것이다.

어쨌거나 날아간 집, 자꾸 미련두면 골치 아프니까, 빨리 잊는 게 상책이라고 형은 아버지를 위로했다. 형도 전답을 날린 것에 대해서는 호랑말코만큼 죄스러워 하기는 했다. 아주 잠시. 어디까지나 아버지의 뜻이, 대성한 실업가라고 완강히 몰아 부친 때문이었다.

아버지는 대를 물려줄 사업가가 아니었다. 사업을 한 적도 없었다. 아버지는 말단 공무원 과장으로 정년을 마쳤다. 아버지가 공무원이 된 경위는 따로 있었다. 어찌 보면 군대에서 배운 운전 실력이 한몫했다. 남도의 산간 구석구석을 다니던 아버지의 운전 솜씨는 날래고도 출중했다. 지금처럼 아스팔트가 깔린 곳도 아닌 산길을 달리다 보면 위험천만한 고비도 많이 겪었다.

언젠가 지리산 한적한 고갯마루에서 길가에 쓰러져 있는 임산부를 후송한 적이 있었다. 배가 남산만큼 부른 아녀자는 병원에

도착하기도 전에 산기를 보였다. 양수가 터진 아녀자는 숨이 넘어갈 지경이었다. 평소 술을 마시지 않으면 소보다 더 착한 아버지는 크게 놀라 얼결에 덤프트럭에서 아이를 받게 되었다. 그것도 쌍둥이였다. 이 일은 삽시간에 군소재지로 전해졌다. 당연히 영웅적인 찬사도 받았다. 신문과 방송은 따로 나가지 않았지만, 새로 부임한 군수가 이를 가상히 여겨 아버지를 공무원으로 임용한 것은 당연한 귀결이었다.

형은 아버지를 설득했다. 사업을 하다보면 어려울 때도 있고, 전답 아니라 집도 잡혀 먹는 게 예사 아니냐는 것이었다. 아버지는 다시 일말의 희망을 걸었다. 예전 덤프트럭에서 쌍둥이를 받은 전력을 살렸다. 형은 아버지의 아버지, 그 아버지로부터 이어온 사백 평 남짓한 고가를 담보로 사업자금을 마련했다. 형은 비싼 이자 물고 융자를 얻는 게 무슨 공짜 돈이라도 생기는 줄 알고 그 일에 목숨을 걸었다. 어렵사리 마련한 융자금을 가지고 그는, 용열하게도 사업에는 도통 소질이 없는 그가, 정확히 2년 만에 경매브로커에게 집을 헐값에 넘기고 말았다.

아버지는 몸져누웠다. 아버지가 몸져눕자 어머니는 할 일이 없어졌다. 아버지는 몸져누워 있는 동안 까실한 성격을 잠재워야 했다. 아버지 스스로 손자들을 불러 씨알도 먹히지 않는 이야기를 단속했다. 콩자반과 박나물도 주문하지 않았다. 많은 것을 유예시킨 아버지는 아버지답게 눈을 감을 때까지 청렴을 기백으로 삼았다.

 지금 생각해보면 그때의 숨은 내력이 아버지를 더욱 아버지답게 하는 원천이었는지 모른다. 술과 함께 떠날 날이 없던 고함과, 그 너머 지나친 가족애로 서로를 멍들게 하던 시절은 아직도 기억에 남아 있다. 독단과 편견으로 무장된 전근대적 가족주의는 천년이 지나도 무너지지 않을 아버지만의 고성古城이었다.

 그럼에도 아버지의 지극하고도 깊은 울림은 사남매의 가슴에 남았다. 사랑이라는 것이 말만 가지고는 통하지 않다는 것을 알았던지, 아버지의 정신과 곧은 기질만은 뒤늦게 사남매의 가슴을 따사롭게 적셔왔다.

 아버지는 조용히 늙어갔다. 사남매는 말없이 아버지를 올려다봤다. 아버지의 침묵엔 향기가 있었다. 신성함이 있었고, 따사로움이 있었다. 1975년 겨울. 아버지와 어머니, 사남매는 함께 살았다.

작가의 말

　이 책에 담긴 여덟 편의 소설은 이미 세상에 나왔거나 아직 나오지 않은 글들이다. 오래전 세기말의 엄동을 지나 밀레니엄 언덕을 넘어 현시대로 이어지는 소설들에는 청춘의 허기와 맞물린 가난한 사회의 풍경이 흰 비늘을 단 빙어처럼 떠다닌다.

　여덟 편의 소설을 추스르는 동안, 사람 위에 사람 없고, 사람 아래 사람 없는 세상은 모두가 앉은 자리에서 먹기 때문이며, 먹을 수 있는 세상이 참된 세상이라고, 말하고 싶었다. 신분과 차별과 누림이 엄연한 나라에서 마음의 자유, 믿음의 자유, 몸의 자유가 헛것을 좇는 데는 이유가 있다고 생각했다.

　나는 세상의 무게를 견뎌온 글을 쓰고 싶었고, 내 젊은 날의 가벼움으로 맞선 글들을 한 권의 책으로 묶는 것만으로 미명의 글 속에 남아 있는 자들의 숨결이 기억되길 바랐다. 절박한 사연도 없이, 세상과 무관한 글 속의 존재들이 실존의 아카이브와 생존을 다투는 원천은, 좋은 날이 오면 좋지 않은 날들을 삭일 수 있고, 행여 좋지 않은 날이 오면 좋았던 날을 떠올리며 세상을 돌아보는 데 있다.

　이제쯤 내 청춘이 던져준 푸른 연민과, 뼈를 드러내던 하얀 허기와, 짙은 가

난의 질곡들이 이 세상의 꿈과 섞이어들면, 세상의 미완을 말하던 자들을 불러내 그들의 입김에 묻어온 온전한 헛것이 천년의 석화로 세상에 남길 바란다. 오래도록 불면의 시간을 견뎌온 파란 꿈들이 세상 저편의 이야기를 가져와 다시 세상과 화해를 청하는 것도 결국은 격동의 시간을 뚫고 살아온 자들의 사연이 말해준다.

가끔은 시를 짓는 자들과 노래를 부르는 자들과 술을 마시는 자들에 섞이는 이유는, 소설은 사람과 멀어지거나 삶을 등질 수 없는 세상의 이야기를 들려주기 때문이다. 글을 쓴다는 건 숨을 쉬는 것과 다르지 않다. 때로 절망하므로 글을 쓸 수 있기를, 더러 노여워하므로 글을 지을 수 있기를, 나는 손가락 너머로 불어가는 한줌 바람에도 글이 시작되는 자리에 서 있길 희망한다.

소망은 바라는 자의 신념에 불과하지만, 그 너머 청춘의 늪지와 해묵은 글의 기슭을 따라 나는 가족과 함께 걸어왔고, 시간의 결을 따라 이어진 글 위에 가족이 동행하고 있으므로, 다시 글로 연명할 날의 무가치한 신념과 떠도는 자의 시간의 무늬에 안도한다.

오랜 시간 나의 희비애락에 함께해준 가족에게 고맙고, 글을 쓰는 자들의 허튼 소리보다 글쟁이로서 한줄 문장이 감사하다. 다시 연명할 글의 길이 남아 있으므로, 지금 행복한지 알 수 없지만, 그리하여 글의 길은 여전히 멀다. 여름은 시작되었고, 저만큼 가을이 밀려오는 생의 언저리에선 벌써 잎 지는 소리가 들려온다.

2024년 여름
서 철 원

빙어

서철원 소설집

초판 1쇄 찍은 날 2024년 7월 1일
초판 1쇄 펴낸 날 2024년 7월 5일

지은이 서철원
발행인 서정환
펴낸곳 문예연구
주소 서울시 종로구 삼일대로 32길 36(익선동 30-6 운현신화타워) 305호
전화 (02) 3675-3885 (063) 275-4000 · 0484
팩스 (063) 274-3131
이메일 munye321@hanmail.net
출판등록 제2023-000024호
인쇄·제본 신아출판사

저작권자 ⓒ 2024, 서철원
이 책의 저작권은 저자에게 있습니다. 서면에 의한 저자의 허락없이 내용의 일부를 인용하거나 발췌하는 것을 금합니다.
COPYRIGHT ⓒ 2024, by Seo Cheolwon
All right reserved including the rights of reproduction in whole or in part in any form.
잘못된 책은 바꿔 드립니다.

ISBN 979-11-983239-6-5 03810
값 17,000 원

Printed in KOREA

*본 도서는 (재)전북특별자치도문화관광재단 2024년 지역문화예술육성지원사업에 선정되어 보조금을 지원 받은 사업입니다.